英语文学经典女作家系列丛书

Naming and Identity Construction : A Study of Jamaica Kincaid's Works

命名与身份建构

——金凯德作品研究

薛 倩 著

哈尔滨

图书在版编目（CIP）数据

命名与身份建构 ：金凯德作品研究 / 薛倩著． --
哈尔滨 ：黑龙江大学出版社，2019.8（2022.8 重印）
ISBN 978-7-5686-0398-0

Ⅰ．①命… Ⅱ．①薛… Ⅲ．①杰梅卡・金凯德－小说
研究 Ⅳ．①I712.074

中国版本图书馆 CIP 数据核字（2019）第 181758 号

命名与身份建构——金凯德作品研究
MINGMING YU SHENFEN JIANGOU——JINKAIDE ZUOPIN YANJIU
薛 倩 著

责任编辑 魏 玲
出版发行 黑龙江大学出版社
地 址 哈尔滨市南岗区学府三道街 36 号
印 刷 三河市佳星印装有限公司
开 本 720 毫米 ×1000 毫米 1/16
印 张 13.75
字 数 198 千
版 次 2019 年 8 月第 1 版
印 次 2022 年 8 月第 2 次印刷
书 号 ISBN 978-7-5686-0398-0
定 价 55.00 元

目　录

绪　论 …………………………………………………………………… 1

一、金凯德作品特色和国外研究情况综述 ……………………………… 2

二、国内研究情况综述和国内外研究比较 ……………………………… 8

三、研究背景、研究内容、研究策略和研究特色 ………………………… 11

第一章　命名和身份问题的传统和当代语境 ………………………… 15

第一节　西方文明源头中的命名问题 ………………………………… 16

一、古希腊文明的命名问题 ……………………………………………… 16

二、希伯来文明中的命名问题 …………………………………………… 18

三、"两希"文明命名观的比较及其对金凯德命名观的影响 …… 19

第二节　西方哲学传统和当代语境中的命名与身份问题 ……… 24

一、西方哲学思想中以"我"为中心的命名与身份问题 ………… 25

二、西方哲学思想中以"社会"为中心的命名与身份问题 ……… 28

三、当代文化语境对金凯德命名观和身份意识的影响 ………… 33

第三节　金凯德与文学、文化批评中的命名与身份建构 ………… 36

一、英语文学中的命名和身份建构 ……………………………………… 37

二、非洲文化和美国非裔文学中的命名与身份建构 ……………… 42

三、加勒比文学中的命名和身份建构 ………………………………… 47

小　结 ……………………………………………………………………… 55

第二章　金凯德作品中名称表征的身份危机 ………………………… 56

第一节　"在河底"：自我完整性的破裂 ………………………………… 58

一、自我属性危机：身份缺失 …………………………………………… 58

二、社会属性危机：矛盾心理和双重意识 ……………………………… 65

第二节　“弹丸之地”:加勒比民族精神的崩塌 …………………… 70
一、社会危机:政治经济衰败 ………………………………… 72
二、精神危机:价值观混乱 …………………………………… 78
三、情感危机:人际关系疏离 ………………………………… 81
第三节　“新英格兰村庄”:美国建国精神的幻灭 ……………… 86
一、制度危机:种族歧视下的自由广度越界 ………………… 90
二、文化危机:享乐主义下的幸福深度削平 ………………… 93
小　　结 ………………………………………………………… 98
第三章　金凯德作品中命名观观照下的身份认同 ………………… 100
第一节　“厨房下小屋子里的作家”:命名观观照下的
　　　　自我身份认同 ……………………………………… 100
一、独立意识:安妮·约翰改写《五花大绑的哥伦布》………… 102
二、独立生存:露西续写《失乐园》…………………………… 108
三、独立人格:斯威特太太书写《望昔今》…………………… 114
第二节　“我的奴隶先人”:命名观观照下的社会身份认同 …… 122
一、血亲关系:所有权的生产 ………………………………… 123
二、夫妻关系:所有权的竞争 ………………………………… 128
三、主仆关系:所有权的对抗 ………………………………… 132
小　　结 ………………………………………………………… 142
第四章　金凯德作品中命名观观照下的身份重建 ………………… 143
第一节　“爱是一种行动”:爱的教育重塑个体身份 ………… 144
一、自爱:个体身份的基石 …………………………………… 145
二、母爱:身份认同的纽带 …………………………………… 149
三、友情:社会身份的标尺 …………………………………… 152
第二节　“我写故我在”:文字重塑集体身份 ………………… 155
一、用个体记忆承载族群历史 ……………………………… 156
二、用写作重建人类精神花园 ……………………………… 159
小　　结 ………………………………………………………… 163

结　　论 ………………………………………………………………… 164
附　　录 ………………………………………………………………… 170
附录一　写作,生命未完成的交响
——非裔美国女作家杰梅卡·金凯德访谈录 ………… 170
附录二　杰梅卡·金凯德生平大事记 ………………………… 184
参考文献 ………………………………………………………………… 190

绪　论

杰梅卡·金凯德(Jamaica Kincaid,1949—)是当代美国文坛颇具影响力和争议的作家之一:她被美国评论家布鲁斯·罗宾斯(Bruce Robins)称为“具有世界主义意义上重划文化资本疆界之重大意义”[①]的作家,却也被部分评论家苛责作品沉溺日常生活的琐碎细节——“除了愤怒,她一无所有”[②]。如同许多来自加勒比海地区的移民,金凯德最初也是被迫离开家乡;不同于他们的是,来到美国的五十余年间,金凯德凭借其强烈的身份意识和作品鲜明的艺术特色跻身美国主流社会[③]。

① 宋国诚编著:《后殖民文学:从边缘到中心》,擎松图书出版有限公司2004年版,第308页。

② 路文彬:《愤怒之外一无所有——美国作家金凯德及其新作〈我母亲的自传〉》,载《外国文学动态》2004年第3期,第24页。

③ 迫于家庭经济压力,金凯德于1966年被母亲从安提瓜送到美国做互裨(au pair)。她对语言和图像都极为敏感,渴望成为知识分子,于是很快辞去了互裨的工作。获得高中文凭后,金凯德在多所社会学院进修,并发展了在摄影方面的兴趣,于1999年与摄影师林恩·葛萨曼合作出版图文集《地方的诗学》(*Poetics of Place*)。她做过公司前台接待员,曾因非裔女性的身份在各类杂志社求职的时候屡屡碰壁。1973年,金凯德凭借在《天真少女》(*Ingenue*)杂志发表名为《当我十七岁》(“When I Was Seventeen”)的系列访谈得到同行认可。随后,她为《乡村之声》(*Village Voice*)杂志撰写音乐评论,成为《女士》(*Ms.*)、《滚石》(*Rolling Stone*)、《巴黎评论》(*The Paris Review*)等刊的自由撰稿人。经乔治·特罗(George Trow)引荐,金凯德得到时任《纽约客》(*The New Yorker*)主编威廉·肖恩(William Shawn)的赏识,于1976开始了与其长达20年的合作。她的诸多短篇小说和非虚构作品因此与美国读者见面,一些白人女性读者还纷纷通过信件向她表达自己在阅读后产生的共鸣。金凯德在《纽约客》的“城市之声”(Talk of the Town)栏目发表了一系列未署名文章,这些文章后被收录进文集《讲故事》(*Talk Stories*,2001)。金凯德从1992年起在哈佛大学教授创意写作,现为哈佛大学英文系、非洲及非裔美国人研究所常驻教授,并分别于2004年和2009年当选美国文学艺术学院、美国艺术与科学院成员。

从开始写作至今，四十余年间金凯德笔耕不辍①，其作品也一直是英语文学研究和族裔文学研究的聚焦点。有关金凯德作品的研究和评论始于20世纪90年代，其形式多样，包括综合性辞典、评论集、专著、期刊论文、学位论文和访谈等，内容非常丰富，由此可见杰梅卡·金凯德作品进一步深入研究的意义和价值。

一、金凯德作品特色和国外研究情况综述

国外对于金凯德作品的研究比较一致的观点是：金凯德的作品带有鲜明的"自传体"(autobiographical)色彩，大多致力于对女性真实身份的探索，为长期沉默的加勒比女性发声；与此同时，她的作品扎根广阔的加勒比历史时空和社会现状，聚焦本土与帝国文明之间的冲突，表现了双重意识和矛盾心理；其作品无不反映后现代社会的精神危机与身份焦虑，融合了现代主义文学意识流、女性哥特小说、后现代主义小说的特色，其艺术

① 金凯德于1978年在《纽约客》发表第一篇虚构类短篇小说《女孩》("Girl")，可以说是"一夜成名"。1983年，她出版了第一部虚构类文集《在河底》(*At the Bottom of the River*)，次年该作品被提名"笔会/福克纳文学奖"，并获"诺顿·达尔文·扎贝尔奖"。金凯德迄今发表了《安妮·约翰》(*Annie John*, 1985)、《露西》(*Lucy*, 1990)、《我母亲的自传》(*The Autobiography of My Mother*, 1996)、《波特先生》(*Mr. Potter*, 2003)和《望今昔》(*See Now Then*, 2013)五部长篇小说，园艺随笔《我的花园(录)：》[*My Garden (Book)*:, 1999]、专栏评论《讲故事》和旅行纪实《花丛间：喜马拉雅一行》(*Among Flowers: A Walk in the Himalaya*, 2004)三部文集，出版了《弹丸之地》(*A Small Place*, 1988)和《我的弟弟》(*My Brother*, 1997)两部回忆录，发表了一部儿童文学作品《安妮、格温、莉莉、帕姆和涂丽普》(*Annie, Gwen, Lily, Pam and Tulip*, 1989)，主编了《我最爱的植物》(*My Favorite Plants*, 1998)和《最佳美国旅行散文》(*Best American Travel Essays*, 2005)，另发表过大量的散文、评论、短篇小说等。金凯德曾分别于2011和2015年获得塔夫茨大学和布兰迪斯大学人文学荣誉博士学位(Honorary Doctor of Humane Letters)。她卓越的文学贡献享誉全球，作品获笔会/福克纳文学奖、丹·大卫文学奖、古根海姆奖、费米娜外国小说奖等。

审美可以说既延续又突破了黑人美学传统。[①] 通过这些丰硕的研究成果，笔者发现金凯德作品中的命名观并未引起研究者的足够重视。国内外尚未有学术成果系统论述金凯德作品中由命名贯穿的一系列问题。

金凯德早在其第一部短篇小说集《在河底》(*At the Bottom of the River*, 1983)中就透露了名字与自我完整性(completeness)的紧密联系:“那时我拥有这些东西——我的——于是现在感觉自己变得结实又完整,我的名字填满了我的嘴巴。”[②]虽然金凯德在之后的多部小说的结尾对主人公的名字做了相似的处理[③],但遗憾的是学界虽注意到了其每部小说中的人物命名现象,却没有系统地审视命名现象下作家对生存的哲学性思考。评论者大多以女性主义批评或后殖民主义批评的视角讨论作品的性别问题和种族问题,并试图将金凯德归入女权主义作家的类别。即使有评论提及身份建构问题,也几乎因上述原因而仅限于论述加勒比或非裔女性身份建构。

评论界对命名问题的忽视离不开金凯德作品对他们的“误导”:金凯德沉迷于对女性形象的塑造和家庭事务的书写。她的五部长篇小说几乎都围绕母女关系展开;只有《波特先生》的主人公是男性,其他四部皆以女性角色为主人公或叙述者;小说中的男性角色总有缺陷,在人物原型和角

---

① 综合参见:J. Beaty and J. P. Hunter (eds.), *New Worlds of Literature*, New York: W. W. Norton and Company, 1989; G. H. Muller and H. S. Wiener (eds.), *The Short Prose Reader*, Boston: McGraw-Hill, 1989; H. L. Gates and N. Y. McKay (eds.), *The Norton Anthology of African American Literature*, New York: W. W. Norton and Company, 1997; L. Paravisini-Gebert, *Jamaica Kincaid: A Critical Companion*, London: Greenwood Publishing Group, 1999; S. P. Paquet, *Caribbean Autobiography: Cultural Identity and Self-representation*, Madison: University of Wisconsin Press, 2002; K. L. Valens, *Desire between Women in Caribbean Literature*, New York: Palgrave Macmillan, 2013; 虞建华主编:《美国文学大辞典》,商务印书馆2015年版。

② Jamaica Kincaid, *At the Bottom of the River*, New York: Farrar, Straus and Giroux, 1983, p. 82. 本书中引用的所有英文文献,若无特别说明,均为笔者所译。

③ 如:“我的名字叫安妮·约翰”(《安妮·约翰》);“我在页首写下我的全名:露西·约瑟芬·波特”(《露西》);“波特先生是我的父亲,我的父亲叫波特先生”(《波特先生》)。

色饱满度上不及女性形象。金凯德在创作初期钟情于叙述安提瓜少女的成长经验和成长过程中与母亲的矛盾关系,《安妮·约翰》《露西》《我母亲的自传》因而被看作是“安提瓜三部曲”。金凯德女性独白的叙述方式被总结为“自传式”叙述,其塑造女性形象的创作偏好被认定为具有“母女情结”(mother-daughter knot),其作品被评论家归入“成长小说”(bildungsroman)的类别,因而文本被许多批评家用女权主义进行阐释。[①]

然而金凯德曾多次公开表示拒绝被简单地贴上“女权主义”或“西印度”“黑人”作家等标签,并且“不想带有某个群体或者学派的印记”[②]。她认为虽然“种族重要”,但是“称呼某个人是白人或者黑人实际上简略地表达了这个人的权力地位”[③],而忽略了对一个人思想的关注。金凯德在访谈中谈及的内容常常前后矛盾,这成了一些专家学者批判她的把柄。评论家戴安娜·西蒙斯(Diane Simmons)把“批评家们很难对她进行归类”归因于她持有模棱两可的态度。[④] 女权主义和后殖民主义批评家莫伊拉·弗格森(Moira Ferguson)试图引导金凯德承认自己的作品充满激进的政治态度。[⑤]

事实上,金凯德开始创作时恰恰赶上了女性主义的第三次浪潮,她的作品呈现了女性主体建构的困难和她本人作为美国当代知识女性自我实现的愿望。金凯德从在《纽约客》发表处女作短篇小说《女孩》(“Girl”,1978)开始,几乎每一部作品的出版都没有离开读者和评论界的视线。她在《纽约客》的一些评论文章记录了许多女性读者的来信,她们在信中表

---

① 综合参见 Chick(1996)、Donnell(1993,1999)、Natov(1990)、Murdoch(1990)等的评论。

② Selwyn R. Cudjoe (ed.), *Caribbean Women Writers: Essays from the First International Conference*, Amherst: University of Massachusetts Press, 1990, p. 221.

③ Allan Vorda and Jamaica Kincaid, “An Interview with Jamaica Kincaid”, *Mississippi Review*, Vol. 20, No. 1/2, 1991, pp. 7 – 26.

④ Diane Simmons, *Jamaica Kincaid*, New York: Twayne Pub., 1994, p. 472.

⑤ Moira Ferguson, *Jamaica Kincaid: Where the Land Meets the Body*, Charlottesville: University of Virginia Press, 1994, p. 171.

达对金凯德作品塑造的女性的生活经验产生了共鸣;《安妮·约翰》(*Annie John*,1985)被评论界誉为可与《少年维特之烦恼》相媲美的成长小说,并被收入美国中学教材,金凯德也因此走近了美国知识中心的舞台。自然地,金凯德作为一名女性,从自身的经历出发书写自身对生活的感知,描绘了女性在生理和心理方面的特征。我们看到了金凯德作品所表现的崇尚知识、追求独立和完整自我的女性形象,然而,我们不能因此就将金凯德的小说简单地等同于女权主义作品。我们需要进一步考察的是,金凯德依托女性经验这一载体希望呈现一种什么样的生存姿态。

20世纪60年代,金凯德初入美国便深受民权运动、黑人运动的浪潮洗礼,《弹丸之地》(*A Small Place*,1988)是她向《纽约客》主编宣告自己加勒比身份的"书信"。作为曾经生活在加勒比地区的非裔,她书写了家乡境遇和族群情感。我们看到了她作品中那个旅游业发达、教育和文化产业匮乏的国家,也看到了人际关系疏离、情感关系冷淡的社会,更看到了她渴望书写历史警醒后人的决心。正因如此,金凯德常常被评论家与诺贝尔文学奖得主沃尔·索因卡、德瑞克·沃尔科特、托妮·莫里森以及奈保尔相提并论,成为"少数话语"的代言人。在加勒比文学成为"当代国际学术界关注的一个新的焦点和学术生长点"①之际,批评家们对来自安提瓜且身为女性的金凯德给予了更高的期望。在政治和历史因素的共同作用下,女性曾经"在奴隶制时期、殖民主义时期、去殖民化时期、女权运动时期以及其他社会文化问题中缺席"②,女性作家也因此在加勒比文学中长期处于无声状态。后殖民批评家琳达·朗·佩雷塔(Linda Lang-Peralta)热衷于将金凯德作品中的"矛盾"解释为通过愤怒的语言展现一种寻找归属的"双重意识"(double consciousness)③。然而,后殖民主义作品仍

---

① 张德明:《流散族群的身份建构——当代加勒比英语文学研究》,浙江大学出版社2007年版,第5页。

② Carole Boyce Davies and Elaine Savory Fido (eds.), *Out of the Kumbla: Caribbean Women and Literature*, Trenton: Africa World Press, 1990, p. 1.

③ 详细论述参见 Linda Lang-Peralta(ed.), *Jamaica Kincaid and Caribbean Double Crossings*, Newark: University of Delaware Press, 2006.

然没有走出用帝国的眼光凝视第三世界的姿态，我们需要思考的是金凯德运用强烈的情感语言希望描绘一个什么样的社会结构，书写一段什么样的历史。

随着金凯德在20世纪80年代末90年代初逐渐成为美国文坛不可或缺的一分子，评论界对她作品之“矛盾”的争论不断展开。金凯德在创作初期便得到了一些德高望重的非裔文学批评家的推崇，相当一批颇具影响力的学者指出，女权主义批评家未能全面深刻地理解金凯德作品的文学性和人文情怀。他们认为金凯德关注的是人的普遍生存问题，聚焦的是人的共同情感，虽然她对当代的美国黑人作家产生了积极的影响①，但是不该因此将其定义为黑人小说家。② 美国非裔文学批评家小亨利·路易斯·盖茨（Henry Louise Gates Jr.）对金凯德给予了高度认可：

> 她从不觉得有必要强调黑人世界抑或是女性鉴赏力。尽管这两者在她的作品中都有所呈现。她为我们带来了一个鲜明的转变，而且我认为将会有越来越多的美国黑人作家以她的这种方式呈现他们的世界。如此一来，我们就能超越种族主义这个大命题，从而深入到黑人的爱、愁、生、死主题。毕竟，这才是艺术真正的关切。③

加勒比研究学者卡罗·鲍伊丝·戴维斯（Carole Boyce Davies）也表达了相似的观点，认为金凯德的作品不可以被简单地贴上“后殖民”的标签，并指出她的作品通过表现种族、性别、阶级、区域等方面的问题形成了“抵

---

① Allan Vorda and Jamaica Kincaid, “An Interview with Jamaica Kincaid”, *Mississippi Review*, Vol. 20, No. 1/2, 1991, p. 8.

② Leslie Garis, “Through West Indian Eyes”, *New York Times Magazine*, Vol. 7, 1990, p. 44.

③ Leslie Garis, “Through West Indian Eyes”, *New York Times Magazine*, Vol. 7, 1990, p. 70.

抗文学”的特色。[①] 路易斯·伯纳德(Louise Bernard)认为金凯德自我解读和创作文本中呈现的矛盾心理(ambivalence)源于加勒比地区被殖民统治的历史和美国多元文化并存的现状,进而指出“正是这种矛盾使她的作品富有创造力和丰富性”[②]。金凯德在经历了20世纪60年代黑人艺术运动和70年代以降的黑人美学思想转向后,其作品中的命名现象体现出她从对身份的政治抗争转向对身份的哲学探索以及对个人和集体生活的沉思。

笔者认为,无论是女权主义批评、后殖民主义批评还是非裔美国文学批评,其对金凯德作品的解读均有合理之处。女权主义者把握住了金凯德的创作偏好和特色:金凯德关注女性身份认同,强调母系文化对少女树立自我意识的重要作用。后殖民主义批评家关注金凯德的创作视野:她把个体经历与宏大的历史和广阔的社会相联系,突出记忆和文化对群体认同的重要作用。非裔美国文学批评家捕捉到了金凯德的创作心理和审美偏好:她对种族、阶级、性别的敏感源于非裔的根文化,更源于文化中的价值选择。通过梳理金凯德作品研究的学术成果,笔者认为如果以金凯德作品的命名现象为切入点,能更好地沟通各种批评所讨论的拥有自我的姓名权、拥有历史的话语权、拥有现实的生存权等一系列的问题。

有趣的是,国外有关金凯德的第一部学术专著和第一篇博士学位论文都诞生于1994年,从那时起就有一些学者捕捉到了金凯德在作品中流露出的命名观。西蒙斯考察了金凯德20世纪80年代的一系列作品,虽然提及金凯德“给事物命名”与所有权的观点,但论文所引用的金凯德作品中的命名现象只是作为论证自我解放意识的辅助呈现。[③] 弗格森(1994)也在相似的文本中提炼金凯德作品中的人物命名现象,但也只是用其论

---

① Carole Boyce-Davies, *Black Women, Writing and Identity: Migrations of the Subject*, London: Routledge, 1994, p. 89.

② Louise Bernard, “Countermemory and Return: Reclamation of the (Postmodern) Self in Jamaica Kincaid's *The Autobiography of My Mother* and *My Brother*”, *Modern Fiction Studies*, Vol. 48, No. 1, 2002, p. 118.

③ Diane Simmons, *Jamaica Kincaid*, New York: Twayne Pub., 1994, p. 21.

证性别政治问题。苏西拉·纳斯塔(Susheila Nasta)认为金凯德的一系列有关家庭人物的自传式书写和回忆录是对个人"真实"历史的再现和重述,在这之中,名字和重命名都跟自我塑造和自我保有有着重要的联系。① 安东尼娅·珀克(Antonia Purk)指出,金凯德的小说书写了加勒比族群的集体记忆,名字成为她的小说之间以及她的小说与其他文本对话的关键。② 伊瑟·奥西托(Esther Oganda Ohito)结合黑人女权主义批评,细致剖析了金凯德的短篇小说《女孩》,认为小说中无名的个体不仅可以唤起其所在群体内的其他个体的共鸣,而且可以使其他群体从叙述中得出符合各自传统的结论。③ 这些宝贵的思想观点犹如黑夜中的灯塔,照亮了本研究继续前行的道路。

二、国内研究情况综述和国内外研究比较

金凯德作品在当代英语文学中的重要性在我国并未得到足够重视,国内的相关研究不论在广度还是深度上都仍有很大拓展空间。目前,金凯德的作品中有两部被翻译介绍到中国,分别是《安妮·强的烈焰青春》(*Annie John*, 1985)和《我母亲的自传》(*The Autobiography of My Mother*, 1996)。④ 金凯德的二十余篇正式出版的访谈录尚未得到翻译介绍,她创

---

① Susheila Nasta, "'Beyond the Frame': Writing a Life and Jamaica Kincaid's Family Album", *Contemporary Women's Writing*, Vol. 3, No. 1, 2009, pp. 64-85.

② Antonia Purk, "Multiplying Perspectives through Text and Time: Jamaica Kincaid's Writing of the Collective", *Current Objectives of Postgraduate American Studies*, Vol. 15, No. 1, 2014, pp. 1-14.

③ Esther Oganda Ohito, "Refusing Curriculum as a Space of Death for Black Female Subjects: A Black Feminist Reparative Reading of Jamaica Kincaid's 'Girl'", *Curriculum Inquiry*, Vol. 46, No. 5, 2016, pp. 436-454.

④ 《安妮·强的烈焰青春》是何颖怡翻译的繁体中文版的书名,但是笔者更倾向于将小说名 *Annie John* 翻译为《安妮·约翰》,因此本书主要采用该中文译名。《我母亲的自传》则有两个翻译版本,分别是廖月娟翻译的繁体中文版(2001)和路文彬翻译的简体中文版(2006)。

作的散文、评论、短篇小说等也无中文译介。另外,有关金凯德作品研究的学术专著或文章也没有任何翻译版本。

国内学界对金凯德小说的引介从20世纪末起步,对其作品的研究在进入21世纪后才开始。金凯德的名字和她的作品《安妮·约翰》最早出现在《对美国主流文化的挑战》一文中的课程改革推荐书单①里,可惜该文只是蜻蜓点水式地提到了金凯德,并未展开详细论述。② 有关金凯德其人和其作的专门评述最早出现在1996年冯亦代的《美国新女作家金凯德》一文中。21世纪的第一个十年间,国内学界对金凯德的认识依旧停留在译介的层面,她的加勒比身份成了学者关注的焦点。国内第一篇解读金凯德作品的学术论文是路文彬发表在《外国文学动态》的《愤怒之外一无所有——美国作家金凯德及其新作〈我母亲的自传〉》(2004),作者通过将金凯德与奈保尔做比较,揭示了小说的自传式叙述手法、自我和民族认同主题。在国内第一部提及金凯德作品的专著《20世纪美国黑人小说史》(2006)中,学者王家湘将金凯德的作品归入美国黑人文学,并对其作品《在河底》和《安妮·约翰》所反映出的矛盾的母女关系进行了评述。金凯德作品的译介推动了国内学界对她的持续关注,使她被收录进《20世纪美国文学史》的第五章"越南战争以来的美国文学(1964—1995)"部分,可惜编者只是用"牙买加·金蔡德(Jamaica Kincaid)在《路西》(1990)里描绘了西印度群岛妇女的苦难遭遇"③一句带过,并未对金凯德的作品进行评述和解读。

此后国内的相关研究基本都围绕女性主义批评和后殖民主义批评展开。据笔者统计,国内涉及金凯德作品研究的学术期刊论文有40余篇,硕士学位论文有6篇,未有博士论文出现,研究成果大多发表于近6年。总的来说,这些研究成果大都借鉴了国外研究成果,探讨金凯德作品的创

---

① 1988—1989学年斯坦福大学"文化—观念—价值"概论教程"欧洲和南北美洲"部分必读书目。

② 参见沈宗美:《对美国主流文化的挑战》,载《美国研究》1992年第3期,第122页。

③ 杨仁敬:《20世纪美国文学史》,青岛出版社1999年版,第679页。

作形式、主题思想和女性形象塑造，侧重于论述小说后殖民语境下的女性身份政治。① 学者们聚焦金凯德的族裔身份，却因为没有系统深入地论证出现了一些问题。论文《20 世纪末期（1980—2000）的美国小说：回顾与展望》将金凯德定位为 80 年代推动美国族裔文学快速发展的代表，作者以金凯德作品《安妮·约翰》为例，突出论述该小说反映殖民地人民对抗宗主国控制、寻求自我身份和彰显传统文化的作用，只可惜误把金凯德的出生地安提瓜写作了牙买加。② 同样的问题出现在另一部学术专著中，《当代美国拉美裔文学研究》的第一章"美国拉美裔文学概述"将金凯德当作"多米尼克裔"中成绩斐然的个体代表，但在章节后文中又将之写作"牙买加裔作家"，实在前后矛盾。③ 上述问题在 2015 年出版的《美国文学大辞典》中得到解决，"牙买加·金凯德"作为一个词条被收录，其生平得到大致梳理，其代表性小说被简要概括和评述，金凯德本人被评价为"以揭示后殖民主义问题为主题的美籍加勒比裔后现代派作家中的代表人物"④。

截至 2019 年，我国尚未出现对金凯德作品进行深入系统研究的专著，相较于国外的相关研究，国内的研究目前仍相对滞后，研究者也没有关注到金凯德的一系列作品中呈现的作家逐渐形成的命名观。这些研究

---

① 参见舒奇志：《殖民地文化的成长之旅——牙买加·金凯德自传体小说〈安妮·章〉主题评析》，载《四川外语学院学报》2005 年第 4 期，第 59—63 页；谷红丽：《一个逆写殖民主义话语的文本——牙买加·金凯德的小说〈我母亲的自传〉解读》，载《外国语言文学》2012 第 3 期，第 190—195 页；周卉梅：《从斯皮瓦克的后殖民主义解读〈我母亲的自传〉》，载《盐城工学院学报（社会科学版）》2013 年第 2 期，第 73—76 页；朱小粉：《从后殖民主义角度解读〈我母亲的自传〉》，载《文学教育（上、下旬刊）》2013 年第 17 期，第 142—143 页；芮小河：《加勒比民族寓言的性别寓意——评〈安妮·约翰〉及〈我母亲的自传〉》，载《外语教学》2013 第 1 期，第 90—93，103 页；佴欣欣、张静：《〈一处小地方〉中殖民话语书写的修辞幻象》，载《柳州职业技术学院学报》2016 年第 3 期，第 100—105 页。

② 金莉：《20 世纪末期（1980—2000）的美国小说：回顾与展望》，载《外国文学研究》2012 年第 4 期，第 87—97 页。

③ 李保杰：《当代美国拉美裔文学研究》，山东大学出版社 2014 年版，第 32 页。

④ 虞建华主编：《美国文学大辞典》，商务印书馆 2015 年版，第 583—584 页。

主要反映出以下三方面的总体特征:一是金凯德作品在特定文学传统和文学社群中的研究(如女性文学、加勒比流散文学、美国少数族裔文学等),突出其作品对父权制和白人文化霸权的抵抗和颠覆,遗憾的是未能突破性别、种族等社会意识形态的局限;二是金凯德作品在特定文学体裁和主题方面的研究(如成长小说、自传体小说和民族寓言),强调其作品对母女关系、移民遭遇和历史创伤等主题的书写;三是金凯德作品与某个专题理论的探索与互动研究,最为集中的是女权主义批评、后殖民主义批评和非裔美国文学批评,可惜这些研究大多落入了运用单一批评视角的窠臼。

这些研究成果在一定程度上互相纠偏和补充,但仍旧反映出了一些问题:一是对金凯德作品关注的单一化,表现为对金凯德单一作品、热门作品的追捧,研究主要集中于《安妮·约翰》《露西》《我母亲的自传》三部作品,而金凯德早期创作的短篇小说、非虚构作品等尚未被国内学者纳入研究视野,不利于全面客观地对其进行评价。二是对金凯德作品解读的片面化、断章取义。研究者大多认为金凯德小说的语言千篇一律地集中于"愤怒",特别是在意识形态影响下对表层文本的单向政治阐释意图特别明显,这一点反映在运用后殖民理论突出作品抵抗殖民霸权、反对种族压迫、抵制性别歧视等方面。实际上这些问题皆可归结为殖民主义时期,殖民者对加勒比海地区(西印度群岛国家)民族传统历史的摧毁和以美国为代表的新/后殖民主义文化视野下,该地区人民价值取向和民族精神的建构问题。三是对金凯德其人其作的研究表面化,如以种族为定见对其进行归类,以群体特征掩盖了个体创新性等。综上所述,金凯德研究在国内尚存很大的拓展空间,笔者希望本书能为金凯德研究提供一个新的视角。

三、研究背景、研究内容、研究策略和研究特色

1981 年 11 月 1 日,安提瓜和巴布达宣布独立,作为英联邦成员国开始享有国家自主权。英国女王是国家元首,国家总督虽是本土公民,但要

由总理推荐、英国女王任命，并代表女王执掌国家的行政事务。安提瓜和巴布达政府大力发展旅游业和酒店服务业，教育和文化产业相对基础薄弱。

20 世纪 80 年代，美国进入了长达三十年的保守主义新权势集团执政时代，在尼克松与其后的历届总统眼中，“家庭危机”是美国面临的最严重的社会问题之一，他们都将恢复保守主义家庭观作为不懈努力的目标。在保守主义主流意识形态的引导下，文学、电影等文化阵地致力于解决中产阶级的精神焦虑，重塑“家”这个爱的港湾。金凯德的亲身经历与上述社会现状息息相关，她的作品全面地反映了一个身份复杂的知识分子的担当。

金凯德在作品中以命名的方式来表现和建构个体与个体、个体与群体之间的权力关系，她作品中的主人公和叙述者常常是被统治和被征服的一方，这些人物的身份认同和身份重塑无一不跟权力的授予问题有所联系。在《语言与象征力量》(*Language and Symbolic Power*，1991)中，彼埃尔·布迪厄(Pierre Bourdieu，1930—2002)挑战索绪尔、乔姆斯基、哈贝马斯等人对语言的定义，以政治经济学的眼光看待语言，认为日常话语的意义存在于生产关系中，与社会关系和权力紧密相连。① 在布迪厄的文化理论中，语言之所以能成为一种权力机制，是因为在各种心理表征形式中，语言作为客观的表征——符号(sign)/象征(symbol)——被承认和关注，并且通过符号/象征转化为一种权力的代理。命名行为涉及合法性授权问题，帮助说话人确立了现代社会的复杂结构。②

本书在选取金凯德的作品时主要有以下几个方面的考虑：首先，研究对象的创作时间跨度覆盖了金凯德的写作生涯，为研究提供了足够开阔的视野。这之中不仅能体现金凯德创作思路的连贯性，更能反映出其创

① Pierre Bourdieu, *Language and Symbolic Power*, Boston: Harvard University Press, 1991, pp. 1 – 13.

② 赵一凡：《西方文论讲稿续编：从卢卡奇到萨义德》，三联书店 2009 年版，第 745 页。

作思想的创新性。其次,选取的作品在内容上涵盖了金凯德对区域历史、社会症状、文化传统等不同维度的关注,涉及欧洲、北美洲和加勒比三个文化场域。这之中不仅能体现出金凯德创作素材的多元化,而且能反映出作家创作思想的复杂性。最后,选取作品在体裁上包含了金凯德的小说、回忆录、散文集、访谈录以及部分未收录的虚构和非虚构文章,这些不同形式的文本能够从多个侧面展现金凯德的写作技法和写作策略,从而反映出作家创作思想的开阔性。

"命名即拥有"是金凯德命名观的精髓,本书的核心命题就是论证金凯德在该命名观的指引下,运用自传式书写和民族寓言的创作手法对个体和集体身份进行建构,呈现出对加勒比女性口述文化、黑人美学传统的继承以及对人类超越种族、性别、阶级的普遍人性关怀。

本书由六部分构成:绪论对国内外金凯德作品的研究情况进行比较综述,指出在当前金凯德研究领域中由命名所贯穿的一系列问题受到的忽视和曲解现状,提出运用"命名即拥有"的研究视角可以有效地解决作家复杂的文化身份给研究带来的诸多问题;第一章通过梳理命名和身份问题在西方传统和当代语境中的变迁,揭示金凯德"命名即拥有"的命名观的形成离不开"两希"文明的文化背景、西方哲学思想基础和英语文学传统的综合影响;第二章以金凯德作品命名中的空间概念"在河底""弹丸之地""新英格兰村庄"为指引,在文本研究的基础上以史料为支撑,论述金凯德作品呈现的个体身份和集体身份建构的焦虑,指出存在于加勒比族群和美国社会的个体身上的困境;第三章以金凯德作品中命名的身份概念"厨房下小屋子里的作家"和"我的奴隶先人"为线索,从身份认同的个体和集体两个层次分别论述指出作家的作品既是加勒比族群文化身份意识的产物,又促进族群个体和集体身份的确立;第四章以金凯德作品中命名的行为概念"爱是一种行动""我写故我在"为线索,揭示作家在发现身份危机、形成建构理念后,最终通过爱的教育和文字的力量进行身份重建的人生追求,以及实现修复加勒比族群历史和塑造人类精神花园的创作理想。本书的结论为:金凯德的"命名即拥有"的命名观是作家在非裔和加勒比的历史文化、英国的殖民教育和美国移民生活的经验共同作用下的思想结晶，其形成所涉及的复杂的历史文化背景、丰富的理论内涵和尖锐的现实问题是全面理解金凯德作品充满人性关怀的创作主旨、情感语言的美学技艺和多元文化价值的关键，作家在该理念的观照下不仅对加勒比族群的身份建构有所推动，而且对后现代社会人类普遍面临的身份问题提供了一个解决方案。

本书的学术创新之处可以概括为以下几个方面：其一，以命名观为切入点，为国内外金凯德作品研究提供了一个崭新的视角，观照到了金凯德对区域历史、社会症状、文学和文化传统等不同维度的关注，解决了作家复杂的文化身份给作品的综合研究带来的问题；其二，以解决人类共同面对的全球化背景下的身份建构问题为向导，以覆盖金凯德写作生涯的各类文本为对象进行综合和深度分析，彰显其艺术性、文学性和人文性，对人们解决当下身份危机有一定的现实意义；其三，作为国内第一部金凯德作品研究的专著，本书的研究成果将对丰富美国文学、族裔文学、女性文学研究都具有一定的学术价值，对文学中的命名问题研究和身份认同问题研究也有积极的理论建构意义，对发展中国家，特别是有过殖民或半殖民经历的民族的文学和文化研究有一定的借鉴意义。综上所述，以金凯德创作生涯中逐渐形成的"命名即拥有"的命名观为切入点，本书旨在更深入、更全面地挖掘金凯德作品在人类共同面对的身份建构问题上做出的文学贡献。

第一章　命名和身份问题的传统和当代语境

金凯德在创作文学作品时特别注重对人物、地点、行为的命名，并且在创作过程中提出了“命名即拥有”(to name is to possess)的概念。该概念展现出金凯德独具特色的命名观，而且说明了作家有意识地参与了后现代语境下的身份建构。然而，想要充分地说明金凯德自成一体的命名观，充分地理解其文学作品中命名现象和命名行为之下隐藏的作家身份意识和身份认同观念，强有力地证明金凯德作品在发现身份危机、表达身份认同和实施身份建构上的贡献，笔者认为还需要从西方的历史文化和哲学思想传统谈起，并综合考察金凯德本人的教育背景、生活环境和文化素质。

笔者希望在这一章梳理西方传统和当代文化语境中命名观观照下的身份认同的发展脉络，论述名称是传递文化内涵的语言符号，而命名是身份建构的政治策略，探讨命名在西方文学传统、英语文学传统，特别是加勒比文化传统中的渊源和发展脉络，描摹出20世纪80至90年代命名观观照下的身份认同在族裔文学和文化中的语境。笔者希望通过融合特定时代背景，深挖命名的历史渊源，描摹出金凯德命名观涉及的核心概念和主要发展脉络，从而为之后的章节奠定基础，以便进一步探究金凯德作品的命名观如何体现她对传统的继承和突破，以及在这些命名现象之下的身份认同和身份建构中，金凯德的情感和价值关切是什么。

第一节　西方文明源头中的命名问题

命名行为在人类文明史上曾是难以名状的，早期东西方哲学、宗教纷纷将命名行为叙述为某种神秘力量作用的结果。早期的东方智慧试图这样解释事物的本源：名为万物之始，万物始于无名。道生一，一生二，二生三，三生万物，中国传统道家学说这样叙述事物与名字之间的关系。名字在原始的社群文化中有着神秘的巨大力量。古埃及人用尖锐的工具在他们制作的陶器表面刻上敌人的名字，然后用摔碎陶器的形式诅咒他们的敌人生命终结。北美洲印第安人的部落中流行着这样一句古谚："创伤可医，错名难修。"①名字作为原始部落符号和图腾崇拜的重要组成，展现了自古以来人类对命名的敬畏态度。我们不禁要问，是谁给万物命名，以何为名，又为何命名呢？金凯德从三岁起跟随母亲到安提瓜图书馆读书，熟悉英语词典和钦定版《圣经》，她的文学作品中经常无意识地呈现出神话原型和宗教意识。② 本书之所以从古希腊神话和希伯来圣经开始追溯命名问题，主要是出于对金凯德的宗教背景和文学教育背景两方面的考虑。

一、古希腊文明的命名问题

欧洲文明的摇篮之一的古希腊哲学，以古希腊神话为源头。作为影响最为广泛而深远的西方文学传统之一③，古希腊神话以诗人赫西俄德的

---

① Joseph Boskin, *Into Slavery: Racial Decisions in the Virginia Colony*, Philadelphia: J. B. Lippinott Company, 1976, p. 29.

② 相关论述参见：Allan Vorda and Jamaica Kincaid, "An Interview with Jamaica Kincaid", *Mississippi Review*, Vol. 20, No. 1/2, 1991, pp. 7 – 26; Jamaica Kincaid and Kay Bonetti, "An Interview with Jamaica Kincaid", *The Missouri Review*, Vol. 15, No. 2, 1992, pp. 123 – 142.

③ 一般我们认为西方文学的三大神话传统为古希腊神话、古罗马神话和北欧神话。

《神谱》对原始氏族部落的想象之记录为开端,后得益于荷马《伊利亚特》和《奥德赛》的贡献而广为流传。在古希腊神话世界中,世界最初一片混沌,后经由乌拉诺斯—克洛诺斯—宙斯三代父系神的统领和母系神的扶持,诸神谱系得以建立,自然秩序随之确立。宙斯的五妾谟涅摩绪涅(古希腊语Μνημοσύνη,拉丁语 Mnemosyne,意为记忆)是古希腊神话中主司记忆、语言、文字的女神。《神谱》的“序曲”就从谟涅摩绪涅诞下九个文艺女神开始叙述,谟涅摩绪涅给女儿分别命名为“历史”“挽诗”“喜剧”“悲剧”“舞蹈”“抒情诗”“祷歌”“天文”“史诗”。这些文艺女神的名字不仅使诸神对应了一定的人格化特征,而且其对应的语词的基本含义构成了西方文明的源泉。

古希腊神话中的记忆女神给女儿们命名的故事深深地影响了金凯德的创作,她曾经在采访中承认这一点:

> 写作和记忆密不可分,我所写的东西无不基于记忆。希腊神话中的记忆女神谟涅摩绪涅不像波塞冬只司海洋,她跟很多事物都息息相关。她育有九个女儿,她们是文艺的缪斯,是文明的基础,这是很重要的一点,也是我对记忆这么感兴趣的原因。[……]既然记忆是混沌的,那么在写作中重复就会自然而然地出现。[……]如果我失忆了,恐怕我的创作会就此停止,因为我对记忆太感兴趣了——有意识和无意识的。我觉得文学就是对无意识的一种表达。

在金凯德最新创作的小说《望今昔》(*See Now Then*,2013)中,人物赫拉克勒斯(Hercules)和普西芬尼(Persephone)与古希腊神话建立了显而易见的互文性关系,小说中的女主人公斯威特太太(Mrs. Sweet)也被学者用于与古希腊神话中的美狄亚(Medea)做比较研究。

古希腊神话中的命名展现了原始社会的人类对文明建构的广阔想象,为后来的文学作品创作提供了大量的人物原型,朱庇特、普罗米修斯、维纳斯等神话人物的故事成为诗人笔下的插曲和寓言,正如 18 世纪大诗人塞缪尔·泰勒·柯勒律治(Samuel Taylor Coleridge)所言,“根深蒂固的本能依然使古老的名字复现”①。古希腊诸神虽有超验的能力,却都有人性的弱点。正是这一点向我们揭示了人类命名行为基于生活经验并辅以想象而产生。朴素的原始氏族部落神话向我们揭示:命名者的生活经验决定了命名的方式和内容,而想象在其中发挥了重要作用。在剑桥大学人类学家对神话的分析基础上,詹姆斯·弗雷泽(James G. Frazer)的著作《金枝》(*Golden Bough*)提出了在不同文化和宗教中出现的神话基本模式。神话中的“原型”(archetype)被卡尔·荣格(Carl G. Jung)以“原始意象”(primordial images)的表述阐释,他认为这些意象是在人的集体无意识中传承下来的原始祖先的共同经验模式,而神话、仪式、想象和文学作品再现了这些原始意象,它们能够唤起读者的精神共鸣。二人为文学中的原型批评(archetypal criticism)理论奠定了基础,后来,原型批评家诺斯罗普·弗莱(Northrop Frye)在其著作《批评的剖析》(*Anatomy of Criticism*, 1957)中发展了原型批评理论,并结合《圣经》的象征释义提出了自己的文学批评理想。在原型批评理论的建构下,神话不仅仅局限于古希腊神话故事,也包含了《圣经》等反映共同文化和传统的其他文学形式。

二、希伯来文明中的命名问题

西方文明的另一个摇篮则是希伯来宗教文化。人们从自然中将自我区别开来后,就开始以圣经文学的形式认识自我。在《圣经》第一卷《创世记》的天地混沌之间出现了一道声音——“要有光”,于是光就诞生了。与东方哲学以“道”命名万物相似,西方宗教认为这个神秘的力量来源于“上帝”,上帝是世间万物的命名者。“希伯来圣经”讲述的是耶和华上帝与以色列人之间的故事。故事围绕着上帝和人之间的一组对话展开。上帝呼

① 艾布拉姆斯、哈珀姆:《文学术语词典(中英对照)》,吴松江等编译,北京大学出版社2014年版,第461页。

唤人道:“你在哪里?”人则对上帝发问:“你叫什么名字?”[①]希伯来圣经以命名的实践区分了男性和女性的特质:男性代表全人类延续的根源和力量,而女性代表生命的繁衍生息,是男性的附属。在希伯来语中,人类的始祖亚当(adam)之名的词语意义与“人类”一词相同,而夏娃(hawah)之名从“生命、生物”(hayi)一词演变而来。在亚当一词的基础上添加阴性词尾(ah)后生成了另一个词“土地”(adamah),阴性由此与土地滋养和孕育人类的意义建立联系,并在圣经故事中充分体现。[②] 人类对自我和世界的关系的探寻从对彼此的询问和试探开始,通过《圣经》影响了一代代西方人的心灵。

金凯德就深受圣经文学的影响,她所接受的安提瓜殖民地时期的教育是英式的。金凯德曾在《安妮·约翰》中呈现了《圣经》成为小说主人公衡量世界的标准以及弥尔顿的《失乐园》给小说主人公童年造成的阴影[③],她还曾在采访中表达《圣经》叙事对她文学创作的重要影响[④]。在人类历史长河中,金凯德只不过是试图认识这个未知的世界,并寻找自己在历史中的位置的众多探索者之一。她以写作的形式,尝试通过建立人与人、人与事物之间的联系来建构起自我和集体的身份,从而回答古希腊哲学家苏格拉底提出的人生哲学命题——“认识你自己”。

三、“两希”文明命名观的比较及其对金凯德命名观的影响

既然西方文学的这两大发端都对金凯德的创作有重要的影响,那么

① 游斌:《希伯来圣经的文本、历史与思想世界》,宗教文化出版社2016年版,第i页。

② 刘连祥:《〈圣经〉伊甸园神话与母亲原型》,载《外国文学评论》1990年第1期,第35—36页。

③ 两部作品对主人公的影响在小说中被叙述者安妮以第一人称的口吻进行了细致描绘,详见牙买加·金凯德:《安妮·强的烈焰青春》,何颖怡译,女书文化事业有限公司2001年版,第92、110页。

④ 本书的附录二,即笔者在哈佛大学访学时对金凯德进行的采访中,多处谈到钦定版《圣经》对金凯德的创作内容和形式的影响。

笔者希望在论述金凯德作品中的命名问题之前，对两大发端的异同做一番细致的考察。美国马里兰大学教授苏珊·汉德尔曼(Susan Handelman)指出，西方文学解读以及与此相关的方法和理论有两个发端：一个是《圣经》的阐释学，另一个则是希腊哲学中有关认知、阐释和解读的观点。① 在她看来，牛津大学教授马修·阿诺德(Matthew Arnold)提出的希腊和希伯来的对立构成了西方文明在根本上的对立统一。这是哲学和宗教的对立，亦是基督教徒和犹太人的主要分歧。② 在语言的功能和真理的关系上，古希腊哲学和希伯来文化传统存在着认识上的分歧。作为名词的"名字"和作为动词的"命名"在英语里是同一个单词，即"name"。该词源于日耳曼语，并与拉丁语的"nomen"和希腊语的"ónoma"共享词根。专有名词词源学(onomastics，希腊语"onomastikós")研究的就是命名和名字，特别是人名的历史和渊源。汉德尔曼教授从"语言"(word)谈起，分析了它在希腊文与希伯来文中的不同意义。希腊文中与"语言"相当的词是 onoma，也就是"名字"(name)。由此可以看出，在希腊人的认识中，语言是存在的事物的名称，而不是存在。希腊哲学家因此认为"语言和用语言所表达的文学只是对现实的模仿，它自然不能与现实相提并论，它次于真(存在)和善(行为)，属于第三位的美(艺术/文学)的范畴"③。建立在这样的认识基础之上，希腊哲学强调终极存在的重要性，并试图超越语言去追寻本体，形成了逻各斯主义。

与希腊哲学对"语言"的认识不同，希伯来文中，表示"语言"之意的词为"davar"(英语为 thing，即"事物/东西")。这表明在希伯来传统中，语言即存在。希伯来文为上帝命名万物提供依据，犹太教对希伯来圣经文

① 刘意青：《〈圣经〉的阐释与西方对待希伯来传统的态度》，载《外国文学评论》2003 年第 7 期，第 30 页。

② 刘意青：《〈圣经〉的阐释与西方对待希伯来传统的态度》，载《外国文学评论》2003 年第 7 期，第 30 页。

③ 刘意青：《〈圣经〉的阐释与西方对待希伯来传统的态度》，载《外国文学评论》2003 年第 7 期，第 30 页。

字和语言的态度体现了这一点:“上帝的话/经文就等于上帝。”[①]通过对比以逻各斯主义为中心思想的希腊哲学与强调真理语言而非终极存在的希伯来宗教文化,我们可以初步看出西方文学传统中“命名者”的不同原型之间的差异:第一个原型是“语言的化身”,无论是希腊诸神,还是基督教中的上帝(肉身的耶稣),命名者是想象中的、有形的本体;第二个原型则是“语言”,即希伯来宗教文化中变化多端的话语。西方哲学和宗教渊源虽然呈现了对语言的不同认识,但是给后世继续探索命名问题留下了线索:人类世界的混乱在语言的逻辑体系中得到规整,命名行为在规范的逻辑体系的建立中发挥了重要的作用。

金凯德在移民美国之后选择了皈依犹太教,相较于古希腊神话,希伯来圣经对她的影响更加深远。如果说金凯德从古希腊神话中找到了理想的原型,那么她从希伯来文明中汲取的是运用语言的能力和传播族群精神的力量。她从希伯来圣经中习得了话语的权威,将上帝命名万物的权力运用到命名自己的作品和人物上,将上帝不间断的叙述呈现为创作中跨页的长句和情景的再现。她的文字绝妙地展现了上帝般权威的语言,宗教研究学者这样评价犹太教的话语方式:

> 在希伯来人看来,所有文化成果都是话语(speech)的记录。话语可分为两大类,一类出自上帝,一类出自世人,前者多用神圣预言形式,后者则诉诸于世俗智慧形式。圣经中的预言、教训、诫命、应许、祝福、诅咒一般由先知或祭司发布,被理解为上帝意志的传达;箴言、警句、格言、比喻、寓言、谜语等则由人间智者或长辈讲述,以教诲年轻人如何生活。[②]

从命名到书写,在金凯德的作品中,我们可以看到希伯来文明中“神

① 刘意青:《〈圣经〉的阐释与西方对待希伯来传统的态度》,载《外国文学评论》2003年第7期,第30页。

② 梁工:《圣经形式批评综论》,载《世界宗教研究》2011年第4期,第88页。

圣预言”和“世俗智慧”两种话语形式，前者以母亲教训孩子或上帝直接言说的形式呈现在如短篇小说《女孩》、短篇小说集《在河底》以及长篇小说《望今昔》等作品中，后者则以民族寓言的形式呈现在多部长篇小说中。而无论是《安妮·约翰》中母女共有的名字“安妮”(Annie)还是《我母亲的自传》中“雪拉”(Xuela)这个祖孙三代人共用的名字，都充分体现了金凯德从希伯来文明的经典中继承的一种生命言说的写作策略：

> 所谓经典，它既是过去一代人们生命的沉淀，又是未来一代人们经验生命的方式。它使人们以某种给定的方式来经验、反思自身以及他们周围的世界。在人们对那些永恒的意义问题的探寻中，它指引人们寻找答案的途径，开辟人们思考和想像的空间，甚至先在地影响人们对世界的经验，厘定人们提问的方式。总之，经典所具有的普遍的适应性，使它得以进入一代又一代人们的生命经验中。其直接结果就是，某个稳定的、具有独特身份的社群成为可能。①

正是在希伯来圣经经典文学构筑族群精神的光辉照耀之下，金凯德的写作无意识或有意识地参与了个体和集体身份的建构实践。值得注意的是，金凯德不止一次地在访谈中表达“我写故我在”(writing to survive)的人生观，并认为书写的语言是对生命的一种延续，因而在她的三弟因为艾滋病去世以后，她创作了回忆录《我的弟弟》(*My Brother*, 1997)以重塑他的身份并保有他的生命：

> 我在绝望中成为一名作家，所以当我一听说我的弟弟快要死了的时候，我很熟悉这种感觉，然后想起了我是如何自救的。我要书写他。我要书写他的死亡[……]当我听说弟弟病了

① 李炽昌、游斌：《生命言说与社群认同：希伯来圣经五小卷研究》，中国社会科学出版社2003年版，前言第1页。

[……]我的直觉告诉我,若要理解它,或者说试图理解他的死亡,而不是跟着他一起去死,我就要把它写出来。[①]

正如希伯来圣经中的人物关系一样,金凯德目前所创作的一部部作品如果联系起来,可以看作是一个具有"广大系统意义"的"家庭谱系"式叙述文本,每一本书的命名和封面肖像的选择都揭示了她的创作主旨不仅仅局限于某个主体身份的塑造。[②] 金凯德的作品折射出希伯来文明开放和包容的世界观,因此读者可以通过阅读和想象对作者所理解的"命名—书写—生存"之间的关系进行自由阐释。

希伯来圣经虽然是上帝的话语,但是它属于整个希伯来民族;虽然它书写的是个体的故事,但是塑造的是集体的精神。人们通过阅读对族群的文化身份产生自己的理解,并以此明确自己在族群文化中的时空位置,并薪火相传。这种族群生命经验的传播还需要以集会的形式进行相互之间的交流,"将深层的生命言说转化为某个社群的身份认同,一个独特的桥梁就是公共的礼仪活动",书写的经验"在公共的礼仪活动中,为群体所朗读,形成一种公共言说",由此一种"稳定的、群体性的集体意识得以形成,社群认同得以实现"。[③] 在金凯德小说《安妮·约翰》中,女孩们经常在课间和课后到附近墓地的大树下集会,坐在她们共同的奴隶先人的墓碑前不断重复着关于人的死亡和成长的见闻,而且怎么听都不会厌倦。[④] 在这样固定时间和地点的集会中,女孩们通过分享生命的经验,结下了深厚的友谊,并形成了稳固的女性口述传统。西方伦理学家阿拉斯戴尔·麦金太尔(Alasdair Maclntyre)在研究中指出,到了中世纪,圣经历史的观

① Jamaica Kincaid, *My Brother*, New York: Noonday Press, 1998, pp. 195 – 196.

② Susheila Nasta, "'Beyond the Frame': Writing a Life and Jamaica Kincaid's Family Album", *Contemporary Women's Writing*, Vol. 3, No. 1, 2009, pp. 64 – 85.

③ 李炽昌、游斌:《生命言说与社群认同:希伯来圣经五小卷研究》,中国社会科学出版社 2003 年版,前言第 1—2 页。

④ 牙买加·金凯德:《安妮·强的烈焰青春》,何颖怡译,女书文化事业有限公司 2001 年版,第 70—74 页。

点与古希腊哲学家亚里士多德的哲学观点达成了一个共识，即“友谊美德是人类共同体的纽带”①。

通过本部分论述，我们以“语言”一词为契机，看到了“名字”和“事物”同根同源的关系，只不过“希腊精神最为重视的理念是如实看清事物之本相；希伯来精神中最重要的则是行为和服从”②。前者侧重于对科学真理的孜孜探求，后者侧重于对人文精神的不懈追寻，两者在价值塑造上达成了真、善、美的共识。这不禁引发了笔者进一步的思考，如果把对两种文明的认识结合起来，或许有助于我们理解文学作品中作为语言的人名和作为事物的身份之间的关系。金凯德的命名观又是如何把两者联系在一起的呢？接下来笔者将借助西方哲学传统进行回答。

第二节　西方哲学传统和当代语境中的命名与身份问题

金凯德为小说主人公选取名字时，特别注重历史的、文化的、心理的原型，这在笔者看来是一种与血亲关系、族群历史相联系的命名实践，而且重点突出了命名者和被命名者之间强弱有别的权力关系。金凯德在《我的花园(录)：》中给一篇文章取名为《命名即拥有》(“To Name Is to Possess”)③，并对这一概念进行了阐释。笔者认为金凯德隐藏了或者说省略了一些内容，根据她的论述，这句话的完整意思是：甲命名乙，意味着甲拥有乙(甲和乙可以是相同的主体)。在第一节对西方文明命名行为追根溯源的基础上，本节将继续探索西方哲学思想中有关命名行为和身份认同的关系。相信这两节的系统论述可以帮助我们进一步思考和理解金凯

---

① A. 麦金太尔：《追寻美德：道德理论研究》，宋继杰译，译林出版社 2008 年版，第 203 页。

② 马修·阿诺德：《文化与无政府状态：政治与社会批评》，韩敏中译，三联书店 2002 年版，第 112 页。

③ Jamaica Kincaid, *My Garden (Book)*:, New York: Farrar, Straus and Giroux, 2001, p. 114.

德的命名观:1. 命名者是谁?2. 被命名的对象是谁?3. 命名者给被命名者取了什么样的名字?选取这一名字的原因是什么?4. 被命名者对此是服从还是反抗?反抗的原因又是什么?5. 命名者和被命名者处于什么样的社会关系中?如果我们能从哲学思想中找到回答这些问题的基本规律,并带着这些问题回归到金凯德的文学作品研究中,相信很多由作家复杂的文化身份带来的文字之谜就可以迎刃而解。

一、西方哲学思想中以"我"为中心的命名与身份问题

西方哲学家从来都喜欢给"身份"命名。古希腊哲学将关注世界的目光从自然本身转移到了人和社会伦理。从苏格拉底开始,西方哲学研究发生了"心灵转向"。他提出"认识你自己"的理想,并强调人应该追求认识美和正义自身、认识社会生活的普遍法则。他对人生理想的命名,引导人们开始关注"自我",建立起"知识即美德"的伦理思想体系。在老师的理论基础上,柏拉图建立了以"理念论"和"回忆说"为核心的客观唯心主义认识论。他强调真实存在和永恒不变的是理念的世界而非现象的世界。特别值得注意的是,他认为童年记忆对一个人影响深远,因而强调早期教育和成长环境对一个人发展的重要性。在教学过程中,柏拉图引导学生以回忆和沉思的方式提高认识。柏拉图的《克拉底鲁篇》(*Cratylus*)对语言和人本身的系统性研究有着重要的贡献。①

笛卡尔继承了柏拉图的理念论和奥古斯丁的心灵直觉论,在《论方法》(1637)中提出了"我思故我在"(cogito ergo sum)的主体论,即人的自我身份等同于思想意识,这奠定了身份认同的启蒙基础。康德在《什么是启蒙?》(1784)中拓展了笛卡尔的主体论,认为主体即"感知",因而自我启蒙是一个不依附权威走向成熟的过程。随后,黑格尔在《精神现象学》(1807)中画出了"意识—自我意识—理性—精神—绝对精神"的启蒙主体

---

① R. J. 内尔森:《命名和指称:语词与对象的关联》,殷杰、尤洋译,上海科技教育出版社2007年版,前言第5页。

路线图。他的贡献在于提出了不同的自我意识之间存在依赖关系。[①] 这一哲学观点为身份认同中“自我/他者”的关系问题奠定了哲学基础。后来精神分析学派的代表人物拉康进一步将其演绎为他者话语为自我提供认同途径，正是因为有了他者对“我”的呼唤、对“我”的评价，“我”才意识到“我”是什么身份。名字在他者的话语中起到了至关重要的作用。

从19世纪40年代起，西方哲学进入了现代发展时期。虽然德国古典哲学逐渐暗淡，黑格尔学派逐渐衰败，但是逻辑学研究领域的成就仍不容忽视。伴随着欧洲各国工业革命的完成，资本主义进入高速发展时期，这恰恰促进了自然科学的突飞猛进。命名行为伴随着自然科学领域层出不穷的新发现，表达着人类对新事物的态度。语言哲学中的命名理论（naming theory）逐渐发展出两大主要流派：以弗雷格、罗素、维特根斯坦为代表的摹状词指称论（description theory）阵营和以克里普克为代表的历史因果指称论（historical-casual theory of reference）阵营。两派的争论代表了西方传统哲学与向语言学转向之后的哲学对语言的不同哲学性思考。

弗里德里希·戈特洛布·弗雷格（Friedrich Gottlob Frege）在著名的《论含义与指称》（“On Sense and Reference”，1892）一文中指出，语言表达式有指称对象和表达含义两种功能。在指称和含义的关系中，弗雷格认为，指号对应的含义是特定，与特定的含义相对应的是特定的指称，而与一个指称相对应的指号可能有一个以上。传统的指称理论认为，只有符合一个名称的全部内涵或含义的事物，才是这一名称的指称对象。20世纪60年代后期，美国著名逻辑学家和哲学家、模态逻辑语义学创始人之一索尔·克里普克（Saul Kripke）针对这一点提出批评。他认为不能把符合一个名称的全部内涵或含义当作确定指称对象的“必要而充分的条件”，命名活动不以世界上偶然发生的事件为转移，认识和掌握事物的本质属性才是命名的关键。随后，克里普克在其论著《命名与必然性》（*Naming and Necessity*，1980）中，将摹状词跟严格指示词区分开，发展出“历史的、因果的命名理论”。该理论的核心思想是：人类的命名活动是在把事

① 黑格尔：《精神现象学》，贺麟、王玖兴译，商务印书馆1997年版，第127页。

物置于某个传统之中,并考察了其来龙去脉之后确定的事物的名字,也就是说,决定人类如何命名事物的是事物本身产生的历史和因果,而不是名称本身代表了什么意思。按照该理论,名称借助于某些与这个名称有关的历史事实去指称某个特定的对象,比如人名通过血缘关系(kinship)或通过命名活动产生。在此情况下,名字的说出者虽然不能穷尽该名称的内涵,但依旧可以凭借其对历史事件的掌握呼唤现存的指称对象,甚至命名新生的存在。法国哲学家保罗·利科(Paul Ricoeur)认为,在诸多名称中,专名(proper name)即命名者选取"某一名字对某一个体进行了永久的命名,使其有别于同类的其他个体",其唯一性能起到"确认身份和自我的作用",象征自我的完整。[①] 美国凯斯西储大学哲学教授内尔森(R. J. Nelson)肯定了人类在语言学、结构语义学方面取得的进展,也提出了更进一步的希望:

> 在更为重要的有关名称(names)和被命名的事物(things named)的关系方面,情况却远非如此。我们了解得更多的是短语和句子的句法结构,而不是其组成词所形成的语词与世界的结合关系(word-to-world hook-up)。[②]

内尔森结合历史因果指称论和计算机模型探讨了语词(word)和对象(thing)之间的意义,其贡献在于揭示了语义现象与人的感知、信念之间的联系。由此看来,名称/名字包含了命名者对被命名的事物与世界的关系的主观态度,这种态度源于命名者对事物个体的历史和其所属集体的文化背景的认识。

---

① 何庆机:《自我的追寻:罗伯特·弗罗斯特叙事诗的命名模式与张力》,载《外国文学研究》2009 年第 4 期,第 29 页。

② R. J. 内尔森:《命名与指称:语词与对象的关联》,殷杰、尤洋译,上海科技教育出版社 2007 版,第 5 页。

二、西方哲学思想中以“社会”为中心的命名与身份问题

人类是群居的生物，个体从来都跟集体密不可分。西方哲学思想对共同体社会的研究可以追溯到柏拉图的《理想国》(*The Republic*，约公元前380年)和亚里士多德的《政治学》(*Politics*，公元前326年)对古希腊城邦生活的论述。在西方哲学发展的历史长河中，哲学家对人的命名除了考察人自身，有一部分还将其与社会关系一分为二来看，并逐渐形成一派与启蒙思想不同的身份认同观念。该认同观念源于18世纪末欧洲社会学和其分支社会心理学的影响。

人在社会生活中的经验如何反过来作用于人，成了一部分哲学家特别关注的焦点。卡尔·马克思(Karl Heinrich Marx)虽然批判地吸收了黑格尔的哲学思想，但是对他提出的自我与世界关系的路线图进行了反驳。马克思认为社会存在决定社会意识，并指出决定阶级身份的因素是社会生产关系。进而，他将资本主义社会里没有生产资料的、靠出卖劳动力为生的劳动者命名为“无产阶级”，将占有生产资料和劳动者的、处于统治地位的阶级命名为“资产阶级”。马克斯·韦伯(Max Weber)将阶级关系以公式化的形式进行了论述，认为社会阶层由社会阶级、社会地位和社会团体构成。这些因素决定了人的生活方式和价值判断，他特别强调民族文化价值对个人的深刻影响，同时也指出有相同价值观念的个体往往构成一个社会地位相同的团体。在他的政治社会学研究中，韦伯指出了社会朝着理性合法的权威框架发展，以理性为工具的社会框架将不可避免地运用官僚制度使得社会关系物化。西格蒙德·弗洛伊德(Sigmund Freud)从心理分析的角度将人的身份表述为“和另一个人的情感纽带的最早表达”。在他看来，人与社会关系的认同得以在自我和超我的层面实现，社会关系以外力的形式冲击本我，在自我的层面形成矛盾心理，当自我(认识)受到威胁，人就会产生焦虑。他用精神分析的方法论述了如何解除现实的焦虑。

1927年，马丁·海德格尔(Martin Heidegger)发表了著名的《存在与时

间》,以人即存在为出发点,指出宇宙万物之中只有人能意识到自身的存在,并强调人类自主采取生存(Existenz)方式,进而提出了一个人与世界的关系公式:存在于世中(Sein-in-der-Welt)。海德格尔在他后期的哲学论著中将命名与人类的诗意栖居联系在一起,称“语言凭其给存在物的初次命名,把存在物导向语词和显现”①。他将语言和命名联系在一起,强调了语言的命名性,并从语言哲学的视角解释了命名这一行为:在这一行为中,人是主体,作为存在的事物是客体,作为语言的名称是媒介符号,客体在主体对其进行命名的实践中通过语言完成了从物体到符号的转化。这个过程对于客体而言有两层意义:首先,客体被主体赋予了某种或多种意义或内涵;其次,意义必须得以彰显。这一论述还说明了命名的两个目标:一方面,存在物通过获得名称而得到该名称的语义确认(甚至获得其象征内涵);另一方面,存在物通过与名称建立特定联系得以与其他存在物有所区别。

与自我身份相对的社会身份在路易·阿尔都塞(Louis Pierre Althusser)看来是人与生俱来的。正如亚里士多德指出,“人类生来就有合群的性情”②,天性使得人类趋于在某个集体中生活和认识自我。社会身份中最基本的构成元素是血亲关系,如果我们还记得克里普克的历史因果指称论,就不难理解阿尔都塞在《意识形态和意识形态国家机器》一文中所称的,家庭是最主要的意识形态机器之一,血亲关系赋予人的身份是注定无法选择的。在家庭、自我、社会构成的人格中,雅克·拉康(Jacques Lacan)宣称存在一种自我/他者的想象人际关系,每个人都需要经历镜像阶段与俄狄浦斯阶段,最终服从于作为符号的父亲之名所象征的权威,进入成熟的自我阶段。1970年,米歇尔·福柯(Miche Foucault)发表《话语的秩序》,指出在语言、知识与权力的谱系中,权力依托现代机构(The Modern Institution)的机制生产知识,这一实践则体现为话语暴力。大写主

① M.海德格尔:《诗·语言·思》,彭富春译,戴晖校,文化艺术出版社1991年版,译者前言第4页。

② 亚里士多德:《政治学》,吴寿彭译,商务印书馆1965年版,第9页。

体(Subject)在话语暴力的压迫下受到规训，通过心灵驯服化解被主宰的小写主体(subject)对政治权力的抵抗。

事实上，在由家庭、学校、社会构成的教育体系中，人就一直生存在权力关系的支配之下。无论是强调在理性主导下的自我完整性探索，还是在权力主导下的社会关系中的自我确认，他们都回归到了“认识你自己”这一有关身份的哲学之问上。自我和社会犹如一个硬币的两面，缺少哪一个，“我”都无法被命名。命名的行为需要语言的力量，皮埃尔·布迪厄(Pierre Bourdieu)认为，“语言力量自古来自社会关系”，他揭示了在神秘、神圣的集体话语基础上，以人为中心的交往关系中语言被授权的事实。在诠释命名行为与现代社会的复杂结构关系时，布迪厄提出命名有如下特征：

> [1]无论褒贬，命名都在权威指导下进行，并受到共识的支配。例如一个学生获得博士学位，这代表学术机构的官方认可。[2]命名把语言层面的象征权威，转换为社会认可的力量，同时强加一种不可违抗的社会共识。[3]命名是一场永不停歇的争斗，其目的是以象征符号巩固合法性。即便是学者和科学家，也难免利用象征资本，竞相卷入争斗，可他们对此浑然不知。①

我们仿佛可以根据布迪厄的理论给“命名”下这样一个定义：作为一种具有生产性的社会实践，它是以象征符号巩固合法性的行为。在实践中，其合法性来自现代性机构话语权威的授权，而象征符号在共同体中引起人们的共识，社会共识反过来强化了权威授权的效果。这一点对于理解金凯德作品的命名和所有权理论来说至关重要。哲学家的道德责任感促使他们既要努力尝试揭示人类生产实践的现象和行为本质，又要负责对行为的结果做积极的引导。在自由主义和民主价值观日益盛行的年

---

① 赵一凡：《西方文论讲稿续编：从卢卡奇到萨义德》，三联书店 2009 年版，第 746 页。

代,弗里德里希·尼采(Friedrich Nietzsche)就曾尝试提出有关真理、道德和“人”(man)的新价值观,从而帮助人类实现道德发展的目标。在尼采看来,确定合适的政府和社会形式最能推动对这些新价值观的命名(naming)。[①] 涉及权力的实践一定有规则,规则的制定则是为了建立相应的秩序,法根认为,“命名是对秩序的渴望的必不可少的一部分”[②]。许多国家以法典或法律的形式规定了人的姓名权的社会价值和人格价值,并在条文中对姓名的决定权、变更权予以规定,对姓名的构成内容予以限定,以保障从属于人格权的姓名权不被侵犯,同时巩固了姓名所代表的个体在社会中的身份和个体所在集体的文化价值。[③]

西方学者对姓名、人格到底是什么权利有着长久不休的争论。以德国学者莫迭尔为代表,一部分学者提出姓名权即身份权的观点,称作为亲属权的一部分,它发挥区别血亲、族群和等级身份的作用。[④] 欧洲工业革命、资产阶级革命消解了人身依附关系,姓名对人的表征开始从身份向人格转变。法国大革命以后,姓名权被认定为公民的所有权。[⑤] 后来欧洲许多国家都以立法的形式捍卫作为人格表征的姓名权。黑格尔认为,“人格权本质上就是物权”[⑥]。德国学者魏尔德(Wiarda)在黑格尔的思想基础上做了进一步的阐释,他认为“姓名权如所有权一样可以对抗第三人,并附

---

① Bradford Vivian, “Freedom, Naming, Nobility: The Convergence of Rhetorical and Political Theory in Nietzsche’s Philosophy”, *Philosophy & Rhetoric*, Vol. 40, No. 4, 2007, p. 379.

② 相关讨论参见 Robert Faggen, *Robert Frost and the Challenge of Darwin*, Ann Arbor: University of Michigan Press, 2001.

③ 参见袁雪石:《姓名权本质变革论》,载《法律科学(西北政法学院学报)》2005年第2期;王歌雅:《姓名权的价值内蕴与法律规制》,载《法学杂志》2009年第1期。

④ 王利明主编:《人格权法新论》,吉林人民出版社1994年版,第326页。

⑤ 相关论述参见佟柔主编:《中国民法学·民法总则》,中国人民公安大学出版社1990年版,第113页。

⑥ 相关讨论参见王利明、杨立新主编:《人格权与新闻侵权》,中国方正出版社2000年版,第42页。

有任意行使的权能，所以具有所有权的性质”[①]。这样的命名和所有权关系不仅体现在西方的个体命名行为中，而且体现在欧洲人对其他种族的命名行为中。

18 世纪欧洲启蒙哲学家康德（Immanuel Kant）在其著作《自然地理学》（*Physical Geography*，1802）中，带着鲜明的等级观念赞颂欧洲文明是人类文明理性之光，称“人类最完美的典范是白种人”[②]。布迪厄断言的语言力量果然在社会关系中呈现，文明的先驱将话语的暴力施加在其他族群身上。对此，文化研究学者斯图亚特·霍尔（Stuart Hall）认为，知识都有其特定的语言环境，而“种族”这个术语是在特定的地点、位置、情景中产生的，使用这个术语意味着使用者承认“历史、语言和文化在主体建构和身份认同中的作用”[③]。康德对欧洲人的这一表述也很好地印证了本尼迪克·安德森（Benedict Anderson）的观点，即那个想象的民族共同体通过宗教、王朝、语言三位一体而巩固。

畅游过西方哲学传统的历史长河，笔者认为命名和身份的关系已经比较清晰，暂且可将它们的关系表述为：命名是命名者用名称给事物下了一个复杂的定义的实践，其复杂性表现在三方面。第一，事物原本具有一定的自然属性和特征；第二，事物并不是孤立的，总是处在某个特定的文化传统或社会关系之中，这就意味着它还具有文化、政治等属性；第三，事物的各种属性形成了其特定的身份，因而身份既被名称表述，又影响命名者命名的选择。西方哲学理论的发展一定程度上反映了人们在命名和身份认同实践中逐渐达成共识的过程。

---

① 袁雪石：《姓名权本质变革论》，载《法律科学（西北政法学院学报）》2005 年第 2 期，第 46 页。

② 陶家俊：《身份认同导论》，载《外国文学》2004 年第 2 期，第 41 页。

③ Stuart Hall，“Gramsci's Relevance for the Study of Race and Ethnicity”，*Journal of Communication Inquiry*，Vol. 10，No. 2，1986，pp. 5 – 27.

三、当代文化语境对金凯德命名观和身份意识的影响

在移居美国之后，金凯德阅读了许多历史学、政治学和哲学图书，她曾经在与笔者面对面的交流中谈及哲学对她创作的影响。她曾经研读黑格尔、维特根斯坦、汉娜·阿伦特等哲学家的著作，而她最欣赏的是海德格尔。海德格尔对存在与时间的讨论让她十分着迷，我们在金凯德的第一部短篇小说集《在河底》的最后一篇同名文章中可以看到，她不仅对变动不居的自然现象和人生发问——“它是什么意义”，而且尝试做出了“我该如何存在”的回答。① 浓重的传统哲学色彩使得她的小说表现出厚重的历史感和深刻的思想性。

金凯德虽然不欣赏美国话语中的崇尚独立人格和自由精神，但笔者认为身在其中的她难免受到社会风气和文化的熏陶和影响。为自己改名的美国著名作家不在少数，当然他们改名的原因各不相同。美国著名作家、《红字》(*The Scarlet Letter*, 1850)的作者霍桑(Nathaniel Hawthorne)就因为对自己的名字不满意而改变过姓氏。霍桑为家族中两位先人曾参与马萨诸塞地区殖民掠夺的行径而感到羞耻，因而在自己的姓氏中添加了一个字母“w”，以示与他们的区别。美国当代儿童文学女作家苏珊·伊丽莎白·欣顿(Susan Elizabeth Hintor)则在出版作品时将姓之外的名字变成缩写字母，原因是出版社不希望读者看出她是女性作家。有社会语言学学者在有关命名原理的研究中，得出了“姓名—含义—形式—人”相互关联的关系模型。② 在美国这个多元文化并存的大熔炉中，各个社群的命名模式各不相同：印第安人把名字看成是一个人成就和地位的象征；犹太裔的家庭往往给新生儿选取家族中已有的名字，但是使用在世之人的名字

---

① Jamaica Kincaid, *At the Bottom of the River*, New York: Farrar, Straus and Giroux, 1983, p. 76.

② 楼光庆：《从姓名看社会和文化》，载《外语教学与研究》1985 年第 63 期，第 14 页。

是他们的禁忌；非裔的家庭往往以父系的名字给孩子命名，并用 Jr. 或者 II、III 加以区分。

当金凯德准备开启自己的写作生涯时，她所做的第一件事就是给自己重命名，她的"命名即拥有"理论其实也是从这个时候开始悄无声息地建构的。金凯德曾多次在采访中表示其原名"爱莲·波特·理查森"(Elaine Potter Richardson)不该是一个作家或教授的名字。她改名的初衷一方面是为了不让父母知道她开始了写作生涯，另一方面是担心其他人通过名字辨认出她，嘲笑她的作品。更为重要的是，金凯德将改名看作是创造了一个新的身份。她在叙述这件事时甚至流露出了恨的情感："我不想回家，回到世界的那个角落，所以我决定对它进行再创造。"①"杰梅卡"(Jamaica)这个名字，对于他人而言指涉着加勒比海岛国牙买加，而对于金凯德来说，则象征着那个作家自己承认深藏于她的无意识中的、她精神上从未离开过的加勒比。②

谈及她的写作，金凯德表示她总是先在头脑中创作，直到基本"写"完才开始动笔。她强调人物的名字对小说至关重要，在人物的名字敲定之前，她几乎无法下笔。在作品的命名问题上，她同样融入了诸多哲学性的思考。金凯德最新一部小说《望今昔》最能说明小说的"名字"和"身份"的关系。笔者在哈佛大学对金凯德进行采访时特别向她请教了这个书名的命名动机，金凯德也表示该名称蕴含着她对时间的哲学思考：

> 从某种角度来看，它(《望今昔》)的调子有些黑暗，在黑暗中我试图理解不可知，就比如回答时间是什么这个问题。我们把时间挂在嘴边，昨天、今天、明天，过去、现在、未来。书名

---

① Selwyn R. Cudjoe, "Jamaica Kincaid and the Modernist Project: An Interview", *Callaloo*, Vol. 39, 1989, p. 400.

② 综合参见：Selwyn R. Cudjoe, "Jamaica Kincaid and the Modernist Project: An Interview", *Callaloo*, Vol. 39, 1989, pp. 396 – 411; Kerry Johnson, "Writing Culture, Writing Life: An Interview with Jamaica Kincaid", *Iowa Journal of Cultural Studies*, Vol. 16, 1997, pp. 1 – 5.

是我刻意设计的文字游戏。三个词看似简单,实则很有迷惑性。"See"既表示"看",还有"领会""理解"的意思。眼前的这些事物稍纵即逝,昨天我们还在课堂上,那一刻于我们俩在交谈的现在而言已经是过去,相似的是明天某时某刻也会因为我们身在其中成为某个现在。所以我想弄清楚时间是如何运作的,于我们又意味着什么。我喜欢思考一切对生存意味着什么,我喜欢思考存在的问题。海德格尔是探讨这个问题的大师。

小说的名字通过语言文字的排列组合,揭示了作品中一个重要的主题——时间。金凯德三岁时便被母亲带去安提瓜图书馆学习,这段经历挖掘了她在语言方面的潜能。她把七岁生日时母亲送给她的英语词典当作普通图书反复阅读,这不仅使她对语言文字格外敏感,而且为她创作时的语言文字运用打下了重要基础。① 她热衷于用词典的叙述方式在自己的作品中下定义、做解释,这使得她的每一个词都如"名字"一样有强烈的主观意识和特殊意义。这也是笔者把金凯德命名观的形成放置在西方哲学传统中进行考量的原因,由此我们可以更全面、深入地理解她的作品中命名观观照下的身份建构。

金凯德的命名观与上述各时期的哲学思想有精神本质上的契合之处。她的文学创作中存在着大量的命名行为,那么金凯德的命名观在文学创作的实践中继承了哪些传统,又如何区别于其他作家呢?笔者将在下一节做详细的比较论述。

① 参见 Jamaica Kincaid and Kay Bonetti. "An Interview with Jamaica Kincaid", *The Missouri Review*, Vol. 15, No. 2, 1992, pp. 123 - 142.

第三节　金凯德与文学、文化批评中的命名与身份建构

熟悉金凯德作品的读者都很清楚，她的作品中有欧洲、非洲、加勒比三种文化的在场。因此金凯德的创作往往被批评家以如下三种方式同三个文化场建立联系：一部分学者以"互文性"（intertextuality）理论阐述金凯德对英国文学独立女性形象塑造的认同，以及英国文学对她作品中性别、阶级书写的影响①；一部分学者以非裔美国文学批评理论阐释金凯德作品对黑奴历史的叙述和《圣经》、神话原型的写作手法②；还有一部分学者以后殖民批评理论论述金凯德作品对自我书写、民族寓言传统的继承以及对帝国话语的"逆写/回写"（writing back）③。因此，笔者希望在本节对三个文化场的命名和身份问题的关系进行梳理，相信这对把握金凯德作品的文学性、艺术性和价值定有帮助。

---

① 综合参见：I. Smith, "Misusing Canonical Intertexts: Jamaica Kincaid, Wordsworth and Colonialism's 'Absent Things'", *Callaloo*, Vol. 25, No. 3, 2002, pp. 801 – 820; M. A. Alonso, "All the Madwomen in the Attic: Alienation and Culture Shock in Jamaica Kincaid's *See Now Then*", *Estudios Humanísticos. Filología*, Vol. 40, 2018, pp. 277 – 290.

② 综合参见：C. B. Davies, *Black Women, Writing and Identity: Migrations of the Subject*, New York: Routledge, 1994; L. Lang-Peralta, *Jamaica Kincaid and Caribbean Double Crossings*, Newark: University of Delaware Press, 2006; S. Vásquez, "In Her Own Image: Literary and Visual Representations of Girlhood in Toni Morrison's *The Bluest Eye* and Jamaica Kincaid's *Annie John*", *Meridians: Feminism, Race, Transnationalism*, Vol. 12, No. 1, 2014, pp. 58 – 87.

③ 综合参见：G. Herndon, "Anti-Colonialist and Womanist Discourse in the Works of Jamaica Kincaid and Simone Schwartz-Bart", *ALA Bulletin: A Publication of the African Literature Association*, 1997, pp. 159 – 168; K. Meehan, "Caribbean versus United States Racial Categories in Three Caribbean American Coming of Age Stories", *Narrative*, Vol. 7, No. 3, 1999, pp. 259 – 271；谷红丽：《一个逆写殖民主义话语的文本——牙买加·金凯德的小说〈我母亲的自传〉解读》，载《外国语言文学》2012 年第 3 期，第 190—195 页。

一、英语文学中的命名和身份建构

笔者在前文中提到金凯德生命中的前16年在殖民地时期的安提瓜度过，她3岁时就虚报年龄开始求学。由于一直接受的是传统的英式教育，金凯德对弥尔顿、莎士比亚、华兹华斯的作品如数家珍。与其说英国文学是她文学创作的肥沃土壤，不如说英国文学是她的写作基因。她的文学开蒙主要来自英国文学作品，以至于她曾经认为在英国小说家约瑟夫·吉卜林之后再也没有文学家。一部分学者认为金凯德最新的小说《望今昔》大量运用了詹姆斯·乔伊斯（James Joyce）和弗吉尼亚·伍尔夫（Virginia Woolf）“意识流”（stream of consciousness）的写作技法。虽然金凯德认为自己并没有刻意为之，但是她在以写作求真这方面给予了英国现代主义文学很高的评价，她说：“在所有我读过的各种文学形式中，现代主义文学是最贴近生活的。”[①]最为重要的是，金凯德承认在乔伊斯对爱尔兰的认同中找到了相似的群体归属感。除此之外，金凯德小说塑造的中产阶级家庭女性和女性知识分子形象也颇有19世纪英国文学的风格特色。

在英国中世纪具有寓言性和教育性的文学样式——“道德剧”中，角色往往是以代表价值观的摹状词来命名的：有时是通过反面形象的塑造警醒世人要坚守自己的灵魂，如“理智”（Mind）会在“魔鬼”（Evil）引诱之下堕落成为“愤怒”（Indignation）的朋友[②]；也有时通过正面形象的塑造教育人们该成为什么样的人，如品行端正的女主角被命名为“美德”（Virtue），虔诚的宗教信徒则被命名为“信仰”（Faith）[③]。作家给主人公的名

① Kerry Johnson, “Writing Culture, Writing Life: An Interview with Jamaica Kincaid”, *Iowa Journal of Cultural Studies*, Vol. 16, 1997, p. 4.

② 参见郭晓霞：《道德剧与英国中世纪后期的伦理寻求》，载《解放军外国语学院学报》2017年第4期，第139—142页。

③ 刘向东：《〈所罗门之歌〉中的名称与主题》，载《解放军外国语学院学报》2000年第6期，第77—80页。

字赋予深刻的道德寓意这一传统一直在英语文学中延续,只不过有时以更复杂或者隐晦的方式呈现。16—17 世纪的英国,商业与文学的联系日益紧密,文学作品体现商业特征这一点,主要集中表现为商人形象的塑造。在莎士比亚戏剧《温莎的风流娘们》(*The Merry Wives of Windsor*)中,温莎镇的约翰·福斯塔夫(Falstaff)爵士以捞取钱财为目的向富绅妻子求爱,作家因此以“false”(假惺惺的)和“staff”(权杖)结合的方式命名人物的姓氏,暗示他是一个拥有金钱、地位的伪君子。除了隐晦的象征和影射,还有作家以直抒胸臆的方式给小说人物命名。在英国 18 世纪著名小说家萨缪尔·理查森(Samuel Richardson)的杰作《克罗丽莎·哈罗》(*Clarissa Harlowe*)中,出身名门的克罗丽莎落入洛夫莱斯(Lovelace)的情网,表面上已逃离封建制家庭的她却因为自由爱情身心备受煎熬。作家直接用“loveless”的词义为小说的男主人公命名,以讽刺现实生活中薄情寡义的男人。19 世纪,工业革命推动欧洲步入现代社会,在社群之中,人们对男性和女性在社会事务中的定位有着不同的期待。在不同的集体中有一个相似的规律:男性的姓名体现社会地位,而女性的姓名则体现性格和品德。19 世纪英国著名作家勃朗特姐妹均以男性名字为笔名,安给自己改名为阿克逊·贝尔,夏洛特给自己改名为科勒·贝尔,艾米莉给自己改名为埃利斯·贝尔。

神已消失,上帝已死,世界仿佛失去了尺度,人类生存的意义变得模糊,这从根本上导致了西方文化危机的出现和时代精神的贫瘠。诗人都梦想说出神奇的言辞,并以此挽留诸神和命名存在,开启一个新的时代。海德格尔认为,“诗歌是对存在的首次命名”①。爱默生(Ralph Waldo Emerson)认为,“诗人就是命名者,就是语言锻造者。诗人在命名事物时,或根据表象,或根据本质,赋予各事物独特的名字,以区别于其他事物”②。

---

① Martin Heidegger, “Hölderlin and the Essence of Poetry”, in David H. Richter (ed.), *The Critical Tradition: Classic Texts and Contemporary Trends*, Boston: Bedford Books, 2007, p. 619.

② 转引自殷企平:《经典即“摆渡”:当代西方诗歌的精神渊源》,载《外国文学研究》2012 年第 4 期,第 12—13 页。

海德格尔和爱默生的观点告诉我们,诗歌之所以经典,是因为诗人以命名的方式,用形象的言语将全新的事物和生活经验呈现给世人,他们的创作从而具有了连接过去、现在与未来的意义。

诗人的命名观通过诗歌中的命名模式得到阐释,而他们的命名观往往与书写对象的身份状态息息相关。学者何庆机通过分析罗伯特·弗罗斯特(Robert Frost)的叙事诗,将诗人的命名模式总结为如下几类:1. 以代词指称主人公,暗示其处于自我身份的迷失状态,甚至将走向癫狂和死亡;2. 以暂名指称主人公,揭示其自我身份的悬置状态,暗示其在信仰危机下对自我身份探寻的可能性;3. 以专名指称主人公,呈现确定的、特殊的、唯一的、完整的自我身份。[①] 由此可见,命名的认知功能和价值功能为人们寻求身份的合法性提供了依据。

当然,命名实践受到作家文化背景的影响,其目标是借助语言文字的象征、隐喻、讽刺等功能服务文学作品的情节发展和主题彰显需要,从而表达作者的审美态度。美国当代修辞学家肯尼斯·博克(Kenneth Burke)认为:"我们必须给有利和不利的功能和关系命名,以便使我们对之有所作为。在这一命名过程中,我们形成了自己的性格,因为名称浸润着态度,而态度又暗示了行动。"[②]博克对命名行为的分析有助于我们理解文学创作中命名实践的内涵:它以社会关系为对象,以命名者的主观态度为表征,表征指向背后的意蕴,形成另一种言说。因此文学作品中人物的名字往往反映一定的家庭关系和社会地位。与诗人有所不同,小说家的"无名"命名方式带有社会身份认同的意味。"无名"常被用来表现人物无足轻重,家庭、社会地位低下。在某种社会权力的主导之下,无论是在父权制还是母权制社会,许多人都是没有名字的"无名之辈"。比如美国华裔女作家汤婷婷的《女勇士》(*The Woman Warrior*)的第一章就以"无名女

---

① 何庆机:《自我的追寻:罗伯特·弗罗斯特叙事诗的命名模式与张力》,载《外国文学研究》2009 年第 4 期,第 28—36 页。

② Kenneth Burke, *Attitudes Toward History*, Los Altos: Hermes Publications, 1937, p. 3.

人”（“No Name Woman”）为名。在存在权力压抑和控制的社会关系中，女性即使获得了名字，它也只是代表了一种附属性的身份。在父权制社会中，“女人只不过是功能性的、从属于男性的客体；她只拥有躯体、性、生殖的物质特征”①。因为没有延续家族谱系的功能，女性被看作是“第二性”，因而她们没有必要被命名或者只需要以丈夫的名字为名。

事实上，命名作为一种修辞方式，被作家广泛运用于作品名、人物名、地名、物名等的创造性实践中。作家在作品中塑造人物的方式有很多，“最简单的一种是给人物命名，每一个‘称呼’都可以使人物变得生动活泼、栩栩如生和富于个性，有的给人物起绰号，有的根据人物的性格特征命名，有的根据人物外貌或生理特点命名”②。作家在回答关于作品和人物的命名问题时，都会提到“感觉”，实际上这反映出作家命名的一个重要原则：要能贴切地描述对象的特征，更要形象地暗示描述对象的发展。英语文学作品中，作家给人物进行特殊命名的实践屡见不鲜。文学经典作品之所以经久不衰，一定程度上是因为作家塑造的人物成为人们精神上产生共鸣的对象，甚至是生活中希望复制的原型。文学作品中的命名是作家塑造人物的一种重要方法，能够充分地揭示人物的秉性、家庭出身、社会地位，并表达作家的态度。综合一些学者的研究成果，笔者将英语文学作品的人物命名方法总结为以下六种：谐音寓意、字形相近、以名述意、首字母含义、词语组合及经典借用。③ 有时一部作品中，作家会使用多种命名模式，如纳博科夫（Vladimir Nabokov）在小说《洛丽塔》（*Lolita*）中，用词语组合和以名述意的方式给叙述者取了克莱尔·奎尔蒂（Clare Quilty）这个名字，以词语“显而易见的（Clear）罪人”的意义揭示人物心灵阴暗的一面，又如用词语组合的方式将叙述者命名为“亨伯特·亨伯特”，以叠词表现人物的双重性格。

---

① 罗婷：《克里斯特瓦的诗学研究》，中国社会科学出版社2004年版，第112页。

② 余江涛、张瑞德、罗红编译：《西方文学术语辞典》，黄河文艺出版社1989年版，第338页。

③ 具体参见顾明栋（1985），田俊武（1999），翁德修、都岚岚（2000），张洪伟、蔡青（2004）等人的研究。

无论作家采取哪种命名模式,都需要读者与之进行联想性的互动,并结合文化背景去理解。这些方法的运用一方面以象征的意义满足了作品主题表达的需要,另一方面以凝练的符号体现了作家所代表的族群的精神和民族的文化遗产。文学作品中的名称逐渐成为文化语境中约定俗成的一种符号,看到这个符号人们会联想到文学作品的主旨或某个富有个性的人物。唐·德里罗(Don DeLillo)在他的小说《名字》(*The Names*)中很好地诠释了名字意义的隐藏性和文化性:"只有在名字本身是一个秘密时,它的力量和影响才会扩大"。名字就如同符号或者密码,只有与命名者有相同语言和文化知识的人才能将它解密。"符号的科学是关于主体如何历史地建构的科学。"①诺拉·凯勒(Nora Okja Keller)在短篇小说《钻石的光辉》("The Brilliance of Diamond")中揭示了名字的重要性:"名字能决定人生,决定你是谁。名字中的每一个字母都有特殊的力量,[……]每个人都有一个特别的名字。如果你能解开名字的秘密,那么你就能解开宇宙之谜。"②既然名字是象征着特定文化身份的符号,那么命名就是在文化认同中建构身份的实践。在英语文学世界中,各族裔社群从未停止过以命名的实践探寻和建构身份的脚步。

总之,命名意义的产生是在文学创作的实践中,针对客观现象通过作家再现形象和读者理解想象的互动而实现的。主体对客体的命名带有明显的主观色彩,这就决定了文学创作中的命名活动必然是作者价值观的传递,而价值传递的实际效果,一方面取决于命名者对指称对象自觉的评价,另一方面则取决于命名本身所具有的认同召唤。对于同一个客体和与其相应的名称,作家命名和读者阐释均受到个体所经历的历史事件的影响,因而作家和读者对同一指称对象的认知可能存在差异。

---

① Gordon Hutner, *American Literature*, *American Culture*, New York: Oxford University Press, 1999, p. 454.

② Nora Okja Keller, "The Brilliance of Diamonds", in Eric Edward Chock and Darrell HY Lum (eds.), *The Best of Honolulu Fiction*: *Stories from the Honolulu Magazine Fiction Contest*, Honolulu: Bamboo Ridge Press, 1999, pp. 132 – 139.

二、非洲文化和美国非裔文学中的命名与身份建构

金凯德现任哈佛大学非洲及非裔美国人研究所常驻教授，笔者于2017—2018年在哈佛大学访学期间旁听了她的两门课程：一门为"花园的悖论：天堂里的善与恶"，课上金凯德以园艺为线索，带领研究生回顾海上贸易和黑奴贸易的历史，探讨黑奴题材电影和奴隶日记；另一门为"黑人之爱与情感政治"，她从文学和社会学结合的视角探讨美国非裔社群的情感书写和身份认同。金凯德在与笔者面对面的交流中，表达了她对非裔社群的认同。

非裔美国女作家托妮·莫里森（Toni Morrison）就曾表示："如果你来自非洲，你的姓氏就失去了。这是很棘手的，因为你的姓氏不仅仅属于你个人，它还是你的家庭、你的部族的姓氏。"[①]姓名对非洲人而言不是普通的符号，它具有超越文字本身的文化内涵。命名仪式是非洲原始部落文化中最重要的仪式之一，每一个新生儿都会在诞生后的第七至九天在该仪式上被赐予象征命运的符号并被确认其作为人存在的本质。[②] 命名仪式十分隆重，部落族人各司其职，有人负责从高处倾倒清水，族群中最年长的女性负责手托婴儿放于水流下，使婴儿受到水的洗礼，其他族人随之赠送贺礼，部族中最德高望重的长者为新生儿命名。[③] 新生儿的名字通常由三部分组成：其出世时的情况、亲属的态度和父母的期望。[④] 在命名的时候，非洲人通常会选择祖先的名字，因为他们认为祖先亡灵会在新生儿降生时转世，用祖先的名字给婴儿命名是为了缩短生死的距离，让已逝的人灵魂得到安息。由此来看，新生儿通过命名仪式与家庭、民族建立联

---

① Linden Peach (ed.), *Toni Morrison*, New York: St. Martin's Press, 1998, p. 24.

② 艾周昌主编：《非洲黑人文明》，中国社会科学出版社1999年版，第391页。

③ 胡笑瑛：《非裔美国黑人女性文学传统研究》，中国社会科学出版社2017年版，第200页。

④ 宁骚主编：《非洲黑人文化》，浙江人民出版社1993年版，第80页。

系,并以姓名为媒介表达对家族血脉的延续和对文化传统的承接,同时也宣告着其作为个体的存在。一首流传于民间的歌谣记录下了他们的这种命名观:

黑皮肤的人们,请听我说:
那些给了我们生命的人,
在开口之前要严肃考虑的问题,
他们说:要给孩子取名,
必须先考虑自己的传统和历史。
他们说:一个人的名字就是他的辔头。
黑皮肤的人们,请听我说:
我们的先辈从不把名字当儿戏。
听到他们的名字就知道他们的家世,
每一个名字都是一个真实的见证。[①]

非洲的命名文化传统不仅赋予了个体生存的意义,还赋予了个体生存的地位。一个人拥有了自己的名字,就"拥有了在人类社会生存下去的力量,可以回答'你是谁'的问题"[②]。人们认为命名有超自然的魔力,它将人一生的命运与一个名字相连。在这种生命观中,一个人肉体的死亡并不代表生命的结束,只要这个人的名字还存在于其他人的记忆中,其生命就能得以延续。[③] 正如莫里森在《所罗门之歌》(*Song of Solomon*,1977)中所写的那样,"当你知道了你的姓名,你应该保有它。如果你不记下来,

① 陈志杰:《顺应与抗争:奴隶制下的美国黑人文化》,中国社会科学出版社 2010 年版,第 132 页。

② Michael G. Cooke, "Naming, Being and Black Experience", *The Yale Review*, Vol. 67, 1977, p. 171.

③ Gloria Graves Holmes, *Zora Neale Hurston's Divided Vision: The Influence of Afro-Christianity and the Blues*, State University of New York at Stony Brook, 1994, p. 27.

那么记住,你死后它就消失了"[①]。所以,在家庭生活中,非裔美国人格外重视后代的命名问题,这一点体现了非裔社群的价值观和归属感的传承,也为个体在文化冲击中确定自我身份提供了文化依据。

然而,非裔的历史是静默的,其作为文化身份符号的名字伴随着被贩运至美洲的黑人,在跨越大洋的奴隶贸易中经历了一场被擦除和重新编码的浩劫。他们从此置身于从属的地位和依附性的社会关系之中,失去了生命权、人格权更不要说姓名权。作为非裔美国人的先辈,黑人奴隶大多数被奴隶主重命名,或被冠以奴隶主的姓氏,更有甚者被改为动物或者非生命体的名字。经过了从非洲土语到欧洲文字对其姓名的符号改写后,黑奴不仅丧失了原有身份的文化意义,而且丧失了人之为人的社会地位,因此他们对命名和身份所有权的关系再清楚不过。

在南北战争爆发以前的美国,黑人奴隶没有受教育的机会[②],只不过有些黑奴能跟从主人接触到一定的知识,他们中的一些人开始记叙自己受奴役或者逃亡的经历。在一些奴隶自述的文字,如弗雷德里克·道格拉斯(Frederick Douglass)的《美国奴隶道格拉斯自传生平叙述》(*Narrative of the Life of Frederick Douglass*, 1845)中,我们可以发现自述者常常改写自己的名字。正如黑人思想家布克·华盛顿所言,"姓氏的更改是自由的首要标志"[③]。废奴运动演说家威廉·威尔士·布朗(William Wells Brown)在他的长篇小说,也是非裔美国文学史上第一部长篇小说《克罗特尔》(Clotel,1855)中,以命名隐喻人物命运的方式塑造了两位黑人女性。通过改名获得新生成了奴隶后代的身份认同共识,以重命名的方式实现自治成为非裔的身份政治。非裔美国人在夺得了命名自我的权利以后,开始了新一阶段应对身份危机的任务。

---

① 朱小琳:《作为修辞的命名与托妮·莫里森小说的身份政治》,载《国外文学》2008年第4期,第71页。

② John Hope Franklin and Alfred A. Moss, *From Slavery to Freedom: A History of Negro Americans*, New York: Alfred A. Knopf, 2000, pp. 125 - 127.

③ Henry Louis Gates Jr. (ed.), *Black Literature and Literary Theory*, New York: Routledge, 1990, p. 152.

在非裔美国作家看来,姓名不仅仅是塑造人物、深化主题、表达态度的媒介,更为生活在美国的非裔社群自我身份的确认、文化身份的重塑,家庭甚至民族历史的书写提供了重要线索。从早期的奴隶自述到当代后现代主义小说,非裔美国作家在文学创作中运用无名、自我命名、错误命名等命名模式塑造小说人物的性格、心态、处境,如艾丽斯·沃克的《紫色》(1982)中表示男人名字的"Mr. __",阿那·翁德尔·邦当的《上帝送来星期天》(1931)中放荡不羁的"小毒物",佐拉·尼尔·赫斯顿的《他们的眼睛望着上帝》(1937)中风流倜傥的"小甜饼",等等。非裔美国作家通过文学创作中的命名影射黑人受到的不公正待遇,嘲讽白人主流文化,对抗受到的歧视和压迫。他们的作品不仅展示了人类共同面对的身份困惑和焦虑,更在此身份建构和自我塑造的过程中展示了黑人美学的艺术魅力。

作为符号的命名在黑人美学中的象征比喻意义在非裔美国文学批评奠基人小亨利·路易斯·盖茨的理论中得到了深入的诠释。他在理论建构中所提出的"表意"(Signifying)概念对于我们理解非裔美国文学作品中的命名问题尤为重要。在标准英语中,"signification"有两层意思,即"表意"(representation of meaning)和"含义"(exact meaning)。盖茨强调,该词在黑人方言土语中有修辞游戏的"采用"(engagement)之意,从而突出了黑人语言和文本在基本意义指向的表象之下,还有另外一层修辞比喻的意义:"美国黑人传统自起始阶段起就是比喻性的,否则,它如何得以生成至今呢?""黑人一开始就是比喻大师:说一件事而意指另一件事,这是在西方文化压抑中求生存的一种基本方式。"[①]非裔美国文学中的命名行为带有强烈的"抗争"意味。20 世纪 40 年代,黑人作家在新种族主义体制中通过暴力寻求自我身份,理查德·赖特(Richard Wright)将黑人民族文化以书名和人名的方式符号化,以象征的手段解构白人盎格鲁—撒克逊新教的主流文化范式,通过命名表明非裔社群的黑人性和美国性,推动黑人

---

① 程锡麟、王晓路:《当代美国小说理论》,外语教学与研究出版社 2001 年版,第 200 页。

文学登上美国的多元文化舞台。在20世纪60年代的民权运动中仍然敏感与愤恨的非裔宣称回归黑人宗教，他们弃用象征欧洲文明符号的姓名，竭尽全力为自己争取平等的人格和权利。在他们看来，留下姓名便是传递了文化符号，一个个生动的符号排列组合成了非裔美国人的基因链。非裔作家拉尔夫·艾里森（Raphael Erison）在小说中以隐去主人公姓名或者搁置命名的方式来表达身份困惑，以书名《看不见的人》（*Invisible Man*，1952）暗示赖特《土生子》（*Native Son*，1940）和《黑小子》（*Black Boy*，1945）的黑人神话。里德则通过书名《芒博·琼博》（*Mumbo Jumbo*，1972）以黑人语言的形式和英语的内涵之冲突表达对传统的反讽。

评论界对非裔小说中人物的命名方式比较一致的观点是，它主要分三类。一类用原型命名，即以西方文学传统的两大来源——希腊神话和《圣经》中的人物为原型，通过或神秘或神圣的文化渊源引起读者共鸣。这一命名模式在莫里森的《所罗门之歌》中得到了充分展现：瑟思以荷马史诗《奥德赛》中的同名人物为原型，学者伊凡思（1987）认为，两个人物都对其各自所属作品的主人公实现自己的理想起到了指引性的作用；而小说中不认字的老戴德从《圣经》中挑选了他认为强壮而秀美的一组字母给女儿取名“派拉特”（Pilate），暗示了派拉特成为家人庇护港湾的命运，同时作品也以宗教认同的失败揭示了黑人在美国获得社会认同的艰辛。另一类用反讽命名，即使人名的内涵与小说中人物的命运形成鲜明的对比，以此戏剧性冲突形成对读者的冲击，如莫里森《最蓝的眼睛》（*The Bluest Eye*，1970）中，失职的母亲保林·布瑞德罗夫（Pauline Breedlove）的姓氏意思为“培育爱”。第三类用启示命名，即以摹状词为人物命名，直观表达作者对人物的态度，深层次暗示小说中人物的命运。比如里德《黄后盖的收音机破了》（*Yellow Back Radio Broke-Down*，1969）中，主人公卢普·加鲁·基德（Loop Garoo Kid）的原型来自海地和路易斯安纳州的传说：“loop garoo”相当于“werewolf”，意为“狼人”或“能变成狼的人”，作家以此暗示“蜕变”“变幻莫测”；“kid”本意为“孩子”，在这里象征反文化的年轻人。拉尔夫·艾里森在《隐藏的名字和负载的命运》中写道：“我们必须学会在种种喧嚣与混乱的环境中保存自己的名字从而找回自我。它们必须成为我们的面具、盾牌和装载那些让我们了解或想象我们家族历史意义的价值观以及传统文化的容器。"[①]笔者认为非裔作家对名字的诸多阐释都指向了同一个认知,即名字是民族文化和历史的重要载体,具有精神属性,是比肉体更重要的身份象征。

非裔美国人之所以能在当今多元文化激荡的美国形成一个归属感极强的集体,是因为他们有同根共生的非洲文化渊源,这种渊源因其先人被奴役的历史而加深,还因其长期处于社会边缘的现实而被不断激发。在这种强烈的共同体意识中,一代又一代的非裔美国作家成长起来。他们中的许多人跟先人一样曾是江湖中的"无名之辈",因而对名字的有无天生敏感,其创作使"以命名为修辞方式的写作和非裔美国身份诉求产生了密切的关系"[②]。阿拉斯代尔·弗勒(Alastair Fowler)在其研究中指出:"文学中的名字通常具有策略功能,如组织主题,建立联想,提供虚构世界与历史世界之间的界面。"[③]这一论述对我们理解非裔美国小说家将先人的历史和社会的现状相融合,在作品中给人物进行特殊命名的实践有指导意义。因为拥有一段身份被擦除的历史,因为曾经被征服、被压迫、被歧视,非裔美国文学家把命名作为自我身份确立的重要策略,更把塑造有身份、有人格、有力量的"我"作为他们文学创作的终极使命。

三、加勒比文学中的命名和身份建构

金凯德出生在加勒比地区的安提瓜岛,她的祖父是苏格兰人和非洲人的混血,她的祖母是加勒比印第安人,先辈的种种结合使得她黑色的皮肤之下流淌着苏格兰人、非洲人、加勒比印第安人混合的血脉。而成长以

---

① 甘振翎:《非洲裔美国黑人文学的命名现象》,载《福州大学学报(哲学社会科学版)》2003 年第 2 期,第 86 页。

② 朱小琳:《作为修辞的命名与托妮·莫里森小说的身份政治》,载《国外文学》2008 年第 4 期,第 67 页。

③ Alastair Fowler, "Proper Naming: Personal Names in Literature", *Essays in Criticism*, Vol. 58, No. 2, 2008, pp. 97 – 119.

后的她，就要面对生命和文化“混杂性”(hybridity)带来的冲击和困惑。殖民地时期的安提瓜虽然以英语为官方语言，但是同西印度群岛其他地方相似，民间流行使用法语方言或者克里奥尔语(Creole)。语言的混杂性无形之中对官方话语的权威起到了消解作用，正如巴赫金在《对话的想象》(*The Dialogic Imagination*,1981)中指出：混杂性是在同一种语言的限度内所表达的两种话语的混杂，是被时代、社会差别和一些其他因素分割开来、在同一种表述中相遇的两种不同的语言意识。① 巴赫金实际上强调的是在话语交互中的语境的重要性，而这种文化混杂的语境正是加勒比族群生存和身份确认所要面对的重大问题。霍米·巴巴(Homi Bhabha)认为，混杂的状态恰恰能激发被殖民者的能动性(agency)，虽然殖民者的权威剥夺了被殖民者的语言、文化和身份，但是其权威在混杂中受到了颠覆。巴巴将加勒比人在模棱两可的社会语境中生存的状态称作“第三空间”(the third space)。那些曾经生活在加勒比地区、后来成为知识分子的加勒比作家是怎么在这样的“第三空间”中宣告自我和塑造族群身份的呢？

20 世纪的加勒比文学存在着诸多对西方经典文学进行改写、重写的文本。这之中具有代表性的作品有：简·里斯(Jean Rhys,1890—1979)的《藻海无边》(*Wide Sargasso Sea*, 1966)对《简·爱》中疯女人伯莎的重写/回写；乌娜·玛松(Una Marson,1905—1965)的诗歌“结婚还是不结婚”对莎士比亚经典独白“生存还是毁灭”的戏仿；西塞尔(Aimé Césaire,1913—2008)的《暴风雨》(*Une Tempête*, 1968)和乔治·兰明(*George Lamming*, 1927—)的《带浆果的海洋》(*Water With Berries*,1971)对莎士比亚的《暴风雨》的改写；威尔逊·哈里斯(Wilson Harris,1921—2018)的《孔雀宫殿》(*Palace of the Peacock*,1960)对康拉德的《黑暗之心》的改写；德里克·沃尔科特(Derek Walcott,1930—2017)的长诗《奥梅罗斯》(*Omeros*,1990)对荷马史诗《奥德赛》架构的借鉴；等等。诗人和小说家在抵抗话语权威时

---

① M. M. Bakhtin, *The Dialogic Imagination*, Austin: University of Texas Press, 1981, p. 358.

总是更加彻底,他们依托文学这一话语的重要表现形式进行反思、批评、对抗。这些作品试图质疑甚至否认殖民主义话语对殖民主义行径“必要性”“正义性”“进步性”的表述。爱德华·萨义德(Edward W. Said)在《文化与帝国主义》(*Culture and Imperialism*,1993)中就曾重新解读英国殖民主义文学,揭示了帝国主义政治与文化潜在的共谋性关系,同时认为正是殖民主义造成的“重叠的领土,纠结的历史”导致了文本中互文现象的出现。

身份认同的研究是当代文学批评的一项重要内容,美国学者阿什克洛夫(Bill Ashcroft)、格里菲斯(Gareth Griffiths)和蒂芬(Helen Tiffin)在《逆写帝国:后殖民文学的理论与实践》(*The Empire Writes Back: Theory and Practice in Post-Colonial Literatures*,1989)中,将后殖民小说中的身份认同写作实践总结为四种模式:1. 民族或区域模式,强调区域文化特征;2. 种族模式,突出种族渊源;3. 比较模式,解释不同后殖民文学的语言、历史和文化特征;4. 复杂型比较模式,分析后殖民文学的构成要素,如混合体(syncreticity)。① 另一位美国学者萨贾尔做出了相似的后殖民身份认同模式的论断,他认为第一种是以黑人气质(negritude)为代表的泛民族主义认同,第二种是以法侬倡导的民族—国家理念为代表的民族主义认同,第三种则是以斯皮瓦克等为代表分析研究的族裔散居和属下阶层(subaltern)身份认同。② 综合后殖民批评家有关族群身份认同的理论,我们大致可以得出结论,其经历了从种族到民族再到族裔散居三个认同阶段,分别着重强调了身份中的生物特征、文化特征和政治特征。

加勒比小说家们正在经历或已经经历了这三个大致的阶段,并在流散的存在中敏锐地观察到了生活在“第三空间”的人们面临的共同的身份认同问题,因此依托小说主人公发出了来自心灵深处的叩问:“在你们中间,我常常弄不清自己是什么人,自己的国家在哪儿,归属在哪儿,我究竟

---

① 参见比尔·阿什克洛夫、加雷斯·格里菲斯、海伦·蒂芬:《逆写帝国:后殖民文学的理论与实践》,任一鸣译,北京大学出版社2014年版。

② 陶家俊:《身份认同导论》,载《外国文学》2004年第2期,第40页。

为什么要生下来……”[①]出生于加勒比地区岛国牙买加的文化人类学家斯图亚特·霍尔(Stuart Hall)认为，身份认同“存在于话语中，存在于表征中。认同是个叙述自我的问题，认同是一个故事——是一个文化告诉自己他们是从哪儿来，到哪里去，然后知道自己究竟是谁的故事”[②]。事实上，小说主人公的发问表明了小说家摇摆和游移在两个世界之间的心理感受，萨尔曼·拉什迪(Salman Rushdie)将其描述为一种“失重感”(weightlessness)。为了应对这种自我身份的“失重感”，学者桑德拉·帕奎特(Sandra Pouchet Paquet)在《加勒比的自传：文化身份和自我表征》(*Caribbean Autobiography: Cultural Identity and Self-Representation*, 2002)中指出，加勒比作家在文学创作中常常采用自传式书写(autobiographical writing)策略，通过自我身份和集体身份在文本中的融合实现文化建构。她的这一论述与弗莱德里克·詹明信(Fredric Jameson)的观点不谋而合。詹明信把“第三世界”的话语看作是一种表达对西方民族主义的不满的民族寓言。张德明博士基于詹明信“民族寓言”的概念论证了以兰明、奈保尔为代表的加勒比男性作家通过“自传式书写”叙事策略，以小说中男性主人公的个体成长影射整个民族独立的历程。这些小说中的人物“对个人身份的寻求往往与对文化身份的寻求同时并进，从而使个人叙事上升为民族寓言”[③]。

命名是加勒比作家自我书写的第一步，作品中主人公的命名行为往往象征作家的身份认同和人生价值的选择。奈保尔的短篇小说《没有名字的东西》以一个无名少年的第一人称视角叙述，通过少年的发问引导木匠回答他做的东西到底叫什么名字。小说开头便提及木匠唯一制作的铁皮工棚总是要被大风破坏，这更是确认了难以命名除了有不确定性还带

---

① 简·里斯：《藻海无边》，陈良廷、刘文澜译，上海译文出版社1996年版，第60页。

② 罗钢、刘象愚主编：《文化研究读本》，中国社会科学出版社2000年版，第16页。

③ 张德明：《流散族群的身份建构——当代加勒比英语文学研究》，浙江大学出版社2007年版，第168页。

来不安全感。名字的有无既表现主人公对生活严肃话题（生死、工作等）的思考，更意味着作家对小说主题的升华：是追求创造带来的自由之精神享受，还是遵循日常生活之家庭和社会伦理。“莫里斯式椅子”是小说中唯一出现的具体名字，而木匠开始做这种有名字的东西后，少年的失望反应说明，作家在艺术和现实之间选择了前者。

沃尔科特在他的自传性组诗《仲夏》（*Midsummer*）中写道：

> 他名叫沃里克·沃尔科特。我有时相信
> 他的父亲出于爱或苦涩的祝福，
> 以沃里克郡为他命名。真是一种讽刺啊！
> 可这又让人感动……

无论是诗名还是诗中的人名都暗示了其与莎士比亚的联系。沃尔科特的爷爷为儿子命名时必然寄托了望子成龙的美好愿望，然而讽刺的是“沃里克”恰巧是沃尔科特一家所在殖民地的宗主国地名。想要通过命名摆脱殖民压迫的被殖民者到头来还要生存在宗主国的文化阴影之下。沃尔科特选取这样一个客观存在的地名命名人物，一方面巩固了名字的讽刺修辞效果，另一方面是为了与互文的原型《仲夏夜之梦》（*A Midsummer Night's Dream*）在基调上形成鲜明的对比，更衬托出被殖民者苦涩的心理感受。加勒比文学自20世纪90年代以来，凭借着沃尔科特、奈保尔等获得诺贝尔文学奖的作家大放异彩，但其虽然摆脱了从属于欧洲文学的地位，却仍旧在表述身份认同这个核心命题。

我们知道在加勒比文学的黄金时期里，女性作家几乎是沉默无言的，直到20世纪70年代才有女性作家发出声音。那么加勒比女性作家是如何书写族群身份认同的呢？加勒比女性文学以“真名”为诉求进行自我和集体的身份建构。在戴维斯（Carole Boyce Davies）和非朵（Elaine Savory Fido）主编的《突破坎巴拉》（*Out of the Kumbla*，1990）中，长期处于无声状态的加勒比女性作家的独特性被挖掘，女性作家表达自主性和多样性的书写不仅是对加勒比男性叙述的一种颠覆，更是对西方女权主义忽视她们的一种抗议。与此同时，另一部为加勒比女性作家正名的著作——莫德赛（Pamela Mordecai）和威尔逊（Betty Wilson）主编的《她的最最真实的名字》（*Her True-True Name*，1990）则更多地展示了加勒比女性文学的多样性。学者凯瑟琳·巴撸坦斯基（Kathleen M. Balutansky）认为在这两部著作中，“坎巴拉”和“最最真实的名字”浓缩了文集中涉及的加勒比女性书写的核心问题——身份问题，前者象征了女性保护自我身份不受社会偏见和性别歧视压抑，后者则象征了加勒比文化的母系传统。① “最最真实的名字”来自于作家梅尔·霍奇（Merle Hodge）的小说《克里特裂痕，猴子》（*Crick Crack，Monkey*，1970）。小说主人公少女继承了曾祖母的一身傲骨，却始终不知道该怎么描述这种精神气质，原因就是她的祖母忘记了祖先“最最真实的名字”。金凯德的作品《安妮·约翰》被收录在第二部加勒比女性文学选集中，并被认为是以强烈的自我意识寻求自治的声音和自治的方式的作品，重新定义了加勒比女性的身份，也就是她们“最最真实的名字”。金凯德作为当代加勒比女性作家中的代表人物，十七岁离开殖民地时期的安提瓜到美国谋生，从文化的边缘迁徙到文化的中心，她的一系列作品带有强烈的后殖民文学特色，在民族和历史的归属感上也同其他流散在外的加勒比作家一样表现出一种“无根性”（rootlessness）。这种无根性一方面能使她的作品显得与众不同，而另一方面又体现了她的身份认同政治，这两点都凝聚在金凯德“命名即拥有”的命名观和在此观照下的身份书写之中。她作品中的名字与英国文学、非洲文化和加勒比历史有着紧密的关系，命名的实践成为作家协调权力关系的一种策略。虽然有人认为“我们受制于名字，即使想忽略或摆脱也无法改变”，但是熟读哲学著作的金凯德更看重人的自我意识和主观能动性。金凯德作品中的命名实践主要有以下类型：一是无名，只体现人物和地方的基本属性，如“女孩”“母亲”“作家”“我的弟弟”“弹丸之地”“新英格兰村庄”；二是借用已有文学作品中人物原型的名字，并赋予其相似或相反的性格，如“露

---

① Kathleen M. Balutansky，“Naming Caribbean Women Writers”，*Callaloo*，Vol. 13，No. 3，1990，pp. 539 – 550.

西/路西法”“赫拉克勒斯/赫丘力”;三是给已有名字的人物或地方重命名,如“雪拉”“安妮·约翰”“露西”“波特先生”;四是使用特殊方法给人物命名,起到某种修辞效果,如“丑陋的观光客”“可怜的过客”等。

族群的文化传统和当代价值观念深刻影响着个体和集体对生命和生活的理解,文化传统的发展和演变直接或间接地影响着文学创作的形式和内容;文学作品作为沟通个体和集体精神的重要媒介,反过来也塑造着族群文化。所以,我们要理解金凯德的命名观并以此切入解读她的作品,就必须结合上述三大历史语境、文化传统。需要注意的是,国外文学评论界常常将金凯德同英国作家、美国非裔作家和加勒比作家进行比较研究,这之中包括夏洛特·勃朗特①、托尼·莫里森②、克劳德·麦凯(1889—1948)③、乔治·兰明④、奈保尔、沃尔科特⑤、科林·钱纳(Colin Channer,

---

① 参见 M. A. Alonso,“All the Madwomen in the Attic: Alienation and Culture Shock in Jamaica Kincaid's *See Now Then*”, *Estudios Humanísticos. Filología*, Vol. 40, 2018, pp. 277 – 290.

② 参见 S. Vásquez, “In Her Own Image: Literary and Visual Representations of Girlhood in Toni Morrison's *The Bluest Eye* and Jamaica Kincaid's *Annie John*”, *Meridians: Feminism, Race, Transnationalism*, Vol. 12, No. 1, 2014, pp. 58 – 87.

③ 参见 G. E. Holcomb, *Writing Travel in Anglophone Caribbean Literature: Claude McKay, Shiva Naipaul, and Jamaica Kincaid*, Washington State University, 1995.

④ 参见 C. Tapping, “Children and History in the Caribbean Novel: George Lamming's *In the Castle of My Skin* and Jamaica Kincaid's *Annie John*”, *Kunapipi*, Vol. 11, No. 2, 1989, pp. 51 – 59.

⑤ L. M. Issen, *Expressions of Socioeconomic and Cultural Complexities in Works by Derek Walcott, Jamaica Kincaid, and Michelle Cliff*”, The University of Texas at Austin, 2000.

1963—)[①]、简·里斯[②]、米歇尔·克里夫(Michelle Cliff,1946—2016)[③]、罗伯特·安东尼(Robert Antoni,1958—)[④]、桑德拉·希斯内罗丝(Sandra Cisneros,1954—)[⑤]、乌恩雅·凯姆帕都(Oonya Kempadoo,1966—)[⑥]、奇玛曼达·阿迪契(Chimamanda Ngozi Adichie,1977—)[⑦]和克里斯提娜·加西亚(Cristina García,1977—)[⑧]等。这些研究从另一个侧面强有力地印证了金凯德对加勒比文学传统的继承和发展,以及她在英语文学传统上的地位和成就。

---

① 参见 C. Forbes,"Fracturing Subjectivities: International Space and the Discourse of Individualism in Colin Channer's *Waiting in Vain* and Jamaica Kincaid's *Mr. Potter*", *Small Axe*, Vol. 12, No. 1, 2008, pp. 16 – 37.

② 参见 J. Martin, "Jablesses, Sourcriants, Loups-garous: Obeah as an Alternative Epistemology in the Writing of Jean Rhys and Jamaica Kincaid", *Journal of Postcolonial Writing*, Vol. 36, 1997, pp. 3 – 29.

③ 参见:F. R. Jurney, "The Island and the Creation of (Hi) Story in the Writings of Michelle Cliff and Jamaica Kincaid", *Anthurium: A Caribbean Studies Journal*, Vol. 4, No. 1, 2006, p. 3; A. MacDonald-Smythe, "Autobiography and the Reconstruction of Homeland: The Writings of Michelle Cliff and Jamaica Kincaid", *Caribbean Studies*, Vol. 27, No. 3/4, 1994, pp. 422 – 426.

④ 参见 E. Savory, "Connections: Jean Rhys, Jamaica Kincaid and Robert Antoni", *Jean Rhys Review*, Vol. 10, No. 1/2, pp. 27 – 39.

⑤ 参见 M. Karafilis, "Crossing the Borders of Genre: Revisions of the 'Bildungsroman' in Sandra Cisneros's 'The House on Mango Street' and Jamaica Kincaid's 'Annie John'", *The Journal of the Midwest Modern Language Association*, Vol. 31, No. 2, 1998, pp. 63 – 78.

⑥ 参见 C. Bailey, "Performance and the Gendered Body in Jamaica Kincaid's 'Girl' and Oonya Kempadoo's Buxton Spice", *Meridians: Feminism, Race, Transnationalism*, Vol. 10, No. 2, 2010, pp. 106 – 123.

⑦ 参见 A. L. Mtenje, "Patriarchy and socialization in Chimamanda Ngozi Adichie's *Purple Hibiscus* and Jamaica Kincaid's *Lucy*", *Marang: Journal of Language and Literature*, Vol. 27, 2016, pp. 63 – 78.

⑧ 参见 S. M. Roszak, "Blurring Boundaries: Women's Work and Artistic Production in Jamaica Kincaid's *Lucy* and Cristina García's *Dreaming in Cuban*", *Lit: Literature Interpretation Theory*, Vol. 28, 2017, pp. 275 – 295.

小　结

在一定程度上,人类文明的历史就是一部由命名记录的历史。人类对每一个新事物的体验,都需要经由命名行为予以确认,以记录下其每个发展阶段存在的客观特征和命名者的主观态度。人对自身的思考、人对自身与世界关系的思考以及人对如何运用语言与世界相连的思考,不仅是宗教、哲学的核心论题,也是文学要回答的中心命题。从原始氏族部落到当下多元文化碰撞的后现代社会,命名行为一直伴随着人类文明的发展、人际交往的沟通、人权政权的博弈而存在。人的命名方式总是受到具体的哲学思想、文学传统和文化背景等因素的制约和影响。在相对独立的共同体内,人们的世界观、人生观和价值观趋于相似,因而有一套相对成形的价值体系解释历史和当下的言说方式。金凯德在宗教、哲学、文学等多元的文化场的共同作用下,形成了独特的命名观,并将之运用到文学创作中,以应对身份危机,解决身份焦虑,并积极参与加勒比族群的身份建构。名字成了连接过去、现在和未来的纽带,它让我们定位到某个时空中,浸润在金凯德的文字中,从而感受文学和艺术给人的心灵带来的温暖。

第二章　金凯德作品中名称表征的身份危机

在梳理了命名与身份建构的关系在西方哲学、文化、文学传统中的基本脉络之后，本书将从本章开始回归到金凯德的作品文本中，用三章内容分别论述金凯德是如何在命名观观照下把脉当下社会症候、探索个体和集体身份重建，以及其作品展现了作家是以何种价值观重塑身份的。许多研究者在系统全面采访金凯德的时候，几乎都会从她改名的事情谈起，都注意到了金凯德向来注重作品中自我身份的塑造。① 如果说金凯德给自己改名是无意识的，那么这个无意识的命名实践却把她引向了深入思考命名和身份建构关系的道路上。科伯纳·麦尔赛认为，人"只有面临危机，身份才成为问题。那时一向认为固定不变、连贯稳定的东西被怀疑和不确定的经历取代"②。金凯德复杂的文化身份就决定了研究她的作品时，我们无法回避一个核心命题——身份认同和建构。

金凯德的"命名即拥有"的命名观虽然在 1999 年出版的《我的花园(录)：》中首次亮相，但其实有关命名和所有权关系的论述早在其 20 世纪

---

① 参见：Allan Vorda and Jamaica Kincaid, "An Interview with Jamaica Kincaid", *Mississippi Review*, Vol. 20, No. 1/2, 1991, pp. 7 – 26; Moira Ferguson and Jamaica Kincaid, "A Lot of Memory: An Interview with Jamaica Kincaid", *The Kenyon Review*, Vol. 16, No. 1, 1994, pp. 163 – 188; Kathleen M. Balutansky and Jamaica Kincaid, "On Gardening: An Interview with Jamaica Kincaid", *Callaloo*, Vol. 25, No. 3, 2002, pp. 790 – 800。这里只提到几篇重要的访谈，并未全部罗列。

② 转引自乔治·拉伦：《意识形态与文化身份：现代性和第三世界的在场》，戴从容译，上海教育出版社 2005 年版，第 195 页。

80 年代创作的短篇和散文中就有所体现。命名在金凯德看来是一种征服性的行为：

> 给事物命名对于所有权来说至关重要——好比是上了一把精神的枷锁，然后把打开锁扣的钥匙丢得远远的——这是一种谋杀，一种擦除。当人们觉得受到它（征服）的伤害时，他们第一时间解放自己的行动就是改掉自己的名字（罗德西亚改叫津巴布韦，勒鲁伊·琼斯改叫阿米里·巴拉卡）。①

西蒙斯（1994）认为，金凯德在创作的后期提出了命名和身份的两种关系：其一，自我命名是由一种被解放的自我观念引发的实践行为；其二，被他人以贴标签的方式命名相当于一种身份的被谋杀。金凯德认为一个人的身份必须通过不同维度的考察才能得以确定，特别是在从青少年走向成年的过程中。然而还有另一种情况与年龄这个维度无关，因为很多人根本没有这个权力去衡量自己的身份。对于那些名字、身份甚至生命都掌握在其他人手中的人来说，身份的命题显得尤为重要。这些人在金凯德的作品中就是生活在加勒比海岛和美国的非洲人的后代。

金凯德在最能体现后现代写作手法的《望今昔》中表达了对现代人生存的忧虑："看过去的现在，看现在的过去，但凡能看到的，尤其是当下，人总是在灾难、浩劫，还有喜悦和幸福的世界中，但是历史中并没有后两样东西，无论过去还是现在，它们只是属于个人的记忆。"②金凯德的作品中的确有很多细腻的情感和心理活动描写，但是她的写作目的并不是给人消遣娱乐。她为族群过去遭受的不幸感到伤痛，又为身份焦虑和层出不穷的社会问题感到担心。于是她的早期作品就从这种模糊、矛盾、混乱、

---

① Jamaica Kincaid, "Flowers of Evil: In the Garden", *The New Yorker*, Vol. 68, 1992, pp. 154 – 159.

② Jamaica Kincaid, *See Now Then*, New York: Farrar, Straus and Giroux, 2013, p. 65.

忽近忽远、虚实相间的状态开始。本章从个体、族群和多元族群社会三个层次论述金凯德作品对身份焦虑的呈现。

第一节　“在河底”：自我完整性的破裂

杰梅卡·金凯德在 2017 年 9 月接受《哈佛深红》（*The Harvard Crimson*）校刊采访时说：“我现在仍旧七岁，而且我永远不会变成大人。”她后来用自己的一篇散文《一条裙子的自传》（“The Autobiography of a Dress”）来解释这句话：她实际上想要表达的是她一直在思考童年时候的自己去哪儿了。心理学研究表明，人的童年记忆对其未来的成长意义重大。金凯德在安提瓜的童年记忆曾经充满了母亲的爱，这份美好后因三个弟弟的接连降生被重男轻女的思想打击得粉碎，还因为母亲一把火烧掉了她的书而留下伤痛。金凯德离开家乡安提瓜的时候只有十七岁，在懵懂的青春期里开启美国生活，这让金凯德格外专注于在记忆的迷雾中摸索自己到底是谁。金凯德在《我母亲的自传》中，借叙述者雪拉之口发问：“‘我是谁？我是谁？’这不是发自那绝望黑洞的一声叫喊，而是时常遭受到那愚蠢的天真好奇折磨的一个符号。我不知道，我不可能知道。”[①]因此在第一小节，笔者希望通过解读《我母亲的自传》中的“黑洞”和《在河底》中的“黑质”呈现金凯德作品中身份缺失的问题。

一、自我属性危机：身份缺失

在《我母亲的自传》的开篇，叙述者雪拉就交代说：“我的母亲生下我就死了。因而，在我的整个一生中，唯有虚无伫立于我和我的来世之间，

① 牙买加·琴凯德：《我母亲的自传》，路文彬译，南海出版公司 2006 年版，第 160 页。

我的身后总是吹拂着一股凄寒而又晦暗的风。"[①]雪拉在整部小说中都在不停地发问:"我的母亲是谁?"虽然她没有说出口,虽然她知道她们拥有同样的名字。跟母亲拥有同样的名字象征着她将拥有跟母亲一样的命运——为下一代的出生而终结自己的生命。在她还没有弄清楚自己是谁的时候,这使得雪拉更加恐慌。这部作品以"自传"为名,实际上是在暗示我们,雪拉寻母可以看作是她对自我身份的寻找。因为母亲的缺失,雪拉的身份出现了无法确认的危机,因而她开始寻找母亲即寻找自我的出处,在寻找的过程中,她陷入了绝望的"黑洞",生发了生命该何去何从的思考:

> 我会死去,或许因为我不会有未来,我才开始对未来无比期盼。但是我不清楚未来这东西对我意味着什么,因为我正站在一个**黑洞**之中。可供选择的是另外一个**黑洞**,而我不知道它是什么;我选择了未知的那一个。[②]

"黑洞"(blackhole)象征着未知事物,更代表了叙述者对历史的不确定感。显然,雪拉所描述的两个"黑洞",一个指无从探究的过去,一个指充满未知的未来。雪拉试图从母亲那里得到确认。她求助于想象,因为在加勒比的母亲文化中,梦境有重要的寓意。雪拉将"看"到母亲的希望寄托于梦境,结果无数次的试探均以失败告终。她试图在历史中定位自己,然而母亲的缺失使她陷入了历史的虚无。雪拉从历史的虚无走向了生命的虚无:一方面,她在想象和梦境中千方百计地寻找过世的母亲,这使她身陷一场没有意义、没有尽头的寻亲之路,在挫败和绝望之中,除了一身长及脚踝的白色寿衣以外她根本看不见母亲的样貌,金凯德以此影

---

① 牙买加·琴凯德:《我母亲的自传》,路文彬译,南海出版公司 2006 年版,第 1 页。

② Jamaica Kincaid, *The Autobiography of My Mother*, New York: Farrar, Straus and Giroux, 2013, p. 82.

射加勒比人民在被阉割的历史中成了像雪拉一样的无根之人；另一方面，她是一个自身正在衰退的加勒比女性，她身处的“黑洞”如果是无处探寻的历史，那么她选择的另一个“黑洞”则是走向死亡的现实生活，这隐喻着加勒比族群正处于消亡状态，其语言、文化濒临灭绝的边缘。

事实上“黑洞”的意象也曾在《安妮·约翰》中出现：

> 一个巨大的黑色空间在我面前打开，然后我掉了进去。我眼前一片漆黑，听不到任何周围的声响。除了能想到我的母亲离开了我，其他事我一概不去想。事情就这样持续了不知道多久。①

而且我们可以在《在河底》中追溯到“黑洞”的原型：

> 我面前出现了一个深不见底的黑洞[……]我有意栽了进去。我就这么往下掉啊掉，掉啊掉，感觉自己像极了一个旧行李箱。在这个深洞的四周写着什么东西，但是或许因为是用外语写的，我怎么都看不明白。我继续下坠，不知道过去了多久。②

有学者认为，金凯德在这两部作品中刻画的“黑洞”是“对柏拉图笔下的洞穴的一种女性主义阐释”③。的确，在著名的女性主义论著《阁楼上的疯女人：女性作家与19世纪文学想象》中，吉尔伯特和古巴指出：“柏拉图似乎没有往这方面考虑，但是弗洛伊德认为：洞穴有女性属性，它有子

---

① Jamaica Kincaid, *Annie John*, London: Vintage, 1997, p. 43.

② Jamaica Kincaid, *At the Bottom of the River*, New York: Farrar, Straus and Giroux, 1983, p. 42.

③ Wendy Dutton, "Merge and Separate: Jamaica Kincaid's Fiction", *World Literature Today*, Vol. 63, No. 3, 1989, pp. 406-410.

宫的形状，遍布着土壤，神秘又神圣。”①在《我母亲的自传》中，主人公雪拉的认识里，“黑洞”首先就带有弗洛伊德性别意识的阐释，因为她说：“我是一个女人，对此我有一个简洁的定义：两个乳房，两腿间有一个小开口，一个子宫。这个定义永远不会改变，其中的内容始终在那**同一个地方**。”②“同一个地方”便是金凯德三部作品中都提到的“黑洞”，从作家不断的探索中可以看出，这个孕育生命也可能断送生命的神秘洞穴，是女性认识自我、追寻身份的起点。可悲的是母亲的缺失让她们在自我认同的起跑线上就栽了跟头。

当雪拉寻母不得，她只能将身份追寻的线索转向了自己的父亲，于是雪拉发问：“我的父亲是谁呢？［……］他这个人究竟是谁呢？［……］直到今天，我始终在这样问自己。”③雪拉说她的父亲“至死也不了解我，他不用我所信赖的语言跟我说话”④。雪拉的父亲是加勒比岛的公务员——一名警察，他平常都是用雪拉概念里的“官话”——英语跟她交谈，而雪拉跟亲近的人则用法语方言交流。这一细节体现了父亲在雪拉的生活中情感陪伴的缺失，由此我们很遗憾地看到，雪拉的生命里既没有母亲的在场，也没有父亲的在场。雪拉在血亲关系中是一个被父母“抛弃”了的孩子，母亲的去世是襁褓中的雪拉无法预料和应对的，而父亲未尽到养育之责导致雪拉实质上成为无父无母的“弃婴”。母爱和父爱的双重缺失使得雪拉自述“看上去不像一个男人，也不像一个女人”⑤。

---

① Sandra M. Gilbert and Susan Gubar, *The Madwoman in the Attic: The Woman Writer and the Nineteenth-Century Literary Imagination*, New Haven: Yale University Press, 1979, p. 93.

② 牙买加·琴凯德：《我母亲的自传》，路文彬译，南海出版公司 2006 年版，第 132 页。

③ 牙买加·琴凯德：《我母亲的自传》，路文彬译，南海出版公司 2006 年版，第 31—32 页。

④ 牙买加·琴凯德：《我母亲的自传》，路文彬译，南海出版公司 2006 年版，第 183 页。

⑤ 牙买加·琴凯德：《我母亲的自传》，路文彬译，南海出版公司 2006 年版，第 79 页。

的确，象征着加勒比本土文化的母亲没有通过传统的口述方式告诉雪拉她们的历史，而象征着殖民主义话语霸权的父亲也无法跟雪拉建立精神的链接，雪拉用强烈的独白式情感语言诉说着她意识里的一种羞耻感。正如在《我母亲的自传》最后，雪拉说："我成了一个孤儿。"[①]雪拉不知道该跟谁建立起联系，不知道该向谁询问自己的过去，不知道她从何而来，太多的不确定性和不安全感使她的身份在不同性别、种族、历史的试探和碰撞中支离破碎。如今七十岁的雪拉仍旧不清楚父母的身份："我的母亲和父亲对于我都是神秘的事情：一个是由于死亡，另一个由于是活着的谜。"[②]

金凯德将1983年出版的《在河底》称为其他作品的"草稿本"，批评家更把这部作品看作是她许多其他文本的"思维导图"（cerebraltext）[③]，将它与金凯德其他作品进行对比研究就会拨开其中的语言迷雾，发现故事之间的内在关联以便更好地理解作家创作主旨。这部短篇小说集最令人费解的就是从头至尾其语言文字中都流露着模糊、不确定和不完整的感觉。其中一篇《黑质》（"Blackness"）为理解《我母亲的自传》等作品提供了关键线索。在金凯德笔下，这个无名的女性叙述者散漫的意识描述中几乎出现了这个词涵盖的所有可能性：黑色、夜色、暗淡、怒气、邪恶。她说："在黑暗中，接着，我被擦除。我再也不能说出我的名字。我再也不能指着自己说'我'。"[④]将此处的"黑质"与"黑洞"联系起来，有助于我们看清金凯德的个体身份困惑和危机究竟源自哪里。

霍尔在论文《新族裔》（"New Ethnicities"）中用"黑人性"一词分析非

---

① 牙买加·琴凯德：《我母亲的自传》，路文彬译，南海出版公司2006年版，第183页。

② 牙买加·琴凯德：《我母亲的自传》，路文彬译，南海出版公司2006年版，第34页。

③ Wendy Dutton, "Merge and Separate: Jamaica Kincaid's Fiction", *World Literature Today*, Vol. 63, No. 3, 1989, pp. 406–410.

④ Jamaica Kincaid, *At the Bottom of the River*, New York: Farrar, Straus and Giroux, 1983, p. 47.

裔的身份政治，指出分析非裔的身份必然涉及阶级、性别和族裔问题。而在族群身份建构的历史上，英国在建构"英国民族身份"（English national identity）范式时就用"英国性"作为集体身份表征，带有强烈的排他性种族主义特征。当下的殖民主义话语通过以种族、肤色、血缘为表征的种族他者特征而建构，对此后殖民文化研究学者已达成共识，萨义德、斯皮瓦克、巴巴等学者认为，欧洲文明中的"普遍的人性"是通过对种族上的他者排斥、边缘化而历史地形成的。[①] 类似的事实发生在20世纪60年代的美国，在民权运动和反歧视运动的推动下，社会上出现了去种族隔离化（desegregation）和族裔融合。白人统治阶级以培育黑人精英阶级为文化策略，使得20世纪60年代末期的非裔新阶级"视自己的利益及与现存白人权力结构的结合"[②]远高于任何群体的黑人，他们成了政治策略塑造下的去种族隔离的样板，高举自由主义的大旗为自己在社会中谋取权力、地位、财富。在《旗帜鲜明：阶级事关紧要》（*Where We Stand: Class Matters*）中，美国非裔文化批评家贝尔·胡克斯（Bell Hooks）认为，"黑质"就是那些游走在白人和黑人之间的非裔社群中的买办阶级最骄傲的资本。这些"中间人"（mediators）希望得到更高的社会地位，因此通过贬低黑人同胞来抬高自己，使得非裔社群本身形成了贫富分化的隔离区。[③]

"黑质"就这样成了金凯德及在加勒比出生的非洲后裔的身份隐患，他们在"黑洞"的共同作用下生存于内忧外患的身份焦虑中。《我母亲的自传》是作家虚构的女主人公雪拉在七十岁时自述的一部回忆录。从叙述者雪拉的独白来看，母亲的身份在自然死亡和女儿的叙述回避下双重缺失了，"自传"的叙述者"我的母亲"没有任何书写自我的空间，她的身份是缺失的。同时，母亲缺失亦使雪拉的身份缺失，因而雪拉拒绝像母亲一样被孩子剥夺身份。雪拉为了创造另一条生存的道路，拒绝生育的态度

---

① 曾军主编：《文化批评教程》，上海大学出版社2008年版，第281页。

② Bell Hooks, *Where We Stand: Class Matters*, New York: Routledge, 2000, p. 92.

③ Bell Hooks, *Where We Stand: Class Matters*, New York: Routledge, 2000, pp. 91 – 93.

非常坚决,她甚至采取堕胎的办法。“我[……]即刻想到,如果我体内有个孩子,我可以单凭我的意志力把他排出来。我决心让他出来。”[①]天主教规定,教徒设法堕胎而既遂者,应受自科绝罚。绝罚是天主教内最高的处罚级别,被绝罚者相当于被逐出教会,死后将下入地狱。她的这个向死而生的选择更像是一种宗教仪式,她以此来授予自己掌握生存和命运的权利。堕胎的剧烈疼痛让雪拉更清醒地认识到自我的主体性:“我的生命焕然一新[……]我的命运牢牢把握在自己手中。”[②]这一行为可以让雪拉成为一个有支配能力的自我,而不是一个被其他主体支配致死的他者。

虽然雪拉保有了自我的生命,但是她仍然觉得自我并不完整。她继续发问:“我过去是谁? 我一出生,我母亲就去世了。刚出生的我什么也不是。我出生的时候母亲就去世了这个事实成了我生命的主题。”[③]金凯德试图通过叙述者告诉我们,生命权只是个体身份的基础,想要获得完整的身份还需要将自我定位到族群的历史中。读者如果沉浸在金凯德创作的重复文本中就很容易产生一种误解,即比起族群的身份,作家更关注个体身份。事实上,在小说的最后,雪拉成了一个如“黑质”般孤独的影子。她以高空俯瞰的视角考察时间和人类的历史,仿佛消失在了宇宙的“黑洞”之中。因此,“黑洞”是金凯德笔下寓意丰富的符号,揭示了更深刻的主旨:因性别、种族、阶级而遭到歧视和忽略的人们,不仅同雪拉一样在不停地寻找自己的身份,也跟雪拉一样在人类历史上陷入黑暗之中。《我母亲的自传》专注于以虚妄的形式来反映生活的真实,并直面痛苦的过去,探讨构建什么样的未来。语言成为对抗殖民主义话语的武器,名字成为勾连族群记忆的密码,它们能帮助个体破译自己的身份。

① Jamaica Kincaid, *The Autobiography of My Mother*, New York: Farrar, Straus and Giroux, 2013, p.81.

② Jamaica Kincaid, *The Autobiography of My Mother*, New York: Farrar, Straus and Giroux, 2013, p.83.

③ Jamaica Kincaid, *The Autobiography of My Mother*, New York: Farrar, Straus and Giroux, 2013, p.225.

二、社会属性危机:矛盾心理和双重意识

盖茨在20世纪80年代讨论非裔美国文学传统时,曾强调鲍德温的《原乡之子手札》为他思考"双重意识"提供了重要依据:如果黑人性是一座迷宫,鲍德温就是我的向导,我的维吉尔(Virgil),我的指导。[①] 美国政治家、小说家杜波依斯在《黑人的灵魂》(*The Souls of Black Folk*,1989)中提出的"双重意识"贴切地描述了非裔美国人社群矛盾的身份意识和两难的身份处境:"黑人总是感到自己的存在是双重的——既是美国人,又是黑人;这两个灵魂、两种思想彼此不能调和地斗争;两种敌对意识并存于一个黑色躯体内,这个躯体只是依靠了百折不挠的意志,才没有分裂开来。"[②]他的这一身份政治主张给非裔美国人带来了重要影响:以种族身份认同非洲、以公民身份认同美国两者可以并行不悖,以此为前提,非裔族群中形成了自尊自爱自强的集体协作精神,他们通过各种方式提升集体在美国社会的地位,包括在经济、政治、文化多方面得到认可,以实现在美国社会的融入。

金凯德认为生活就是真实中掺伴着虚伪,真相中掺杂着谎言,纷繁的世间百态本就是相互矛盾着存在的。谈到加勒比的家乡,金凯德说:"我感到痛苦;安提瓜文化不是唯一有谎言的文化。[……]现在我不再属于自己原本的文化出身。我很高兴不再是属于它的一部分,尽管它是我很重要的一部分,因为我根本离不了它。"[③]事实上,金凯德说的最后一句话中的"它"虽然指涉加勒比海岛安提瓜,但是前后两个"它"分别指涉两个不同领域,前者指涉加勒比的经济社会,后者指涉加勒比的文化历史。这

---

① Henry Louis Gates and Nellie Y. McKay(eds.), *The Norton Anthology of African American Literature*, New York: W. W. Norton and Company, 1997, p. 7.

② W. E. B. Du Bois, *The Souls of Black Folk*, New York: Bantam Classics, 1989, pp. 3–4.

③ Moira Ferguson, *Jamaica Kincaid: Where the Land Meets the Body*, Charlottesville: University of Virginia Press, 1994, p. 176.

种想要跟政治社会划清界限，却反复被潜意识里对加勒比的记忆不断带回到那里的矛盾心理，也呈现在金凯德创作的人物的性格特质之中。

在金凯德的小说《安妮·约翰》中，主人公安妮经历了从生活在充满母爱的“天堂乐园”到被驱逐出去的心理成长过程[①]。母亲在安妮青春期前后代表了两种不同的文化内涵，并给安妮的成长心理带来了矛盾和双重标准：第一种作为加勒比民族文化符号，代表了自然、传统和根，是安妮自我身份塑造时的安全感和归属感来源；第二种作为殖民文化符号，代表了规训、异化和未知，造成了其自我身份塑造时的焦虑感和疏离感。两种文化的冲突致使母女二人的关系从如胶似漆发展到貌合神离，安妮描述道：“当我回到家，我妈张开双臂迎接我，脸上写满焦虑。我嘴里充满苦涩滋味，因为我不明白她为何是如此美丽，即使我已经一点都不爱她了。”[②]评论家认为安妮对母亲形象的认同和思想的不认同“反映了女儿既想挣脱母亲的影响成长为独立的自我、又和母亲间有着无法斩断的感情联系的矛盾心态”[③]。安妮个体的身份焦虑反作用于母亲，使两个人都处于不知道该怎么自处和相处的尴尬境地。

在进入青春期以前，小说中的安妮与母亲田园牧歌般的母女关系隐喻了被殖民前的天真烂漫，跟随母亲出门时，安妮用“威风”来形容内心的快乐，此时，其生活的技能从母亲耳濡目染的教育中习得。[④] 进入青春期后，安妮跟其他少女一样，首先要面对的“关系联结危机”出现在了母女关系之中，并被母职角色触发。一方面，母亲以身作则地教导，希望女儿尽可能标准地达到父权社会对女性的要求，从而减小来自生活和道德层面评价的压力，殊不知这么做恰恰是一种妥协，她亲手巩固了父权制，更加

① 牙买加·金凯德：《安妮·强的烈焰青春》，何颖怡译，女书文化事业有限公司2001年版，第40页。

② 牙买加·金凯德：《安妮·强的烈焰青春》，何颖怡译，女书文化事业有限公司2001年版，第75页。

③ 王家湘：《20世纪美国黑人小说史》，译林出版社2005年版，第307页。

④ 牙买加·金凯德：《安妮·强的烈焰青春》，何颖怡译，女书文化事业有限公司2001年版，第30页。

深了女儿将要面临的压迫之痛。另一方面,母亲在训诫女儿时产生了镜像效果,她仿佛看到了自己在围墙之中的困境和压抑,共情之下母亲选择切断与女儿的亲密关系,试图通过让女儿独立来使其具备应对生活的本领。于是安妮在跟母亲买衣服布料时被母亲冷漠地回绝道:“你总不能一辈子都像是个小号的我啊。”①安妮的母亲就是独立的代名词,她曾因为想要独自居住而跟父亲产生激烈的矛盾,矛盾激化后她毅然离开家乡,并跟父亲切断了联系。安妮的母亲与安妮的祖父之间的父女关系破裂也“遗传”给了安妮和她的父亲。对待女儿,这位母亲秉承着相同的信念,认为孩子长大后便要离开父母独立生活。这种独立的基因同样表现在小说叙述者安妮身上,并变成安妮以其人之道还治其人之身的武器。母亲的关爱和教导原本温暖、滋养着安妮的成长,母亲的爱在安妮看来是自我身份确认中非常重要的一部分:“那些没人这么爱他、他也没有对象可以深爱的人,一定非常可悲。拿我父亲来说。”②如今母亲严厉的教导在安妮看来是一种心理的背叛,是一种无情的抛弃,这些给青春期的安妮带来身份上的迷茫和心理上的痛苦。安妮在初次遭遇母女关系带来的身份危机时,通过在镜子前观察自己裸露的身体来确认自己是谁。身体的变化所带来的陌生感加剧了安妮的身份焦虑。③ 安妮在身份危机和焦虑之中开始寻求与母权平等对话的机会:

> 当我和我妈说话,我们可以直视对方的眼睛。生平第一次,我妈和我可以平视对方。为此,我颇高兴了一会儿,但随即发现:这又怎样?她可是我母亲——安妮;我可是她女儿——安

---

① 牙买加·金凯德:《安妮·强的烈焰青春》,何颖怡译,女书文化事业有限公司2001年版,第26页。

② 牙买加·金凯德:《安妮·强的烈焰青春》,何颖怡译,女书文化事业有限公司2001年版,第37页。

③ 牙买加·金凯德:《安妮·强的烈焰青春》,何颖怡译,女书文化事业有限公司2001年版,第42页。

> 妮。我们同名，所以我爸和我妈叫我“小小姐”。①

遗憾的是，安妮发现，自己和母亲同名就注定了她要跟随母亲的成长道路和人生轨迹，注定了母女之间是一种相互依附又相互独立的矛盾关系。进入青春期以后，安妮和母亲的关系如同被征服者与征服者的镜像反映。在《安妮·约翰》中，殖民主义文化符号渗透在安妮生活的方方面面，使当地人的观念像工业生产一样地“标准化”。小说的诸多文本向读者揭示了安妮的母亲是该标准化价值的代理人。安妮称母亲的美“像六便士钱币上的人像”，由此可以看出她生活的地方流通的不仅是英国的货币，而且货币上英国女王的形象定义了青少年对美的理解。具备了女王形象的安妮母亲被赋予了文化权威的象征意义，因此她要将女儿规训成符合英国社会对女性的认知标准——内外兼修的淑女也就顺理成章了。安妮的母亲无形中成了殖民主义教育的一部分，这导致了安妮除了要在学校里学习英语、拉丁语和法语，课外时间还被母亲安排学习屈膝礼，并到英国老师家学习钢琴。②

英国老师教导安妮学习《西印度群岛史》的一段文字揭露了殖民地书写自身历史的权力被殖民主义话语剥夺的可悲现实。叙述者在回忆课堂上同学露芙回答不了老师的提问时表明了自己的态度：

> 许多有关西印度群岛的问题，她都不知道答案。这不能怪她。露芙远从英国来。[……]在那儿，人们不会不断提醒她——她的祖先干了多少坏事；或许她爸曾在非洲当过传教士这事让她感到更糟。从她的脸色变化，我知道她的感觉。她的祖先是主子，我们的祖先则是奴隶。她已经够羞愧了，日日与我

---

① 牙买加·金凯德：《安妮·强的烈焰青春》，何颖怡译，女书文化事业有限公司2001年版，第137页。

② 牙买加·金凯德：《安妮·强的烈焰青春》，何颖怡译，女书文化事业有限公司2001年版，第43—45页。

们相处更是在不断提醒她。[①]

安妮的宽容之举，在叙述者看来源于她认同的族群骨血里与世无争的性格，而作家则认为整日浸泡在充满殖民主义话语和帝国文化符号的环境中，安妮的价值取向在潜移默化之中发生了变化。事实上叙述者也承认了这一点，她与殖民者的后代一起上课，甚至一起庆祝维多利亚女王的生日，自己很难分辨“到底站在主子或奴隶哪一边”[②]。孩子们还要参加幼童军聚会，并被要求在英国国旗下宣誓效忠“祖国”。[③] 在一个女孩的葬礼上，孩子们合唱《万物光明美好》，作家讽刺这种入侵式的宗教文化传播，并质疑殖民主义的进步性。

英国圣公会教堂的钟声是小岛的官方时间，安妮一家的工作、学习、日常生活是当地族群生活的缩影。资本主义和工业革命已经使得大洋彼岸的英国时间私有化，而殖民者并没有把时间的进步带到安提瓜，当地人依旧生活在殖民主义文化符号的控制之下。小说中提到了一个母女共用的木质衣箱，箱子里装的各种物品记录了“安妮”不同成长阶段的记忆。成长中的小安妮向父亲提出制作一个新的木箱供自己用，暗示安妮将会效仿母亲提着一个木箱离家出走，表达了安妮想要摆脱母亲控制的意图。

金凯德作品中的诸多女孩都对母亲表现出一种感性上的亲近和理性上的拒绝态度，以及在成长过程中对父母亲难以亲近的心理。这种现象反映了加勒比文学中一种常见的文化认同倒置状态——“文化疏离”（cultural estrangements）。它是一种摇摆不定的迷茫态度，个体一方面对生存状态下的文化无法认同，另一方面对自己熟悉的文化无法进入，于是产生孤独、失落和被抛弃的感觉。移民族群在两种文化之间既不能寻根，也无

① 牙买加·金凯德：《安妮·强的烈焰青春》，何颖怡译，女书文化事业有限公司 2001 年版，第 103 页。

② 牙买加·金凯德：《安妮·强的烈焰青春》，何颖怡译，女书文化事业有限公司 2001 年版，第 103 页。

③ 牙买加·金凯德：《安妮·强的烈焰青春》，何颖怡译，女书文化事业有限公司 2001 年版，第 148—149 页。

法落地生根，形成了一种文化悬挂(cultural suspending)①的状态。金凯德笔下15岁的安妮尽管曾经是一个智商超群、成绩优异的学生，但在这种加勒比文化和英国文化悬挂的矛盾状态作用下，她最后出现了"精神崩溃"(nervous break down)的问题。

第二节 "弹丸之地"：加勒比民族精神的崩塌

除了坚持不懈地探求"我是谁"，金凯德还希望通过写作弄清楚"发生在我和跟我一样的人身上的那些事情应该被称作什么"②。加勒比地区虽然只是由一些小岛国组成的，在世界版图上不过一隅，但"它是最早的世界性移民地区之一，是多种不同的种族、语言、宗教和文化传统杂交和融合的十字路口"③。1492年克里斯托弗·哥伦布(Christopher Columbus)发现新世界(The New World)是金凯德作品中经常被提及的事件，她把该事件看成是个体历史的开始，也是加勒比族群历史的开始。哥伦布发现"新世界"使这个地处美洲南北两个大陆之间的诸多岛国卷入了世界资本市场。

哥伦布的航海日志就是他的新世界命名录，面对眼前这些毫无概念的人和物，他所描述的对"新世界"的认识全部基于"旧世界"的已有概念："我看到远处的光，与《圣经·创世记》里划分昼夜的光极为相似。"他按照记忆中旧事物的优先级命名未知事物，比如他的航海资助人西班牙王室、与他的宗教信仰相关的名称等。他以西班牙语的"印度人"将新大陆的居民命名为"印第安人"，以西班牙语的"救世主"给加勒比海的巴哈马群岛命名为"圣萨尔瓦多"，以西班牙的一座教堂名命名了金凯德的家乡"安提

---

① 梅晓云：《文化无根：以V. S. 奈保尔为个案的移民文化研究》，陕西人民出版社2003年版，第62页。

② Jamaica Kincaid, *My Garden (Book)*:, New York: Farrar, Straus and Giroux, 2001, p. 153.

③ 张德明：《加勒比英语文学与本土语言意识》，载《浙江大学学报(人文社会科学版)》2005第3期，第78页。

瓜”……金凯德把哥伦布眼前的新世界比作“天堂里的黑质”[①]——混沌。混沌是事物以合法秩序存在的对立面,而天堂恰恰是一个秩序分明的地方。金凯德在文章《在历史中》(“In History”)中用塞尔维亚大主教伊西多鲁斯的命名观“要认识事物,必须首先给它命名”解释了哥伦布发现新世界以后的行为,她认为哥伦布“认识事物的方式并不是出于好奇心抑或是纠正自己的无知;他是因为想要占有这些东西才去认识它们”[②]。哥伦布对新世界的命名为金凯德提供了命名和所有权关系的机制模型:发现者对存在物产生占有欲,通过命名授予存在物合法性,命名者剥夺被命名事物的一切权利。

哥伦布的个人叙述自然而然成了后人对新世界的全部认知,因为在他发现之前,那些东西什么样我们不得而知,这也就是金凯德对她个人和加勒比族群“历史”发端的定义。但是金凯德对哥伦布作为新世界命名者的身份合法性提出了质疑:

> 我该称其为历史吗?[……]它是一个概念,还是一个开放性的伤口?我每呼吸一次,它就开合一次,一遍又一遍,一轮又一轮,这个在1492年的某一刻出现的开放性伤口至今合上了吗?它是事实的合集吗?如果那些事情都是真实准确的,那当我面对这些我又该做什么?我该有什么样的感受,我又该把自己放在哪里呢?[③]

正如《我母亲的自传》中,雪拉的一生以寻找母亲为主题,金凯德一生想要探索的就是该怎么跟加勒比族群一起面对集体的身份。

---

① Jamaica Kincaid, *My Garden (Book)*:, New York: Farrar, Straus and Giroux, 2001, p.155.

② Jamaica Kincaid, *My Garden (Book)*:, New York: Farrar, Straus and Giroux, 2001, pp.155–156.

③ Jamaica Kincaid, *My Garden (Book)*:, New York: Farrar, Straus and Giroux, 2001, p.153.

金凯德于1988年发表的《弹丸之地》(*A Small Place*)则是她政治意识觉醒的代表作。作品文字抒情、直率,带有强烈的讽刺意味,令人联想到乔纳森·斯威夫特在《格列佛游记》中对资本主义的无情鞭挞,对普通人困苦生活的真实反映。"弹丸之地"莫不是游记中号称疆土"边境直抵地球四极",实际上"环行一周约为十二英里"的小地方?西方马克思主义文化批评家弗莱德里克·詹明信曾说:第三世界的文学都是寓言式的,应该当作民族寓言来读。[①] 金凯德恰是来自被英格兰岛民征服的第三世界的小岛。与同样来自加勒比海地区的奈保尔相似,记忆是他们创作想象的源泉和素材,英国文学传统是他们汲取成长营养的厚土;不同的是,金凯德对待殖民帝国的情感绝不像奈保尔那样敬畏和暧昧,对于殖民主义的政治压迫和文化清洗更是毫不妥协。[②] 金凯德的回忆式散文《弹丸之地》记录了普遍存在于生活在加勒比或者已经离开了的被殖民者后代的记忆和情感的创伤。这位当地居民、女性叙述者带着清醒的"批评意识",叙述了被殖民主义铁蹄践踏后凋零的多米尼克社会景象,新殖民主义在政治经济领域的体现,本土语言文化的丢失,本土族群中的自我否定和彼此憎恶,以及白人后裔在前殖民地的失意生活。

一、社会危机:政治经济衰败

欧洲资本主义的发展促使其他王朝也亟须打开贸易通路,对原料的需求和对财富的极度渴望促使海上新航路大规模地拓展,从此以后加勒比的历史、文化、政治、经济就一直处于从属于欧洲的地位。19世纪英国和法国先后对该地区进行殖民统治并从非洲大量贩运黑奴,在这一过程中,欧洲白人文化、非洲黑人文化与美洲印第安土著文化乃至后来亚洲移

---

① Fredric Jameson, "Third-World Literature in the Era of Multinational Capitalism", *Social Text*, Vol. 15, 1986, p.69.

② 牙买加·琴凯德:《我母亲的自传》,路文彬译,南海出版公司2006年版,第90页。

民带来的文化杂交，形成了一种全新的文化形态——“克里奥尔化”（Creolization）。宗主国开启了对殖民地的政治控制压迫、经济剥削掠夺，以及宗教文化传播渗透；讽刺的是，打着文明、进步、理性之光的幌子，殖民主义给加勒比族群的身份认知带来的却是毁灭性的打击。

伴随着世界范围内去殖民化运动的展开，加勒比海岛安提瓜和巴布达于 1981 年从英国的统治下独立，然而这并没有从本质上改变安提瓜的社会现状。金凯德曾在访谈中慨叹童年记忆中的“天堂”一去不复返：“它曾经是个井然有序的地方。只不过昔日的那些礼仪如今都不见了。当它再一次出现在我的眼前，最让我难过的莫过于安提瓜图书馆再也没有了。”①最令她痛心的是安提瓜图书馆在 1974 年的一次地震中受灾坍塌，从此再也没有重修复原。这座图书馆承载了她最美好的童年记忆，因此她在散文《弹丸之地》中以文字的形式将它重新塑造起来。尽管图书馆仍是一派萧条的景象，但是她的文字留下了图书馆的过去。金凯德在采访中谈道：“西印度群岛人真正关心的是……美国人的钱，他们造成的破坏比欧洲人严重得多。”②金凯德在《弹丸之地》中借叙述者之口痛斥着：“他们是盗贼，惊天大盗。”③虽然此时的金凯德已经是美国公民，但是记忆中强烈的民族情感联系却让她与加勒比人民一同承受了残酷的现实。

《弹丸之地》第一节的每一段都以叙述者对观光客的呼唤开头：“现在你下了飞机打上出租车赶路”，“噢，看了一路现在你已经很厌倦，想着快点到达目的地——酒店、房间”④，看着美景想象着自己在海滩晒太阳。这一系列程序性活动的假设无不透露出叙述者厌倦的情绪。还没进入回忆

① Allan Vorda and Jamaica Kincaid, “An Interview with Jamaica Kincaid”, *Mississippi Review*, Vol. 20, No. 1/2, 1991, pp. 7 – 26.

② Moira Ferguson, *Jamaica Kincaid: Where the Land Meets the Body*, Charlottesville: University of Virginia Press, 1994, p. 164.

③ Jamaica Kincaid, *A Small Place*, New York: Farrar, Straus and Giroux, 2000, p. 41.

④ Jamaica Kincaid, *A Small Place*, New York: Farrar, Straus and Giroux, 2000, pp. 4 – 12.

录的第二节,作者便按捺不住怒斥道:"一直以来你总是怀疑自己,当你成为一名观光客,怀疑就变成了事实:'观光客都是丑陋的人'。"[①]齐格蒙·鲍曼认为,"'身份'是逃避的一个名字"[②],实际上它描述的是人们在现代性交往中的一种不安全感和不确定感。金凯德在《弹丸之地》中塑造了一个无名的旅行者,她其实取了一个名字,叫作"丑陋的观光客"(an ugly tourist)。在一些后殖民批评家看来,旅行带有阶级的意味,往往是第一世界人们的实践活动。旅行者是社会中的精英,并形成了一个"旅行阶级"(traveling class)。他们旅行的目的是逃离高压和焦虑生活带给他们的不确定性,旅行在他们的心中是一种朝圣,在去往"天堂"之城的路上,他们的新身份就是"朝圣者"。身份总是有参照性的,总是在与他人相处的某种社会关系中得到确认或否认。观光客就是他们在旅行目的地的新身份,他们用俯视的视角和打量的目光对待造访的国家和人民。

叙述者特别强调了观光客和自己的身份差异,前者是来自欧美的白人,后者是安提瓜岛的黑人土著。由此作家暗示了说话者和听话者的微妙关系:殖民者后代在与被殖民者后代"对话"的此刻,话语权由前者移交给了后者。讽刺的是,这开场貌似预示了受害者打赢了翻身仗,殊不知这只是资本主导下"下等人"服务"上等人"的变体——安提瓜只不过从大英帝国的"甘蔗田"变成了全球化浪潮下帝国主义的"后花园",旅游业成为帝国主义在安提瓜进行新殖民主义[③]活动的方式。游客一路观光,一路看到小岛的大街小巷全部以英国海上扩张时期重要人物的名字命名。这些名字不仅是日不落帝国炫耀功勋的历史文本,更是刻写在殖民地人民心

① Jamaica Kincaid, *A Small Place*, New York: Farrar, Straus and Giroux, 2000, p. 14.

② 斯图亚特·霍尔、保罗·杜盖伊编著:《文化身份问题研究》,庞璃译,河南大学出版社 2010 年版,第 23 页。

③ 新殖民主义是二战后西方国家采取的一种间接的侵略手段。由于民族解放运动的兴盛,帝国主义将昔日的殖民政策转化为其他策略,对"第三世界"已经独立的国家继续进行政治、经济、文化领域的干预和控制,使其继续充当原料产地、倾销场所和投资市场,通过控制其政权和支柱产业,掠夺大量的物资和财富。

上的伤痕。虽然苦难的历史成了这个族群记忆中的伤痕,但是在追求“幸福”的掌权者脑海中,它们早已被激荡的资本冲刷不见。面对有象征意义的观光客,叙述者与族群强烈的情感联系被唤醒,在使命感敦促之下,金凯德将历史和现实中入侵者的罪状桩桩件件都控诉出来:“哥伦布发现这块土地不久之后,这里就被一群来自欧洲的人类垃圾霸占了,当地高贵的人类被他们奴役。”①这个小地方早已在哥伦布一行抵达时被卷入了全球资本浪潮,小岛四面环绕的海洋象征了汹涌的全球资本市场,昔日它吞噬了无数黑奴的身躯,而今幸存者的后代留在岛上继续为观光客为奴为婢。当开篇提及机场以首相的名字为名时,叙述者就对观光客做了个假设:“你或许会问为什么不是学校,不是医院,又或是公共纪念馆。”②在这一系列的问题之后都没有出现过观光客的声音,他们在这篇回忆录里变成了“失语”的人。从看得见的风景到看不见的思维,观光客被叙述者牵着鼻子走,一样一样认领殖民者留下的痕迹和埋下的祸根。

文章中还提到,一座无名的英国殖民时期的图书馆在 1974 年的一场地震中受灾,从此门前“即将修复”③的告示变成了图书馆的名字。叙述者在回忆中比较了接受英式和美式教育的两代图书管理员,嘲讽了后者在后殖民时代所受的享乐主义和娱乐至上等美国价值观念的消极影响。政府大力发展酒店服务业,加上社会风气的影响,整个社会的年轻人“几乎是文盲”④。酒店管理学校的年轻人“学习”的唯一目的是“成为服务更周到的佣人”⑤,他们跟先人只不过是在不同的时空做着本质相同的事情。

① Jamaica Kincaid, *A Small Place*, New York: Farrar, Straus and Giroux, 2000, p. 80.

② Jamaica Kincaid, *A Small Place*, New York: Farrar, Straus and Giroux, 2000, p. 1.

③ Jamaica Kincaid, *A Small Place*, New York: Farrar, Straus and Giroux, 2000, p. 9.

④ Jamaica Kincaid, *A Small Place*, New York: Farrar, Straus and Giroux, 2000, p. 43.

⑤ Jamaica Kincaid, *A Small Place*, New York: Farrar, Straus and Giroux, 2000, p. 55.

岛上之人世代传承着无名之辈的身份和无人问津的地位。金凯德仿佛在暗示读者：只有离开，才能获得健全的身心和自由。

移民美国近20年后返乡，金凯德恍然大悟：我的两只脚仿佛踩在不同的世界。带着一种矛盾的情感，她在《弹丸之地》中一人分饰两个角色——既是文中的"观光客"又是文中的"当地人"。评论界对金凯德这部回忆录的第一人称叙述视角颇有微词，评论家伊莎贝拉·方赛卡认为，"由于一种任性得不可思议的散漫，金凯德的雄辩力度被狂怒地削弱了"，人们将叙述者的勃然大怒作为标签贴给了金凯德①。她不满于自己被剥夺了声音、陷入某种"失语"的困境，所以为自己愤怒的批判声音被听到而感到欣慰：

> 我希望永远不要安宁！[……]安宁看上去就像死亡。当我坐在这里，在一定程度上自得其乐时，我从不放弃思考我是如何来到这个世界的，我的祖先是如何作为奴隶来到西印度群岛的。我就是无法忘记这件事。否则就是原谅了这件事。这件事犹如一阵巨浪依然在波动。②

对于殖民主义的后遗症，金凯德始终都以一种抗争的姿态面对，尤其是移民美国之后，她质疑美国人宣扬的自由和幸福，作为被殖民者的后代，她从历史中看到一些人的幸福往往建立在另一些人的不幸之上，这样的幸福是粗暴的，这样的痛苦是无辜的。受害者不该继续沉默，于是她怒斥道："我们享受得太多了，这导致了难以置信的痛苦和悲伤。"返回故乡安提瓜，看到饱受殖民统治者摧残的同胞成了新殖民主义的傀儡、同谋，她的矛头便无情地指向他们。金凯德用"高贵"来形容当地人，实际上是

---

① 路文彬：《愤怒之外一无所有——美国作家金凯德及其新作〈我母亲的自传〉》，载《外国文学动态》2004年第3期，第21页。

② Leslie Garis, "Through West Indian Eyes", *New York Times Magazine*, Vol. 7, 1990, p. 91.

对民族劣根性的极大讽刺。在文化自信尚未树立的情况下，自己的同胞倒是从压迫他们的英国人那儿先学会了“绅士风度”，却忘记了原始的民族血性。西方发达资本主义国家习惯了以强势文化的姿态居高临下地“审视”异域文化。而被审视的弱势文化在长久的顺从中更是形成了一种惯性——借助异己文化眼光确认本民族的文化身份。①

观光客并未停止与其先人一般无二的掠夺行径，更没有意识到或者根本不在乎是否对他人造成伤害。观光客当然遗传了帝国主义和资本主义强大的基因，叙述者因而将其塑造成了一个精致的利己主义者形象。从欧美大城市来到加勒比海小岛，对于观光客而言意味着身体上的逃离和精神压力的释放。一些大城市的“稀缺资源”，以充足的阳光为代表，对观光客而言是陌生的。这使他追求新鲜感的欲望愈发贪婪，为此他只盼望不要有任何雨水。叙述者此时直言不讳地告知观光客：“酒店正在源源不断地向你将要畅游的海水里排污。”②表面上，叙述者为观光客进行了开脱，称作为局外人的他对岛民遭受旱灾并不知情似乎无可厚非；实际上，反讽意味的假设加重了叙述者批判的语气。读者开篇便知道观光客旅行的“小地方”就是安提瓜，然而作家在为作品取名时放弃了专名而选择了摹状词，实际上是在暗示读者类似遭遇的小地方不只安提瓜这一个。纯粹的民族文化从殖民主义和帝国主义介入之时起便不复存在，第三世界正成为西方世界旅游消遣的目的地，他们除了带来精神污染之外更加剧了环境污染等其他问题。

在《我母亲的自传》中，另一个加勒比海岛多米尼克也如安提瓜一样衰败。叙述者眼中的多米尼克首都罗索甚至很难称得上是人类工业化文明中诞生的“城市”，因为“城市是商业和文化以及人们交流思想的中心”。除了给出抽象的界定，雪拉还描绘了具象的社会状况：当地人生活的房屋

---

① 盛宁：《“后殖民”文化批评与第三世界的声音》，载《美国研究》1998年第3期，第50—70页。

② Jamaica Kincaid, *A Small Place*, New York: Farrar, Straus and Giroux, 2000, p. 13.

狭小破败，“住在这种房屋里的人看起来筋疲力尽，甚至在有理由高兴时，他们仍然觉得悲伤。历史对他们来说是一个巨大的黑房间”①。叙述者提及“历史”便语调沉郁，不禁让人产生联想和疑问：多米尼克经历的殖民主义历史带给当地人的“文明”和“进步”去哪儿了？

二、精神危机：价值观混乱

除了上述问题，金凯德更关注使一个民族屹立不倒的灵魂——核心价值。然而现实令人心痛，她在多部作品中都呈现了安提瓜、多米尼克等曾经遭受殖民主义践踏的地方，其民众的价值观已经被扭曲。法侬说：悲痛首先就是控诉。② 金凯德喜欢读法侬，她认为，安提瓜陷入了新殖民主义的压榨。人们受到资本主义金钱至上的价值观清洗，陷入了对物质享受和强势文化的盲目崇拜，因而丧失了民族文化的自尊和自信。

在殖民地时期和后殖民主义时代，殖民主义话语的语言逻辑范式将殖民者与被殖民者置于二元对立的关系，按照福柯“知识—权力”的理论，殖民主义话语是殖民者对被殖民者实施合法性规训的工具。通过宗教的神圣语言和文学作品，殖民者试图用教育的形式将帝国的知识不断向被殖民者灌输，并试图让他们将从属甚至“屈辱”内化为自我和集体的价值。

在金凯德的一些描写少女成长的小说中，如《安妮·约翰》《露西》，被殖民者在受教育阶段需要背诵弥尔顿的《失乐园》、华兹华斯的《咏水仙》等英国文学作品，而金凯德本人生于殖民地时期的安提瓜，在访谈之中她透露自己也熟读《圣经》、勃朗特的《简·爱》。这些文学文本的共同特征是将欧洲白人塑造成救世主的角色，他们带着启蒙的神圣职责来教化无知的他者，如堕落的天使、阁楼上的疯女人、荒岛上的野蛮人等。殖民者

---

① 牙买加·琴凯德：《我母亲的自传》，路文彬译，南海出版公司 2006 年版，第 62 页。

② 弗朗兹·法侬：《论民族文化》，见罗钢、刘象愚主编：《后殖民主义文化理论》，中国社会科学出版社 1999 年版，第 290 页。

以绝对的话语权威对被殖民者进行政治控制、经济掠夺和文化清洗，在此过程中，显然后者处于弱势。两者的后代沉浸在殖民主义话语体系中，自卑和憎恨的矛盾情绪在他们心中不断博弈。金凯德在《我母亲的自传》中借雪拉之口表达了对殖民主义教育的不满："它只是一味向我灌输没有答案的疑问，只是一味向我灌输愤怒。我不可能喜欢它这样教育我：屈辱是永久的，它会取代你的皮肤。"①

因此叙述者判断在加勒比这样一个地方，"无情是唯一可以继承的真实遗产，而残酷有时则是唯一可以免费得到的东西"②。叙述者的态度与作家的态度如出一辙，在金凯德看来，殖民主义话语权威生产出相应的文化价值，当地人从互不信任走向了相互背叛，"这种念头就像一句座右铭一样"，成为当地年轻人"成长过程中的一部分，犹如一种良好的行为举止"③。当地人的价值观不断被扭曲，《我母亲的自传》中母亲虐待孩子的情节比比皆是，雪拉的父亲亦是把她当作物品一样随意对待。加勒比社会的教育、文化问题导致了生活在强势的父权制社会中人们集体价值观的混乱。在金凯德的作品《露西》中，主人公露西曾如《傲慢与偏见》中的简一样，直言不讳地抨击男性在价值观上的混乱和道德伦理上的缺失：

> 众所周知，男人不讲道德，他们管不住自己的行为，也不知道该如何对待别人。这不仅解释了男人们为何崇尚法律，还说明了他们为什么创造这种东西——他们需要行动指南。[……]如果这指南给出的指示违背了他们的意愿，他们就干脆把指南

---

① 牙买加·琴凯德：《我母亲的自传》，路文彬译，南海出版公司 2006 年版，第 64—65 页。

② 牙买加·琴凯德：《我母亲的自传》，路文彬译，南海出版公司 2006 年版，第 3 页。

③ 牙买加·琴凯德：《我母亲的自传》，路文彬译，南海出版公司 2006 年版，第 37 页。

改掉。[1]

金凯德作品中的男性以负面形象居多，露西的父亲即被塑造成了一个重男轻女的男权家长和一个婚姻关系里道德失范丈夫形象。

父亲是露西记忆中男人的身份原型，而这个男人在露西的成长记忆中却将父亲的身份形象给扭曲了，为此露西感到十分失落："父亲为他的儿子们、他的同类，这么规划着，而把我抛之脑后。"[2]露西与父亲之间的亲情似乎只剩下了他们共同拥有一个姓氏这个联系，除此以外，露西只能通过其他两类人想起这个行为出格的男人：一类是露西的三个亲弟弟，另一类是她同父异母的一群兄弟。叙述者讲述自己儿时学会了偷听，听到父亲说跟许多女人发生关系，可能有三十个孩子，就连他自己也只是"试着清点，但过了一阵就放弃了"[3]。偏偏是这两类破坏露西和父亲感情的人，都得到了露西从父亲那里得不到的爱。

金凯德的小说《安妮·约翰》中也曾提起一个类似的父亲角色，他的头脑只考虑该如何把男孩教导成长为医生等有社会地位的人。露西在追寻自由真我的路上又走出一步，她挑战社会关系中男性的支配地位，以性行为的放纵向白人盎格鲁—撒克逊新教压抑的性文化价值宣战，追求人之为人的平等和自由。虽然对自由的渴望是人类共同的愿景，但是在自由之路的终点，有的人寻得了财富，有的人却葬送了性命。每当读者为露西的进步感到宽慰时，作家却从不让读者放松警惕，看来露西追寻身份的自由之路道阻且长。

---

① Asante Lucy Mtenje, "Patriarchy and socialization in Chimamanda Ngozi Adichie's *Purple Hibiscus* and Jamaica Kincaid's *Lucy*", *Marang: Journal of Language and Literature*, Vol. 27, No. 1, 2016, pp. 63 – 78.

② Jamaica Kincaid, *Lucy*, London: Picador, 1994, p. 130.

③ Jamaica Kincaid, *Lucy*, London: Picador, 1994, p. 80.

三、情感危机:人际关系疏离

麦斯特洛维奇指出,人们已经进入了一个“后情感社会”,社会集体意识对“行为高雅得体”(being nice)的看重已经远远超过了由情感驱动的帮助他人的集体行为能力。长期沉迷于这种优越的身份,必将致使道德冷漠和人际关系疏离。殖民者将强与弱的权力关系植入殖民主义话语体系,具体表现为阶级、性别和种族上的歧视。这种殖民主义话语通过殖民地教育的不断渗透,既遗留给了殖民者的后裔,也贻害了殖民地人民的后代。

在《我母亲的自传》中,一个名叫“印第安·瓦纳”的男性被他同父异母的兄弟“菲利普·瓦纳”给杀害了,理由是瓦纳“不喜欢自己有这样一个母亲是加勒比女人的近亲”[①]。从小说中两个人的名字上我们可以看出,他们代表了两类集体身份:被殖民的加勒比土著和作为殖民者的英国人。小说叙述者雪拉特别强调了前者是“加勒比女人和欧洲男人生下的”,因此其身份是“非法”的。菲利普象征了殖民地时期社会关系中的统治阶级。生存在殖民主义话语体系中,被统治阶级的生存是否合法,需要由统治阶级的话语来裁定。可悲的是,这种官方话语霸权深深扎根在殖民者的后代心中,以至于他们对有血亲关系的个体也能进行毒害,更不用说会以何等残酷的手段对待毫无血缘关系的加勒比土著。

法依指出,“殖民主义的种族歧视被转变为民族内部族群差异的歧视。而统治精英为了夺取政权,动员了所有的差异,造成了更反动、更混乱的情况”[②]。在殖民主义话语的文化清洗之下,加勒比族群已经形成了对自我盲目否定的价值观,正如雪拉所说,“对于像我们这样的人,鄙视所

① 牙买加·琴凯德:《我母亲的自传》,路文彬译,南海出版公司 2006 年版,第 69—70 页。

② Frantz Fanon, Jean-Paul Sartre and Constance *Farrington*, *The Wretched of the Earth*, New York: Grove Press, 1991, p. 152.

有最像我们自己的东西，几乎是一条自然规律”①。

在此基础之上，殖民者利用土著精英唯利是图的价值取向，进一步把他们训练成了自己在海外的代理人。雪拉的父亲就是这样一个渴望积累财富而不惜以牺牲同胞的生存权利为代价的白人统治阶级的买办。他对社会身份的选择正应了法侬的一句话，“被压迫者的永恒梦想就是成为一名压迫者”②。雪拉的父亲穿上那一身警察的制服，就仿佛换了一身皮肤，从而修改了自我身份的定义——从被征服者进入了征服者的阶级。雪拉指责自己的父亲丧失了人生追求：“他已不再相信努力还会有什么未来的价值，他对这个世界物质财富的射猎不过就像药品的作用：他有了药瘾，已经无法将它放弃。”③加勒比族群中人与人之间的情感纽带在像雪拉父亲一样的中间人的作用下更加松弛，人与人之间根本不存在信任。作为女儿的雪拉都对父亲产生了鄙视的情绪，认为他选择了殖民主义代理人的身份是对族群的一种背叛：财富“对于他那种身份、他那种土著——也就是说，一个有着非洲人血统的男人而言，是非同寻常的。他的富裕对于其他可能被贴上土著标签的人简直就是个奇迹。这些其他人、土著，已经深陷于公正和不公的泥淖之中”④。雪拉鄙视父亲的官僚做派和公务身份，就连父亲给她写的信都让她觉得像一份公文，唯一的区别就是少了一枚公章。信中雪拉的父亲提到“你的弟弟，你的妹妹，你的继母”，而雪拉却把这些文字都改写成了以“我”为中心的指称，以表示她的父亲合法拥有所有人。

从加勒比本地人到移民美国的非裔社群，精英阶层的概念已经从白

① 牙买加·琴凯德：《我母亲的自传》，路文彬译，南海出版公司 2006 年版，第 41 页。

② Frantz Fanon, *Black Skin, White Masks*, Translated by Charles Lam Markmann, New York: Grove Press, 1967, p. 53.

③ 牙买加·琴凯德：《我母亲的自传》，路文彬译，南海出版公司 2006 年版，第 101 页。

④ 牙买加·琴凯德：《我母亲的自传》，路文彬译，南海出版公司 2006 年版，第 95—96 页。

人上流社会传播到非裔之间。美国非裔文化批评家贝尔·胡克斯就曾花大篇幅斥责缺乏道德责任感的黑人精英,包括在学术界、文艺界取得一定成就的人:“这些由主流社会选拔,并被指定来担任权威职位的保守黑人精英,他们不仅不介入指定影响贫苦黑人的政策,反而监控那些反对他们或者不支持他们议题的黑人同胞。”[①]与安提瓜当地的殖民主义买办极为相似,这些处于社会上层的非裔美国人,“对自身阶级利益的忠诚取代了种族团结意识。他们不但抛弃黑人劳苦大众,而且与剥削的制度共谋,对穷人进行持续性的压迫”[②]。笔者认为这大概也是金凯德不愿意被别人强调她的社会地位,并且不愿意被贴上种族和性别标签的原因之一。当然,她更希望自己能够专注于积极地用写作为劳苦大众和普通人发出声音,不想过多地纠缠在意识形态的争论之中。

在金凯德的作品《安妮·约翰》中,主人公安妮在大街上遭受了几个男青年有轻蔑意味的凝视,其中一个叫米纽的男孩勾起了她的童年记忆:

> 一个大我三岁的男孩肯跟我玩,让我喜出望外。[……]自然,我在所有游戏中都扮演次要角色。如果我们玩武士屠龙,我当然演龙;如果我们玩发现非洲,米纽便是那个发现非洲的人,同时他还扮演阻挠我们发现非洲的野蛮部落酋长,我则扮演他的仆人,还是有点笨的仆人;如果我们演离家浪子,他就身兼浪子、父亲以及忌妒的兄弟,我则演帮他拿东西的人。[③]

孩童扮演类的游戏恰恰是社会和历史的一个缩影,游戏中男高女低的角色地位反映了生活中女性从属于男性,甚至被男性物化的残酷现实。不幸的是,这种以男性为主导的社会价值观念已然渗透到下一代的头脑

---

① Bell Hooks, *Where We Stand: Class Matters*, New York: Routledge, 2000, p.95.

② Bell Hooks, *Where We Stand: Class Matters*, New York: Routledge, 2000, p.96.

③ 牙买加·金凯德:《安妮·强的烈焰青春》,何颖怡译,女书文化事业有限公司2001年版,第126—131页。

中。而且殖民者对被殖民者的征服意识不仅遗传给了自己的后代，还使被殖民者的后裔形成了扭曲的性格。安妮在回忆时无意识地进行了一番审视，认为自己当时之所以十分配合地以次要的游戏身份进行表演，是碍于主要角色在年龄和性别上比自己有优势。童年无意识的配合和成年后有意识的审视形成鲜明对比，强化了作家对性别问题的讽刺意味。

生活艰辛、人情冷漠、情感困惑，使人们普遍陷入了一种无望。《我母亲的自传》中，加勒比族群的男性中普遍存在着一种对白人和土著人混血的孩子的种族歧视情绪：

那些男孩也都是非洲裔。[……]我属于非洲裔，但不纯粹。我的母亲是一个加勒比人，他们看我实际上就是在看这个：加勒比民族被打败后灭绝了，如同花园里的杂草一样被抛弃了；非洲民族虽然也被打败了，但他们幸存了下来。他们看我时，看到的仅仅是加勒比民族。他们错了，可我懒得纠正他们。①

暮年的雪拉回忆起自己从年少到年老反而越发不宽容，忏悔儿时的沉默“有如植物一般脆弱，屈服于他人一时的强权冲动”②，如今便以书写自传体回忆录的方式留存下同胞相残的证据。她的书写更像是《圣经》里的预言，文字之间几乎排除了世俗的生活，通过叙述者的想象抽象出人们普遍的堕落和苦难，以菲利普夫妇象征殖民者的替罪羊，使得作品成了民族寓言：

加勒比族裔是谁？[……]他们灭绝了，只有其中的几百个人还活着，我母亲就是他们当中的一个，他们是最后的残余。他

① 牙买加·琴凯德：《我母亲的自传》，路文彬译，南海出版公司2006年版，第12页。

② 牙买加·琴凯德：《我母亲的自传》，路文彬译，南海出版公司2006年版，第13页。

> 们就像活化石,他们属于博物馆,被搁在架子上,封在玻璃箱里。这些族裔,我母亲的族裔,岌岌可危地站在永恒的暗礁之上,等待着被虚无巨大的哈欠一口吞噬。[①]

雪拉对族群身份的叩问实际上揭示了加勒比族群之所以丧失了身份认同的权利,是因为他们根本就不具有生存权,而可悲的是他们生存的基本权利受到了殖民者和非裔同胞的双重掠夺。由此可见,帝国主义的殖民过程从来就是一个不断肢解他者记忆的文化同化过程。这也是加勒比作家往往钟情于确立一种新的元叙述的原因。整个第三世界的后殖民文学和文化研究希望通过这样的努力取代过去那种对理性至上的信仰,从而对西方帝国主义的文化权威、政治权威进行颠覆。[②]

当族群记忆逐渐模糊,金凯德却奋力书写、愤怒发声,试图将记忆的碎片拼凑成更大的图景,恢复牵动族群情感的纽带。在这些文章和小说中,金凯德坦率地评价了她成长的西印度群岛:一方面,她写给那些想要逃离乏味和堕落生活的欧美旅行者,提醒他们今日的享乐主义与侵略历史并无两样;另一方面,她写给贫富悬殊的家乡同胞,提醒人们屈辱的历史应当原原本本地通过文字让后人知晓,安于现状绝对带不来民族真正的品格独立、经济繁荣和生活幸福。金凯德更决意提醒我们,绮丽的加勒比风光之下,人的生命往往是复杂的,安提瓜和巴布达只是从殖民地走向独立的众多国家之一,而一个民族真正的独立绝非仅仅挣脱肉体上的束缚,更需祛除精神上的弊病。

殖民主义在经济的掠夺、文化的清洗等各方面对加勒比族群的伤害都是巨大的。法侬在《黑皮肤,白面具》(*Black Skin, White Masks*)中指出,"白人文明和欧洲文化强加给黑人一种存在的变态[……]黑色的灵魂只

---

① 牙买加·琴凯德:《我母亲的自传》,路文彬译,南海出版公司2006年版,第161—162页。

② 盛宁:《"后殖民"文化批评与第三世界的声音》,载《美国研究》1998年第3期,第50—70页。

不过是白人人为造出来的”①。想要重建安提瓜甚至加勒比族群的身份，必须停止对自我的盲目否定，摆脱殖民主义话语的霸权，摆脱殖民主义行径对他们的精神伤害和道德扭曲，摆脱自身对白人文化的依附和崇拜，建立起对本土文化的信心和对同胞的尊重，恢复族群文化的尊严，在这样的集体中，个体才能相应地获得主体性和独立性。

第三节 “新英格兰村庄”：美国建国精神的幻灭

金凯德移居美国后长期执教于哈佛大学，值得注意的是，哈佛大学所在的马萨诸塞州以及金凯德所生活的佛蒙特州都属于“新英格兰”地区②。“新英格兰”的名字和这里的生活经历无时无刻不提醒着金凯德，让她想起那个掠夺加勒比资源的英格兰民族，而提到英格兰，最先让金凯德想到的就是文学艺术作品中描绘的英国乡村风景。这一典型的景致首先以生活中的平面图像的形式出现在金凯德的小说《我母亲的自传》中。小说的生活场景被设定在加勒比海岛国多米尼克，叙述者雪拉在继母尤妮丝家打碎了一个瓷盘，上面描绘的正是典型的英国乡村风光：

> 在那片广阔的原野上，点缀着精致的黄色、粉色、蓝色的鲜花和翠绿的青草；天空中挂着一轮散发着光芒却不像火焰一般的太阳；轻薄的云彩散落在空中点缀着，形状如堤岸一样，看不到任何末日的征兆。[……]一种富有、幸福、安静的神秘气氛。画的下方写着“天堂”两个金色的字。当然，这幅画根本就不是

① Frantz Fanon, *Black Skin, White Masks*, Translated by Charles Lam Markmann, New York: Grove Press, 1967, p. 14.

② “新英格兰”是指美国东北部的六个州，自北向南包括缅因州、佛蒙特州、新罕布什尔州、马萨诸塞州、罗得岛州和康涅狄格州。在欧洲殖民者登陆之前，新英格兰地区居住着多个北美洲印第安部落。1614年，约翰·史密斯船长登陆该地区沿海区域，为彰显民族荣耀将其命名为“新英格兰”。

> 天堂,它只是描绘了理想化的英国乡村而已。[……]它为人们提供一个没有烦恼、忧愁和匮乏的美好生活愿景。①

金凯德不仅不回避这一意象给她带来的伤痛,而且在新作《望今昔》中用文字打造了一个"新英格兰村庄"的空间。只不过与光鲜亮丽的英格兰原版乡村风光不同,《望今昔》中的"新英格兰村庄"是一个笼罩在漫长、阴暗的冬季之中的,毫无生机活力、充满人间烟火气的平凡世界,它与富贵、优雅的中产阶级知识分子生活截然相反。在金凯德的小说中,新旧英格兰村庄唯一相似的是图像背后统治阶级和被统治阶级关系的存在。在19世纪,殖民主义铁蹄所到之处,人的生命和尊严受到侮辱和践踏,而殖民主义的遗毒仍然长期存留。

在一次采访中,金凯德表达了自己的观点:

> 我的写作跟美国评论家之间的问题就是美国人难以面对和克服困难。他们一味地向往美满的结局。我很任性,我的写作不会有美满的结局。我认为生活是艰辛的,这就是问题所在。我对追求幸福没有兴趣——完全没有。我对追求乐观(自由)没有兴趣。我感兴趣的是追求真实,真实通常不是幸福而恰恰是它的对立面。美国人喜欢发笑,所以他们喜欢美满的结局——这恰恰解释了美国文学写作的可悲现状,但那是另一回事儿了。②

事实上,杜波依斯就曾指出,美国《独立宣言》和国家宪法所阐述的"自由、平等、公正"的民主原则跟美国社会的种族主义现实之间存在着严

---

① Jamaica Kincaid, *The Autobiography of My Mother*, New York: Farrar, Straus and Giroux, 2013, pp. 8 – 9.

② Marilyn Snell, "Jamaica Kincaid Hates Happy Ending", *Mother Jones*, Vol. 22, No. 5, 1997, pp. 28 – 31.

重的矛盾。①

1776年6月7日，在大陆会议的一次集会中，弗吉尼亚州的理查德·亨利·李（Richard Henry Lee）提交了一份议案，宣称："我们以这些殖民地的善良人民的名义和权力，谨庄严地宣布并昭告：这些联合殖民地从此成为，而且名正言顺地应当成为自由独立的合众国；它们解除对于英王的一切隶属关系，而它们与大不列颠王国之间的一切政治联系亦应从此完全废止。"②7月4日，由托马斯·杰斐逊（Thomas Jefferson）牵头起草的《独立宣言》（*The Declaration of Independence*）在费城获得通过，北美洲十三个英属殖民地正式独立，这一天成为美国独立纪念日。

事实上，早在一百多年前，欧洲启蒙运动的思想就已经传向了北美洲，本杰明·富兰克林（Benjamin Franklin）和托马斯·杰斐逊等正是受到了欧洲启蒙思想的影响成为殖民地主张废除奴隶制，人人享有自由、平等权利的倡导者。英国贵族在与王室的对抗中曾使用过英国政治中的一条基本原则，即"无代表权，就不征税"（No taxation with out representation）。美国独立运动的先驱正是效仿了英国贵族争取合法权益的斗争，把这句口号变成了独立战争期间北美被殖民者攻击英国殖民者的武器。这句口号之中所蕴含的获取权力合法性的精神，随后体现在了《独立宣言》中："政府的正当权力（powers）是经被统治者同意授予的。"《独立宣言》第一部分这样陈述独立的原因和宣言的目的："我们认为这些真理（truths）不言而喻：人人生而平等，造物者赋予他们若干不可剥夺的权利（Rights），其中包括生命权（Life）、自由权（Liberty）和追求幸福的权利（the pursuit of Happiness）。"杰斐逊的初稿谴责了奴隶交易，然而因为谴责大不列颠王国部分过于冗长而被大陆会议删除。③《独立宣言》成为北美资产阶级革命

---

① 参见 Zhang Juguo, *W. E. B. Du Bois*: *The Quest for the Abolition of the Color Line*, New York: Routledge, 2001.

② 胡炳章、吕学芳主编：《文化的视界》（上册），未来出版社2008年版，第133页。

③ 曾尔恕：《试论〈独立宣言〉的思想渊源及理论创新》，见全国外国法制史研究会编：《外国法制史研究基础理论》（上），商务印书馆2012年版，第573页。

的第一篇重要思想文献，为之后的政治性演讲所多次引用，支撑了亚伯拉罕·林肯（Abraham Lincoln）的葛底士堡演说（Gettysburg Address）和马丁·路德·金（Dr Martin Luther King）的《我有一个梦想》（*I Have a Dream*）。

独立后的美国走上了北方工业化、南方农业化的发展道路。19世纪欧洲工业革命的强大力量传播到了北美大陆，使得美国经济技术迅速发展，北部和中部各州基本于19世纪50年代完成了工业革命，在西部开拓了广阔的疆土，新州接连成立。然而南方的种植园中仍实行黑人奴隶制度，到1860年，南方约有黑人奴隶400万人。北美的人民深受殖民主义遗毒的伤害，就连新州内也出现了蓄奴的生产实践。在这一问题上，美国内部观念的分歧和矛盾日益激化：北方资产阶级和农民主张废除奴隶制度，将新州确立为自由州，而南方奴隶主则主张向广阔的西部地区推广奴隶制度。南方奴隶主利用他们在国会和政府中的统治地位接连取得胜利，而北方广大民众对自由的呼唤只得转化为愤怒。1860年，主张废除黑人奴隶制度的共和党人林肯当选为美国总统，南方奴隶主发动暴乱，蓄奴州纷纷宣告退出联邦，于1861年组成"美利坚诸州联盟"，并引发了长达4年的美国内战。南北战争是美国历史上第二次由资产阶级领导的革命，起初为维护国家统一而战斗，后来演变为一场为黑奴自由权利而战斗的革命。虽然联邦取得了胜利，但是南北战争只是废除了南方叛乱诸州的奴隶制，这些被解放的黑人奴隶所获得的，并非同白人一样平等的权利。从独立战争到南北战争，《独立宣言》的理想往往要向现实妥协，"生命""自由""幸福"的人权对许多人来说仍可望而不可即。

美国以自我命名的形式否定了英国对其殖民统治的合法性，并以独立的政治身份登上世界的舞台，激励了世界范围内的人权和公民权之争。独立战争指挥官乔治·华盛顿（George Washington）、南北战争的废奴领袖林肯都顺理成章地成为美国民众心中的民族英雄。在之后相当长的岁月里，美国人在为孩子取名的时候经常采用这些英雄人物的名字。可悲的是，官方话语命名的人权对很多族群而言，至今仍是一场空幻的梦想，金凯德以小说中两组不幸福的婚姻影射了这一残酷的社会现实。

一、制度危机：种族歧视下的自由广度越界

金凯德在小说《望今昔》中塑造了一个为了自由爱情背叛父母，又为了自由音乐背叛婚姻的男性人物——斯威特先生。作家在给这个男性角色命名时着实花了一些心思：她先是以新英格兰村庄的一位叫作“斯威特”(Sweet)的垃圾工的名字命名这位音乐学院的教授，后又给他取了个绰号“都铎王子”(Tudor Prince)，然后给他安排了一位叫作“布鲁”(Blue)的邻居。按照命名的习俗，斯威特先生应该拥有幸福甜蜜的人生，当然他的前半生的确甜如蜜，然而他的后半生却跟甜蜜没有半点关系。在名字忧郁、家庭关系却十分和睦的布鲁一家衬托之下，斯威特夫妇充满危机的婚姻故事在“新英格兰村庄”拉开帷幕。

人的价值观会随着年龄的增长和阅历的增加而改变，斯威特先生就是个很好的例子。斯威特先生来自纽约曼哈顿的一个中产阶级白人家庭，生活条件优渥，家中有一个名叫“超级苏伯”的管家帮他照料一切日常琐事。父母亲生活考究，在衣、食、住、行方面都有高品质的要求，每天早晨，他们家的餐桌上都能看到丰富的食材。斯威特先生从小受到良好的教育，是美国一所音乐学院的教授，身边围绕着一群被他的音乐才华所吸引的年轻漂亮的女学生。他母亲一度坚决反对他迎娶一个来自加勒比海岛的女人，但是斯威特先生为了爱情冲破一切束缚，跟杰梅卡结了婚。

斯威特先生的潜意识里继承了在西方延续数百年的对女性的偏见，他因为斯威特太太拥有修长的双腿和充满异域风情而与她坠入爱河。在他们的夫妻关系中，这恐怕是唯一一点甜蜜的地方。而斯威特太太当初嫁给他则是因为留在美国需要一个合法的身份。两个人的婚姻一开始其实就存在着隐患，这同时也暴露出当代人婚恋价值观的弊病。金凯德刻意对比了斯威特先生高贵的家庭和斯威特太太“第三世界的穷乡僻壤”，对美国白人中产阶级和统治阶层的优越感进行了强烈的讥讽。夫妻二人在这个问题上存在着一个动态的认识过程。斯威特太太一度十分迷恋自己丈夫的长相，并且常常用心挑选衣服，将他进一步包装成一个美国成功

人士的模样，对待自己却持自我否定的态度，认为自己是一个身材肥胖、没有吸引力的女性。这种充满否定意味的自我叙述在加勒比文学中常被作家用到，以体现话语霸权对弱势群体的文化清洗和精神贻害。

进入婚姻生活后，斯威特先生开始后悔从曼哈顿的公馆搬到“新英格兰村庄”。没有了佣人“超级苏伯”，他开始为自己的社会地位发生变化而感到焦虑，并把自我身份的焦虑转移到了婚姻关系之中。在斯威特先生眼中，原本他的妻子黝黑的皮肤、张开的鼻孔、厚厚的嘴唇、扁平的鼻子都充满异域风情。而当他逐渐开始将自己艺术事业的不如意转嫁到对妻子的感情上时，他对妻子的描述也发生了变化：她的手臂很长，躯干很短，脊柱弯曲，双肩下垂，活脱脱一个长臂猿的形象。对于来自热带地区的斯威特太太而言，冬天的寒冷和干燥是陌生恐怖的，因为加勒比海岛一年只有一个季节——夏天。她来到美国后，唯有泡在浴缸的热水里时才能够找到原本在“家”的感觉。这些生活中的细节无时无刻不在提醒斯威特先生他夫人来自一个“无知的”世界，“一个货物的世界——包括人在内——乘船而来”①。

金凯德的小说《望今昔》中的一些无生命体的名字都有很重要的象征意义，它们揭露了种族主义的核心问题——非人化现象。斯威特先生对太太的物化直接表现在反复使用“香蕉船”（banana boat）来修饰她的身份上。斯威特先生进一步解释道：“如果她是一根香蕉，她被检查过么？如果她是一名乘客，她是如何到达这里的？”②因为生活在曼哈顿的斯威特先生清楚，这种往返于加勒比和北美洲之间的“香蕉船”是上层社会享受生活的工具。设计这种快速运输船的初衷是要将容易变质的香蕉从中美洲原产地尽快送往北美消费市场，后来它又被设计成供上层社会旅行的豪华游轮，去程将游客送到牙买加等加勒比海岛度假，返程则走私一些奇珍

---

① Jamaica Kincaid, *See Now Then*, New York: Farrar, Straus and Giroux, 2013, p. 59.

② Jamaica Kincaid, *See Now Then*, New York: Farrar, Straus and Giroux, 2013, pp. 17 - 18.

异宝。显然在斯威特先生的潜意识里，他属于上等舱的旅行者，而斯威特太太属于货舱里的“物品”，而且他话中有话的意思是，他的夫人不可能有条件成为豪华游轮的乘客，那么就只有可能是被走私来的货物——这俨然是一副征服者看待被征服者的姿态。

斯威特先生感到羞耻和沮丧，认为以他中产阶级知识分子的身份不该有这样的配偶和这样的生活。在小说中，斯威特先生反复在脑海中想象杀掉妻子的场景，虽然他并没有将想象付诸行动，但是他的敌意被妻子看在眼里，还进行了深刻的剖析。斯威特太太对自己的婚姻现状陷入沉思：

> 被抛弃是最大的羞辱，唯一真实的羞辱，这也是死亡为什么那么不可原谅的原因，[……]曾经你征服过的一切，[……]，随着你的死亡都化为乌有，[……]，没有哪块纪念碑能抹去你在死亡中什么也做不了的事实，[……]，除了活在别人的记忆中，你什么也不是，只有在别人想让你存在的时候你才存在，[……]，那时候你连自己是什么处境都不知道，更别说为自己感到惋惜。①

小说的主要叙述者斯威特太太有意识地拒绝被他人羞辱，正如作家在诸多场合表明自己在种族和性别问题上的立场那样：“无论羞耻感从何而来——只要你不需要为它负责，比如说你的肤色、性别——你就只管带着它。”②美国文化人类学家鲁斯·本尼迪克特（Ruth Benedict）认为，羞耻文化是他者凝视下的情感通道和社群伦理的产物。③ 家庭就是社会最基

① Jamaica Kincaid, *See Now Then*, New York: Farrar, Straus and Giroux, 2013, pp. 166 - 167.

② Dwight Garner, "Jamaica Kincaid: Dwight Garner Reviews Jamaica Kincaid's Book *The Autobiography of My Mother*", *Salon*, 1996, p. 2.

③ Benedict Anderson, *Imagined Communities: Reflections on the Origin and Spread of Nationalism*, London: Verso, 1991, pp. 6 - 7.

本的单元,在权力强弱有差别的夫妻关系中产生羞耻感也就不足为奇了。斯威特夫妇之间的问题不仅仅表现为两个人知识权力的强与弱存在差异,其更深层的原因是,家庭出身,也就是在历史上各自先人的地位,拉大了两人之间的嫌隙,斯威特先生以征服者后裔的姿态俯视被征服者的后代,而他们的家庭伦理迎合了美国白人和父权对非裔女性双重压迫的社会主流价值。斯威特先生对自由生活的定义始终基于丰裕的物质享受,那么在精神物化的世界中,爱情自然经不起种族、阶级等其他因素的进一步介入,因此斯威特先生对自由的追求便凌驾于斯威特太太生命权的自由之上了。

二、文化危机:享乐主义下的幸福深度削平

殖民者给北美大陆带来的还有他们对幸福生活的定义中必不可少的享乐主义思想。金凯德在多部作品中影射和讽刺了亨利·詹姆斯在《一位贵妇的画像》(*The Portrait of a Lady*,1881)中描写的夏日午后英国贵族在乡村别墅前的草坪上聚会的盛景:

> 在一个灿烂的夏日午后,宴会的用具已经安放在古老的英格兰乡村别墅的草坪上。午后的时光消退,好在还剩下大半,剩下的时光才是最美好、最珍贵的。真正的黄昏还有好几个小时才会到来;但是夏日阳光的热浪已经开始消退,空气变得柔和,阳光在浓密的草坪上留下长长的影子[……]健壮的橡树和山毛榉木投下了一片浓密的树荫,好似一副天鹅绒窗帘;这地方被布置得像个房间一样,有柔然的坐垫、五彩缤纷的地毯,草上还有一些书籍和纸。①

① Jamaica Kincaid, *My Garden (Book)*:, New York: Farrar, Straus and Giroux, 2001, pp. 114-115.

金凯德将詹姆斯笔下的生动图像与法国画家皮埃尔·伯纳德(Pierre Bonnard)的画作《弗农的露台》(“The Terrace at Vernonnet”)进行比较，并表示能呈现出如此娇艳色彩笔触的作者“一定生活在非常富裕的地方，财富犹如肌肤，犹如人的权利，犹如一个人的两只手、一只手上的五根手指头”①。从19世纪的欧洲到21世纪的美国，詹姆斯和伯纳德笔下这样中产阶级优雅的日常生活或许是许多人梦寐以求的。然而金凯德作为作家，看待问题总是更加犀利，她喜欢打破平和、美好的事物表面去揭露其背后深藏的不易被人察觉的隐患和问题。金凯德在小说《我母亲的自传》中就借助叙述者雪拉之口抛出了“幸福”是否与“婚姻”有关的问题。实际上在之前的一部小说《露西》中，金凯德就通过描写小说主人公露西所服务的美国中产阶级白人家庭的“婚姻”生活，揭露了美国妇女追寻“幸福”的理想是如何幻灭的。

金凯德将这个家庭的女主人玛丽亚塑造成了一个富有人性的角色，她对待黑人家佣露西充满情感关怀，并给予了露西较好的经济待遇。虽然金凯德对该角色的塑造一反许多非裔小说家将白人形象符号化的传统，但是玛丽亚的性格和价值取向并不完美。玛丽亚对家庭生活有着英国浪漫主义诗人一般的情怀，因而小说中常常出现玛丽亚沉迷于歌舞中以及赞美自然风光的场景。在叙述者露西看来，玛丽亚是一个过度追求和享受浪漫的人，其言行甚至有些可笑：

> 有一天我站在厨房的水槽前，我的思绪自然而然地集中在自己的身上，这时玛丽亚进来了——实际上她是跳着进来的——还唱着一首老歌，[……]声音里带着一种十分夸张的震颤，以表示她仍然觉得这首歌十分可笑。②

---

① Jamaica Kincaid, *My Garden* (*Book*):, New York: Farrar, Straus and Giroux, 2001, pp. 116.

② Jamaica Kincaid, *Lucy*, London: Picador, 1994, p. 26.

玛丽亚的社会身份决定了她无法与露西有相同的价值判断。玛丽亚的出现干扰了露西的自我冥想，她躁动的行为更让露西觉得滑稽荒唐。露西通过讲述自己的三个梦境讽刺优渥的生存条件使玛丽亚变得无知，因为露西说出的话"隐藏着许多不同的意思"[①]，而玛丽亚并没有听出来。玛丽亚每次听完露西的梦境都陷入一阵沉默，这种情感和理智上的毫无回应让露西明白，她们是不能产生共情的两类人。因此小说叙述者多次表示对玛丽亚的不理解，甚至当面质问玛丽亚："一个人怎么会成这样?"[②]在这样一个美国白人中产阶级的家庭中劳动，露西不仅意识到了他们的言行举止不同，更开始思考这现象背后的原因。玛丽亚家窗户上安装的护栏引发了露西对社会身份差异的思考：

> 但我还是感到困惑：身处这样社会地位的人——富有、舒适、美丽，可以说拥有一切世界上最好的东西——难道他们也不能平安度日，也不能免受生活的苦难吗?[③]

玛丽亚对自我和历史的"无知"是她迷失了自我甚至丢失了爱情的根本原因。小说中，玛丽亚一家要去湖区度假，这期间玛丽亚引导露西欣赏春季盛开的水仙花。弗格森认为，玛丽亚的行为性质如同露西谈到的被殖民时期的老师要求学生背诵华兹华斯的《咏水仙》般，是一种征服他者的政治策略。[④] 笔者认为这种解读固然有一定的道理，毕竟玛丽亚和露西之间原本就是一种金钱主导下的雇佣关系，而雇主和家佣本就存在着强势与弱势的差别。玛丽亚自己优渥的物质生活以及对浪漫主义的认同给

---

① Jamaica Kincaid, *Lucy*, London: Picador, 1994, p. 33.

② Jamaica Kincaid, *Lucy*, London: Picador, 1994, p. 26.

③ Jamaica Kincaid, *Lucy*, London: Picador, 1994, pp. 18, 26, 41.

④ Moira Ferguson and Jamaica Kincaid, "A Lot of Memory: An Interview with Jamaica Kincaid", *The Kenyon Review*, Vol. 16, No. 1, 1994, pp. 163–188.

她观察世界的视角带来了盲点。[①] 她对自然的热爱和对乡村风光被破坏的惋惜仍源自于一种中产阶级知识分子的怜悯，在面对这个问题时，她并没有深层次地思考当下她所享受和不懈追求的幸福生活是否是建立在对其他人生命权的剥夺和对自然的干预基础之上。

美国社会批评家丹尼尔·贝尔(Daniel Bell)认为，享乐主义的生活会使人们的意志力薄弱和坚韧的品格衰退。英国社会学家尼克·史蒂文森(Nick Steven)也指出，大都市后现代社会消费的“快感”或许为体验、审美、文化自由创造了充分的空间，但是“集体消费认同侵蚀着社会的道德结构”[②]。玛丽亚这个形象正是在英国浪漫主义思想和美国社会享乐主义思想的共同作用下出现的，可悲的是她不仅是他人精神压抑的施害者，而且本身也是道德缺失和行为失范现状的受害者。正如《我母亲的自传》中雪拉所言：“浪漫是失败者的避难所；[……]他们需要甜美的旋律以抚慰自己，因为他们的整个存在就是一个伤口。”[③]

在《露西》中，叙述者讲述了自己在雇主玛丽亚家观察对面公寓的家庭生活：“我从没见过这家人做任何有意思的事情——从不彼此亲吻，也从来不吵架。他们总会在这个房间进进出出，好像这是个车站一样。现在这房间空无一人。我能看到一个沙发、两把椅子，还有一整墙的书。”[④]这个美国中产阶级家庭的书房仿佛是把英国乡村聚会的外景搬进了室内，但是叙述者告诉读者，他们对知识的需要和对彼此情感的需求都被匆忙的日常生活给冲淡了，拥有过多的物质资源反而使他们变得精神空虚、情感冷漠。

在小说的最后，玛丽亚和路易斯的婚姻以破裂告终，原因是玛丽亚的

---

① Ian Smith, “Misusing Canonical Intertexts: Jamaica Kincaid, Wordsworth and Colonialism's ‘Absent Things’”, *Callaloo*, Vol. 25, No. 3, 2002, pp. 801-820.

② 尼克·史蒂文森：《文化公民身份：全球一体的问题》，王晓燕、王丽娜译，北京大学出版社2011年版，第164页。

③ 牙买加·琴凯德：《我母亲的自传》，路文彬译，南海出版公司2006年版，第177页。

④ Jamaica Kincaid, *Lucy*, London: Picador, 1994, p. 86.

丈夫路易斯跟她最好的姐妹产生了感情。这对于一直向往幸福生活、认为美满的爱情是婚姻生活的全部的玛丽亚来说，是令人羞耻的致命一击，也是彻底打碎她幸福美国梦的致命一击。玛丽亚是美国白人中产阶级家庭妇女的代表，她渴望跟丈夫拥有美好的爱情，跟子女共享天伦之乐，并且有足够的经济条件去享受生活。但金凯德想通过小说揭示，无论是个体还是集体，如果沉浸在对幸福的盲目期盼中以至于没有时间去深入观察生活、思考现象背后的本质，幸福只会是自欺欺人的幻象，终究要被残酷的社会现实湮灭。

小　结

笔者认为，本章结合加勒比地区和美国历史与当下社会语境所探讨的金凯德作品恰恰体现了詹明信所概括的后现代社会的文化特征：深度模式削平、历史意识消失、主体性丧失、距离性消失①。它们在金凯德作品中对应表现为：享乐主义思想盛行，传统价值观被冲击甚至消解，自我身份的不确定和历史问题重演。金凯德经受了创作初期在美国白人文化霸权下的压抑和艰难，难能可贵的是，经过四十多年的创作，金凯德对生活并未失去信心。与金凯德大多数作品采用开放式结局不同，在《望今昔》的结尾，叙述者描绘了斯威特太太以平静而开阔的心境重新审视了她所生活的新英格兰村庄的风景：

> 她看到的风景跟她生长的地方大不相同：她生长的地方是个阳光不断、令人愉悦的天堂，一个完美到极致的天堂以至于下一秒就能变成地狱；现在外面是春天了，春天在帕兰河的河岸上延伸到塔科尼克山和绿岭的两侧，漫山遍野都是高大的树木，有些是常绿植物，有些是落叶植物，此时此刻正孕育着鲜嫩的萌芽。②

斯威特太太从热带岛屿移民到美国佛蒙特州③，经历了一番与现实生

---

① 参见朱立元：《当代西方文艺理论》，华东师范大学出版社 2005 年版，第 376—378 页。

② Jamaica Kincaid, *See Now Then*, New York: Farrar, Straus and Giroux, 2013, p. 182.

③ 佛蒙特州别名“绿岭之州”（Green Mountain State）。1609 年，法国探险家萨缪尔·德·尚普兰（Samuel de Champlain）来到此地，将如今的尚普兰湖地区据为己有，并命名周围的山脉为“绿色的山脉”（Les Verts Monts），州名由此而来。1763 年，《巴黎条约》的签订结束了法国印第安人战争，此后该区域土地为英国人所管辖。1777 年，反抗英国人的统治由伊桑·艾伦（Ethan Allen）和“绿山儿”（Green Mountain Boys）发起，后 1791 年佛蒙特加入美国。该州位于美国东北部新英格兰地区，以美丽的山川景色、枫糖浆等著称，州府名蒙彼利埃（Monts Verts）来自法国同名城市。

活的磨合,终于可以满怀希望地面对未来的人生。金凯德以小说和散文等多种形式的作品揭示了加勒比族群和美国社会的各种症候,显然她的行为不仅仅停留在对残酷现实的愤怒批判上,她的创作是为了对症下药,以书写的方式建构自我和族群的身份,通过直面人类现代性的困惑和迷茫,以自身为案例为现代人保有独立的自我提供一个解决方案。

第三章　金凯德作品中命名观观照下的身份认同

在谈论金凯德要在文学作品中建构什么样的自我身份和集体身份之前,恐怕我们还要知道作家对自我有什么样的身份认同。在大量的访谈材料和社会活动的影像资料中,我们可以看出,金凯德认为“作家”最能表明她的自我身份,而“非裔美国社群”最能表明她当下的集体身份。在上一章,笔者通过回归文本分析了金凯德“黑洞”和“黑质”象征之下的个体身份和社会身份焦虑。在呈现出个体和社会身份危机之后,笔者希望利用这一章论述金凯德是如何在命名观的观照下塑造人物的,而这些人物又是如何探索自己的“黑洞”,并且克服“黑质”的弱点去处理彼此之间的关系的,又是如何表达自我和社会身份认同的。

第一节　“厨房下小屋子里的作家”:命名观观照下的自我身份认同

美国杂志《本质》(*Essence*)1991 年发表了一段对金凯德的评价:和其他黑人女性一样,写作对于她们来说既是解放也是拯救,金凯德说她写作是为了挽救她的生命——也就是说,如果她无法写作,她很有可能会丧失自我,然后进监狱,甚至可能死掉,或者也可能疯掉。从《在河底》到《望今昔》,金凯德作品中“我”的身份逐渐明朗,作品中的女性主人公不仅意识到自己是一名女性,而且生发出自己要成为一名作家的理想,她们甚至开始创作不同形式的作品。

当金凯德谈到自己创作第一篇小说《女孩》时,她提到自己脑海中充满象征性的意象:“某个星期天下午,我翻开了伊丽莎白·毕肖普(Elizabeth Bishop)的《地理学Ⅲ》(*Geography III*),读完第一首诗《在会客室》(*In the Waiting Room*),我便把书合上,然后写下了《女孩》。那时就好像有人为你打开了一扇门,然后说‘进来’。我走进那个房间,房间里一片漆黑,然后灯亮了。”在短篇小说集《在河底》的最后,无名的女性叙述者和金凯德一样走进了一个房间,她说:

> 接着,我走出深洞,它被我封得严严实实,它藏着我所有不想展露人前的秘密,从黑洞中走出来,我走进了一个房间,房间中亮着一盏台灯。在灯光中,我看到一些书,我看到一把椅子,我看到一张桌子,我看到一支笔,我看到一碗熟透的水果,一瓶牛奶,一支木笛,还有一些我要穿的衣服。[……]我说这些东西都是——我的,那一刻我觉得自己结实又完整,我的嘴里填满我的名字。[①]

有的学者将这个场景与金凯德的另一部小说联系起来,认为《在河底》中叙述者口中的名字是《安妮·约翰》的主人公“安妮·约翰”,是作家本人“杰梅卡·金凯德”,那个“我”的真实名字是“女人”。[②] 遗憾的是,唐顿的阐释并没有呈现出金凯德强调的身份完整性,只解读出了自我身份最基础的性别部分。事实上,金凯德作品中的女性主人公虽然都是来自加勒比地区的普通人,但是她们都是对自我、家庭和事业有理想的个体。笔者认为,金凯德笔下那个“结实又完整”的“我”是一个作家。之所以在此不需要刻意强调性别,是因为这种天然的属性不是因为个体主观选择而拥有的。当然,金凯德本人也曾给作家下过定义:当我坐在打字机

① Jamaica Kincaid, *At the Bottom of the River*, New York: Farrar, Straus and Giroux, 1983, pp. 81 – 82.

② Wendy Dutton, “Merge and Separate: Jamaica Kincaid's Fiction”, *World Literature Today*, Vol. 63, No. 3, 1989, pp. 406 – 410.

前，我不是一个女人，我不是加勒比人，我也不是黑人，我就是个闷闷不乐的人，挣扎着创作，为了自由挣扎。即便是作为一名女性作家，金凯德也坚持认为“女艺术家不仅给了我们对女人的新观点，也有对男人的”。

为了凸显小说人物身份和人格所有权意识的逐渐增强，金凯德在《在河底》之后的小说中描绘这个“房间”时添加了体现人物社会属性的因素。“厨房下的小屋子”是金凯德作品中一个标志性的空间，它是《露西》中路易斯和玛丽亚夫妇的家佣（au pair）露西生活的屋子，是《望今昔》中为全家服务的斯威特太太自处的屋子，还是《我母亲的自传》中雪拉住的那个“紧挨着厨房的一个房间”，“厨房不属于这栋房屋主体的一部分”①。金凯德之所以这样命名，是因为这个与厨房紧挨着的屋子是有雇佣关系的中产阶级家庭给家佣用的。这间屋子通常面积狭小，采光又不好，关键是这一上一下的布局结构充分体现了身为主人的“先生和夫人”与身为仆人的“我”之间的社会身份差别。金凯德通过《安妮·约翰》《露西》《望今昔》三部作品说明了“我”在身份认同的道路上必将面临社会关系的介入，想要获得完整的自我身份将有可能会经历三个层次，即独立意识、独立生存、独立人格。

一、独立意识：安妮·约翰改写《五花大绑的哥伦布》

在金凯德看来，自我身份认同基于独立的自我意识，而作家善于享受精神上的孤独，对世界的细致观察、深沉思考和独立判断正是自我独立意识的完美表现。从1985年出版的《安妮·约翰》开始，金凯德就将小说主人公的身份认同与作家联系在一起了。金凯德本人曾在与笔者交流时表示：“写《安妮·约翰》的时候，虽然主人公安妮的名字一直没有落到纸面上，但是自始至终装在我脑子里。直到小说最后，我没法想象除了叫她安妮还能叫什么，她是我生活中的一个安妮，我的母亲和女儿都叫这个名

---

① 牙买加·琴凯德：《我母亲的自传》，路文彬译，南海出版公司2006年版，第54页。

字。”主人公安妮的名字在这部小说中成了具有文化意义的象征符号，作家命名小说主人公为“安妮”是为了欲扬先抑地给主人公个体成长道路上施加母权的压抑，从而激发少女安妮的自我独立意识。总的来说，《安妮·约翰》是一部以个体生存反映集体生存的寓言式小说，主人公对父权的压抑和殖民主义的压抑的认识引发了她以自己的名字体现独立意识的行为——对殖民主义文化符号进行改写。

在消解特权和拒斥中心方面，寓言是哲学家瓦尔特·本雅明推崇的书写方式，他认为文学作品的寓言性之所以能增强文本的解读性，是因为“寓言符号总是指涉先前较早的符号，因此所有的寓言都会涉及历史和传统等问题”[1]。安妮首先在青春期对母亲的叛逆中体验到独立意识对自我身份认同的重要性。安妮的母亲希望将女儿培养成一个能独立生存的人，然而，被动地接受母亲的思想反而激起了处于青春期的安妮内心的反叛。她开始把疏远母亲的理想寄托在自己的白日梦里。[2] 白日梦成了安妮在精神世界中构筑理想生活的空间，她反复想象着自己“身穿长及脚踝的裙子”走在比利时街头，手上提着一袋“终于读得懂的书”。[3] 书籍给了安妮知识和理智，在追求独立的道路上，她并没有拒绝给她和族群带来伤痛的欧洲殖民者的老家。梦里面安妮去了比利时，一个她认为母亲不能轻易到达因而无法管束她的地方。安妮的母亲想要联系上她只能写信，而没有具体地址的母亲除了在信封上写全女儿的名字“寄给比利时某处的安妮·维多利亚·约翰”，对安妮束手无策。[4] 金凯德之所以选择了比利时，是因为夏洛蒂·勃朗特曾于 1842 年和艾米莉·勃朗特去比利时布

---

① Stephen Slemon, “Post-Colonial Allegory and the Transformation of History”, *Journal of Commonwealth Literature*, Vol. 23, 1988, pp. 157 – 168.

② 牙买加·金凯德:《安妮·强的烈焰青春》，何颖怡译，女书文化事业有限公司 2001 年版，第 119 页。

③ 牙买加·金凯德:《安妮·强的烈焰青春》，何颖怡译，女书文化事业有限公司 2001 年版，第 123 页。

④ 牙买加·金凯德:《安妮·强的烈焰青春》，何颖怡译，女书文化事业有限公司 2001 年版，第 123 页。

鲁塞尔的一所寄宿制学校求学，而金凯德曾一度想象自己是夏洛蒂·勃朗特，并尝试像她一样生活。作家、人物、原型三方的平行关系凸显了该小说的自传式书写和民族寓言的双重特色。

安妮真正的自我独立意识是通过反复呼唤自己的名字初步成型的。我们从《安妮·约翰》第六章安妮的白日梦情节中得知小说主人公的全名为"安妮·维多利亚·约翰"(Annie Victoria John)，除此之外，直到小说的最后一章主人公回忆自己在安提瓜和巴布达的"一生"时才再次提到自己的名字，并做了反复强调的处理："'我的名字叫安妮·约翰。'这是我在安提瓜和巴布达度过的最后一天清晨醒来时我想到的第一句话。"主人公紧接着又强调："在我前一晚将要入睡的时候，我的名字是我看到的最后一样东西""用大大的黑色字写在我的行李箱上"。而后主人公再次郑重其事地宣告："正当我躺在床上时，如果有人让我总结一下我的一生，我会这么说：'我叫安妮·约翰。'"[①]有意思的是，安妮三次强调自己的名字都是在自己独处的时候，无论是夜深人静还是静谧清晨。

金凯德在场景上的安排实际上是想突出主人公对自我身份认同的深沉思考和独立意识，并引导读者进一步思考主人公安妮全名深刻的象征内涵。名字"安妮"象征着主人公对以母亲安妮为代表的加勒比文化的批判性传承。中间名"维多利亚"象征着殖民者在被殖民者身上烙下的印记，这个名字无时无刻不在提醒安妮她是被殖民者的后代。姓氏"约翰"本为男性名字，来源于《圣经》中的故事：约翰(John the Baptist)给耶稣洗礼，使耶稣获得新生。金凯德在此以男性名字作为安妮的姓氏，不仅象征了安妮面临从属于男性的社会现实，而且暗示安妮将通过努力获得与男权社会平等对话的社会身份。[②] 西方艺术传统中，男性代表创作力和智慧，女性往往是被描绘和凝视的客体而非创作的主体。小说中，安妮看上了一块印有弹钢琴的男人的布料并将它做成衣服穿在身上，使得男性成

---

① Jamaica Kincaid, *Annie John*, London: Vintage, 1997, pp. 130 – 132.

② 舒奇志：《殖民地文化的成长之旅——牙买加·金凯德自传体小说〈安妮·章〉主题评析》，载《四川外语学院学报》2005年第4期，第59页。

了被安妮和众人多重凝视的对象。①

在初步具备了自我独立意识后，安妮对殖民主义文化符号进行了两次改写的实践。安妮的第一次改写直冲殖民主义话语主导下的官方历史。主人公安妮天资聪颖，因此在课堂上经常不按照英国老师的要求学习，而是自行浏览课本。他们的历史书《西印度群岛史》中的一幅名叫《五花大绑的哥伦布》的彩色插图吸引了安妮并引发了她一系列的思索。1492 年，哥伦布“发现”西印度群岛给他个人带来的是财富和荣耀，却使得安妮的祖先世代成为被奴役的对象，想到这些，再看到这幅画有垂头丧气的哥伦布的画像，安妮觉得十分解气，并用新学的古英语书写体追加了一行自己的批注：“伟人再也不能起身行走了。”②叙述者引用了自己的母亲对平日里趾高气扬的祖父生病时的一句挖苦，讽刺西印度群岛历史的开创者在西班牙王室的权威之下也落得被人凝视和谈论的下场。安妮对哥伦布作为官方历史上“伟人”结论的改写受到了来自官方的惩罚，作为规训者的老师不仅撤销了安妮班长的职务，让英国女孩接替，而且罚安妮抄写《失乐园》以儆效尤。在这场师生的历史文化之争中，代表加勒比族群的安妮貌似输给了殖民主义文化和话语。然而，叙述者始终没有放弃内心成熟后的独立意识，不断地向规训自我精神的殖民主义话语发起挑战。

安妮对殖民主义文化符号的第二次改写是通过对照片的擦除完成的。照片是时间静止的形式，它将过去的某个瞬间凝固，将抽象的记忆转换为具象的历史图像。苏珊·桑塔格（Susan Sontag）在她的作品《论摄影》（*On Photography*）中的一个观点值得我们关注，她说：“照片已经成为经历某种事情的主要工具，因为它给人一种经历的现场感。”③但我们很清

① 牙买加·金凯德：《安妮·强的烈焰青春》，何颖怡译，女书文化事业有限公司 2001 年版，第 41 页。

② 牙买加·金凯德：《安妮·强的烈焰青春》，何颖怡译，女书文化事业有限公司 2001 年版，第 106 页。

③ Susan Sontag, *On Photography*, New York: Farrar, Straus and Giroux, 1977, p. 10.

楚的是，照片让人经历的是定格住的现场，参与者并不清楚画面背后的意义，因为他们并没有真正参与照片记录的瞬间以外的事件的全部。在一场长达三个半月的大病中，安妮丧失了听觉和味觉，她的意识和视觉却发生了奇怪的变化，单词和照片在她的面前忽大忽小、上蹿下跳，恍惚和惶恐之中安妮行为失常。照片在安妮的照看之下成了有生命的东西："洗完之后，我把他们都擦干，给他们上了爽身粉，把他们放在一个角落，给他们盖上毯子，这样他们睡觉的时候就不觉得冷。"[①]安妮的精神失常和她将照片拟人化后的清洗行为都在有意提醒读者照片具有欺骗性，安妮通过销毁在场证明质疑历史的真实性和进步性。

安妮将记录自己入教、领取圣餐等内容的照片反复清洗，照片中只留下一双鞋子，其他照片更是尽数被毁，只剩下安妮自己清晰的面容。[②] 主人公清洗照片的行为等同于擦除自己的过去，以自己被命名和被赋予宗教信仰时得到"洗涤"这一方式摆脱他人对自我意识和对自我身份的控制。照片上残余的鞋子揭示着安妮疏远、逃离母亲的欲望，也预示着叙述者终将离开承载她成长记忆的小岛。叙述者保留自我镜像的行为，很显然是一种自我确认，更是在宣告自己希望通过与他人建立联系来确认自我。另一个值得关注的点是，安妮将父母的那张合影中父亲的下半身擦除。根据小说前文的情节和内容，救治安妮时母亲依靠的是加勒比欧比亚女巫的黑魔法，而父亲信赖的是医生的处方药，照片上安妮的母亲表征了加勒比母系文化，而父亲表征了殖民主义的理性和父权社会的压抑。熟悉该作品的读者会发现，小说中其他线索同样暗示了加勒比母系文化强大的影响力，比如安妮的父亲在被父母抛弃后是他的祖母挽救了他。因此不难理解，安妮在生命遇到危机的时候选择了本土文化。只不过，安妮不甘愿做一个和自己母亲一样依靠男人工作养家的家庭主妇，通过擦除与繁衍后代相关的男性下半身，彻底消除父权和帝国主义霸权压抑的

---

① Jamaica Kincaid, *Annie John*, London: Vintage, 1997, p. 120.

② 牙买加·金凯德:《安妮·强的烈焰青春》，何颖怡译，女书文化事业有限公司 2001 年版，第 153—155 页。

可能性。

这部小说实际上是十七岁的安妮的生命言说，是一部反映殖民地女性成长经历的回忆录，更是一种詹明信推崇的民族寓言。寓言的特点表现为深植于碎片化的语言废墟中忧郁的语调，小说中的环境、人物、时间通过叙述者安妮的回顾进入读者视野，经过叙述者的审视甚至改写，常常因她狂热插入评价和注释而中断，这之中有一种强烈的对情感冲动、价值判断的讨论和道德说教，这一切恰恰体现了寓言所包含的一种永远不能综合的内在差距，而我们今天的批评与美学追求的正是作品的这种分裂、异质性和不连续性。[①] 安妮整理记忆、冥想沉思、审视历史的生命言说延续了金凯德自传式书写的特色。在小说临近结尾处，安妮公然宣告自己将要摆脱一切对他人情感和精神上的依赖，成为一个有独立意识的女孩：

> 我走的路只有一个方向：远离我的家，远离我妈，远离我爸，远离这个永远湛蓝的天空，远离永远炙热的太阳，远离那些看到我时总说“那件事发生在你妈怀你的时候”的那些人。[……]我只知道那是我的感觉，而我这辈子从未有过如此强烈的感受。[②]

叙述者深沉的内心如汪洋，被身体这个容器收纳，还体现在她试图将沉重的世界装进自己的身体，并用独立意识在生命的汪洋中为自己导航。《安妮·约翰》中主人公的独立意识既包括清醒的自我身份意识，还包括强烈的性别身份意识。金凯德以家庭事务中的母女关系影射民族事务中的殖民历史，通过塑造安妮体现的加勒比女性自我认同与殖民历史的关系，将个体经历的叙述赋予了更深刻的民族叙事内涵，表达对父权制的民族主义的怀疑。

---

① 詹明信：《晚期资本主义的文化逻辑：詹明信批评理论文选》，张旭东编，陈清侨等译，生活·读书·新知三联书店1997年版，第309页。

② 牙买加·金凯德：《安妮·强的烈焰青春》，何颖怡译，女书文化事业有限公司2001年版，第173页。

二、独立生存：露西续写《失乐园》

“厨房下的小房间”在小说《露西》中是同名主人公获得独立意识并独立生存的空间：“我睡的房间是厨房下的小房间——女仆的房间。[……]天花板很高，四周的墙壁顶上接天花板，整个屋子像一个纸箱——一个用来装长途货物的纸箱。但我不是个货物。”[①]金凯德每每谈到小说《露西》，她总是说：“这是我的作品中政治性最强的一部。”这部作品的政治性正是通过主人公露西更改母亲为自己取的名字以实现自我身份的拥有和独立生存权利的获得来呈现的。虽然金凯德表示她没有给自己的任何作品写过续集，但是对比多部以花季少女为主人公的小说，她的小说《露西》无论在出版时间上还是在主人公对自我身份认同的阶段上，都可以看作对《安妮 · 约翰》的再创造。

露西和安妮一样在殖民地教育的影响下熟读《圣经》《失乐园》，以及莎士比亚的戏剧，甚至背诵《失乐园》的节选部分。在这些殖民主义话语的反复影响之下，撒旦从天堂坠落的故事成了两位女主人公记忆中的一个原型，而撒旦的形象成了她们探索自我成长时对比的图像：

> 浏览着店铺橱窗，[……]我在玻璃里看到自己的镜像，虽然许久之后我才明白。[……]以前，我没注意到我的皮肤很黑，好像走在路上突然被人从上面的窗口倒下一盆煤灰。[……]整体而言，我看起来又老又悲惨。不久前我才看过一幅图画，名为《年轻的撒旦》。画中撒旦刚因恶行被逐出天堂，孤独地站在黑色岩石上，全身赤裸，周遭一片焦黑。[②]

---

① Jamaica Kincaid, *Lucy*, London: Picador, 1994, p. 7.

② 牙买加 · 金凯德：《安妮 · 强的烈焰青春》，何颖怡译，女书文化事业有限公司 2001 年版，第 124—126 页。

安妮的母亲不希望安妮成为另一个自己，但是年轻的安妮尚未具备独立生存的能力，甚至还没有心理上的准备。金凯德通过描写安妮的肤色将她与从天堂坠落的撒旦联系在一起，展现的正是安妮被母亲从母爱的“天堂”中驱赶出来以后的心理镜像。

与安妮的母亲不同，露西的母亲从露西出生起就未曾给她母爱的“天堂”，甚至对女儿直言不讳地抱怨生育露西对她独立生存的干扰：“我以撒旦的名字给你命名。露西，就是路西法的缩写。怀上你真让我心烦。”露西认识到在母女关系中，母亲犹如上帝可以随心所欲地决定女儿的生存状态，虽然母亲创造了女儿并滋养女儿的生长，但是从出生的一刻起母亲便终止了女儿对她的依附。除此之外，露西还从母亲的话中听出了想要独立生存的强烈欲望。露西反复审视和思考自己的名字，这象征她固定了自我身份：“露西，一个女版的路西法。[……]我不喜欢露西这个名字——我更愿意人们直接叫我路西法——但是无论什么时候我看到自己的名字，我总是欣然接受它。”金凯德引用撒旦被上帝逐出天堂的典故呈现了露西对自我身份和社会关系的认识。

安妮虽然尝试回答“如何在这个世界自处”，但是她对自我认同的追求停止在了思考的层次，对自己“被迫困居的世界是个多么奇怪的地方”除了依靠想象和白日梦，并没有做出任何具体的行动。① 与安妮相比，露西更像那个自我意识极强并从权威手中争夺自主权的撒旦。露西以为自己重命名的方式开始她的独立生存：

> 当我第一次思考我的三个名字是什么意思时，我就不喜欢露西这个名字，轻飘飘没有实质，即使是在那个时候，我也不想成为这样一个人。在我看来，我会给自己取其他名字：艾米莉、夏洛蒂、简。它们是我喜欢的一些女作家的名字。我最终决定用伊妮德，效仿了作家伊妮德·布莱顿，因为这名字看起来最与

---

① 牙买加·金凯德：《安妮·强的烈焰青春》，何颖怡译，女书文化事业有限公司 2001 年版，第 121 页。

众不同。[1]

在《顶嘴：思考女权主义，思考黑色》一书中，谈论到改掉自己的曾用名葛劳瑞亚·晋·沃特金（Gloria Jean Watkins），贝尔·胡克斯（Bell Hooks）一言以蔽之：命名关乎权力。[2] 露西决意要从将自己物化的"厨房下的小屋子"离开，于是辞掉了在白人中产阶级家庭的家佣工作，开始新一阶段对自我身份的探索。她找到一份接待员工作并用自己的收入租了公寓，经济的独立和生活空间的独立促使露西进一步思考应该如何更好地独立生存。一个人的夜里，露西总是希望在过往经历中寻找身份认同的线索，她在抽屉里的一叠"关于我的一切，却又都跟我无关"的官方认证文件中看到的都是同一个名字"露西·约瑟芬·波特"（Lucy Josephine Potter）。[3] 金凯德对语言和词汇的敏感性再次显现。"官方"在词典里用另一个词做了解释，即拥有"权威"的一方，这种权威体现为一种支配性的权力。拒绝用这些官方文件证明自己是谁，露西实际上在表达对以法律为表征的男权的抵抗。在露西看来，要真正拥有自我，必须要从改掉自己的名字开始。

露西的中间名取自她母亲的一位富有的叔父。回忆起这位信奉英国国教、在古巴制糖发家的长者，露西坦言她曾想过自己有机会继承他丰厚的遗产，然而他死时却衣不遮体、食不果腹，什么都没能留下。露西唯一继承的就是这位家族男性长者的名字，"约瑟芬"（Josephine）正是从叔父之名"约瑟夫"（Joseph）阴性变体而来的。如果说露西的中间名象征着生活中女性从属于男性的社会地位，那么露西的姓氏则体现了非裔族群从属于统治阶级的下等社会地位。露西回忆道："波特这个姓氏必定来自一个英国人，而我的祖先正是他的奴隶，没人真的清楚，我也不能责怪他们

① Jamaica Kincaid, *Lucy*, London: Picador, 1994, pp. 149 – 150.

② Bell Hooks, *Talking Back: Thinking Feminist, Thinking Black*, Cambridge: South End Press, 1989, p. 166.

③ Jamaica Kincaid, *Lucy*, London: Picador, 1994, p. 149.

不在乎。”[1]露西在小说中的第二个绰号是“小小姐”(Little Miss)[2],这是鱼贩托马斯先生对她的称呼。金凯德一方面通过“小小姐”名字中重复的“小”字体现露西在男性面前弱势的社会身份,另一方面,省略露西的姓氏——“波特”,不仅回应了露西生活中父亲角色的缺失,而且揭示了这部自传式小说的隐含作者露西为了修复记忆中先人被奴役的伤痕刻意把自己的姓氏擦除的事实。

金凯德曾经将自己跟一些男作家进行比较,质疑评论界用带有种族和性别歧视的双重标准衡量作家的作品,号召女性以与男性平等的姿态独立生存。在小说中,露西渴望获得与男人平等的自我权利,她不是一个激进的女权主义者,也曾流露出对雇主路易斯谦逊个性的欣赏。[3] 博物馆里的一幅法国男画家的画引发了露西对男人的进一步思考:“人们必然可以在书本中看到他的一生,我也是逐渐才发现男人们的一生皆是如此。”[4]在露西看来,艺术家并不是她理想的社会身份,他们常常因精神错乱、穷困潦倒而死,更是不负责任的代名词,因而这种职业更适合男人。[5] 这个法国画家兼具殖民者后裔、白人、男性这些具有支配性权力和地位的因素,引发露西感叹:“我不是男人,我是一个来自世界边缘的年轻女孩儿,在我离开家的时候,我的肩上就已经压上了做仆人的担子。”[6]失落之余,露西发现了他们之间相似的艺术家的气质,想要挣脱出生时的牢笼,寻找一个截然不同的栖息之所。露西因此挑战传统价值观念,跟好友佩吉一反两性关系中男性有选择权而女性只能顺从的常态,她们研究怎么挑选自己喜欢的男人。露西对跟唐纳寻求接吻的刺激、跟裸像画师保罗成为性伴侣,甚至幻想着跟鱼贩托马斯偷情等情节毫不遮掩。长久以来,白人对黑人性行为的评判在此亦得到了讽刺。

---

① Jamaica Kincaid, *Lucy*, London: Picador, 1994, p.149.

② Jamaica Kincaid, *Lucy*, London: Picador, 1994, p.106.

③ Jamaica Kincaid, *Lucy*, London: Picador, 1994, p.48.

④ Jamaica Kincaid, *Lucy*, London: Picador, 1994, p.95.

⑤ Jamaica Kincaid, *Lucy*, London: Picador, 1994, p.98.

⑥ Jamaica Kincaid, *Lucy*, London: Picador, 1994, p.95.

露西对母亲“放弃自己的聪明才智”①而成为家务天才失望至极，更对母亲内化了父权制价值观念里重男轻女的思想并且强加给她深恶痛绝，还对母亲情感上遭受背叛、经济上承受负担的婚姻嗤之以鼻。在应该成为一个什么样的女人的问题上，露西与母亲在价值观上有巨大的分歧：“我逐渐意识到母亲对我的爱单单是为了让我成为她的复制品，我虽然说不出为什么，但是我宁愿死也不愿意成为某个人的复制品。”②露西的母亲是父权制的受害者也是共谋者，她有严重的重男轻女的思想。这一点在露西的心灵中留下了难以抹去的创伤：

> 每当我看见她憧憬儿子们的成就而骄傲地热泪盈眶时，我的痛犹如利剑穿心，因为她从来没这么想过我，她唯一的女儿，能够处在任何相似的荣耀之中。从那以后，我在心里叫她犹大太太，并开始计划和她决裂，虽然我怀疑这事儿没有终结之日。③

也正是这一点促使着露西坚定了要独立生活的决心。金凯德笔下的露西对母亲角色是有自我期待的，她希望母亲明白自己的需要，而不是一味地把期望强加在自己的身上。露西不愿意顺从母权成为一个英式教育下的淑女，她希望和撒旦一样挑战权威，因为她“觉得自己就是路西法，注定要错上加错”④。以盖瑞·霍尔康博（Gary E. Holcomb）为代表的一些学者认为露西在方方面面“放荡”的态度和行为是对他人实施的“强行同质化的民族身份”的共同抵抗。露西拒绝以父权社会对女性期待的角色生存，护士在她看来是无法改变她现在的经济地位和社会地位的一种职业，这份职业与家佣的工作在本质上是一样的——从属于他人。不变的外表之下，露西的自我意识逐渐清晰，并将理想的生存诉诸语言：“我在以画家的

① Jamaica Kincaid, *Lucy*, London: Picador, 1994, p. 123.

② Jamaica Kincaid, *Lucy*, London: Picador, 1994, p. 36.

③ Jamaica Kincaid, *Lucy*, London: Picador, 1994, pp. 130 – 131.

④ Jamaica Kincaid, *Lucy*, London: Picador, 1994, p. 139.

方式创造自己。”①

我们在小说的最后几页发现，露西的确仍然囊中羞涩，工作中也需要听从上级指令，但是她以作家的方式创造新的身份：

> 我在页面顶部写下全名：露西·约瑟芬·波特。一看到这名字，万千思绪在我脑海中飘过，但我只写下这一句：“我希望能深爱一人，以至于为爱而死。”当我看着这句话的时候，一阵羞愧感席卷而来，我泪如雨下，泪水打在纸上，所有的字都模糊了。②

这部小说从一片冬日灰暗的混沌开始，以笔记本上露西的全名被泪水模糊结束，金凯德在这部小说的开头和结尾做了相似的处理，不仅使得整个文本形成了循环叙述，而且与《圣经·创世记》里上帝创造世界的场景形成呼应，呈现出小说的主人公露西对自我身份的不断重塑，仿佛每一天露西都在宣告自己独立生存：“这是我的第一天。”③金凯德曾经表示，她为该小说主人公命名时取材于夏洛蒂·勃朗特的《维莱特》(*Villette*，法语意为“小城”)的主人公露西。无论是金凯德的命名，还是露西为自己挑选的名字“伊妮德·布莱顿”，都指向了同一个身份——作家。因此我们可以推断，在小说的结尾露西拿起笔写下的不只是她的名字，也是整部自传式小说，这也预示着露西将走上独立作家的职业道路。

金凯德在小说的结尾处通过露西的那段话将独立生存进行了升华，并提出对自我人格进行重塑的要求，即拥有爱人的能力和为爱奉献的品格。金凯德笔下的露西在求生过程中遭受了精神孤独的磨难，也感受过玛丽亚这样的陌生人的温暖，因此她渴望与人建立和谐的人际关系，在社会关系之中独立生存才是“一个不小的成就”④。露西既继承了人物原型

---

① Jamaica Kincaid, *Lucy*, London: Picador, 1994, p. 134.

② Jamaica Kincaid, *Lucy*, London: Picador, 1994, pp. 163 - 164.

③ Jamaica Kincaid, *Lucy*, London: Picador, 1994, p. 1.

④ Jamaica Kincaid, *Lucy*, London: Picador, 1994, p. 161.

的品质——撒旦的反叛精神，也体现了该名字中“明亮之星”的积极内涵，她不仅具有拥抱生活的独立意识，而且通过改名和自我书写勇敢地开启了崭新的人生。金凯德通过塑造露西的独立生存经历了她对自我身份建构的第二阶段。

三、独立人格：斯威特太太书写《望昔今》

一直以来，金凯德将自己对女性的身份认同与写作相结合，而她的小说《望今昔》将自我身份认同推向了个体对独立人格追求的新阶段。小说中“厨房下的小屋子”是小说主要叙述者斯威特太太“保持真实的自我、从未向任何人透露过的地方”①。她把自己关在房间里冥想和创作，以此隔绝了家人的情感干预——“小赫拉克勒斯对她的同情，美丽的普西芬尼对她的怨恨，斯威特先生对她的狂怒”②——给她确认自我身份带来的困扰。与其说这个房间是斯威特太太家庭生活的避难所，不如说是她重塑人生的温室，在这里这个女人可以摆脱各种精神上的压迫和奴役，活得自由自在。

在《望今昔》中，斯威特太太的人格受到了丈夫种族主义歧视和性别歧视的双重侮辱。作者把主人公与其他受到丈夫虐待、受到种族主义迫害、活在羞辱中的女性作家和文学作品中的女性角色相联系。事实上，金凯德将《望今昔》的环境背景设置在新英格兰村庄有着深层的象征意义。小说开篇叙述者便交代了故事发生在雪莉·杰克逊（Shirley Jackson）的故居。雪莉·杰克逊的故居是一座建造于1850年的希腊复兴式建筑，金凯德在《望今昔》中借助叙述者复原了它的样貌：房子被漆成白色，门前有一

---

① Jamaica Kincaid, *See Now Then*, New York: Farrar, Straus and Giroux, 2013, p. 95.

② Jamaica Kincaid, *See Now Then*, New York: Farrar, Straus and Giroux, 2013, p. 95.

排多立克立柱，是典型的维多利亚风格。[①] 这样的建筑风格在许多前英国殖民地可以发现，但是这一栋房屋还带有典型的古希腊复兴风格。用杰克逊的话说："看起来像一座古希腊神庙的缩小版。"[②]这揭示了故事的主要叙述者斯威特太太的人物特性和家庭氛围。

作家曾经在采访中暗示过读者：在展望街上还有罗伯特·弗罗斯特（Robert Frost）的房子，为什么不选那里呢？值得注意的是，金凯德在美国的遭遇跟杰克逊惊人地相似。杰克逊的丈夫来自犹太裔家庭，他们的结合让杰克逊遭受了严重的种族歧视。和20世纪50年代美国许多抛弃妻子的丈夫一样，丈夫抛弃了杰克逊和孩子，把这个带有五个阁楼的大房子留给了她。《望今昔》之中斯威特先生说明了他抛弃妻子的原因正是斯威特太太的文化和种族来源：

> 我们俩总是无法相互理解，因为她是从一艘装香蕉的货船上来的，她很奇怪，应该住在被烧毁的房子的阁楼里，当然我不希望那种情况发生时她在里面，但是如果她住在里面然后房子被烧毁了，我也不觉得稀奇，因为她就是那种人。[③]

我们很清楚斯威特先生影射的就是夏洛蒂·勃朗特的《简·爱》和简·里斯写的《藻海无边》里阁楼上的疯女人伯莎·梅森，很重要的一点是这些人都是来自加勒比地区的克里奥尔人。女性在父权制社会中遭受了数百年的压迫，斯威特太太身上也表现出内化了的父权价值观。斯威特太太被充满敌意的家庭环境压迫，这导致她更执着和沉溺于家庭事务，一丝不苟地为家人奉献。她做精致的法式料理、接送孩子上学放学、结算

---

① Jamaica Kincaid, *See Now Then*, New York: Farrar, Straus and Giroux, 2013, p. 134.

② Kathye Fetsko Petrie. In Search of Shirley Jackson's House. https://lithub.com/in-search-of-shirley-jacksons-house/. 28 Sep. 2016. (accessed 3 Jan. 2019)

③ Jamaica Kincaid, *See Now Then*, New York: Farrar, Straus and Giroux, 2013, p. 159.

家里的账单、洗衣服、补袜子，甚至会“英属西印度群岛的裁缝们会的每一种织法”[①]。她因丈夫对婚姻的背叛和孩子成长过程中的叛逆而身心疲惫不堪，以至于感觉到自己是“一个妻子，一个母亲，但就是不知道该如何做真实的自己”[②]。作家向我们揭示，想要成为经济独立、政治独立的女性，想要获得真正的自由，消除男性要求女性顺从的伦理价值，就必须先进行自我思想和心理的革命。如果斯威特太太没有完全摆脱丈夫在婚姻中的凌人气势，那么她也无法从殖民主义对她早期的伤害中解脱出来。

可是，金凯德笔下的斯威特太太并不叫这个名字，这也意味着她与她们有着不同的性格和人生。斯威特太太既没有自杀也没有心理障碍，她的个性比两个原型都要强大。她的名字也暗示了她的人生结局会是幸福甜蜜的。斯威特太太的全名实际上是“杰梅卡·斯威特”（Jamaica Sweet），显而易见，女主人公的名字跟作家的名字一致，而她的姓氏选用了“甜蜜”的词义，还是小说中男主人公斯威特先生对夫人的昵称“亲爱的”（Sweetie）的变体[③]，她是一个家庭责任意识、道德意识、自我意识都非常强的人物。读者对斯威特太太的初印象或许是个家庭妇女，因而忽略了她的智慧和才能。叙述者在小说的第一部分就告诉我们斯威特太太是一个政治意识敏感的家庭妇女。她回忆着她跟邻居彭波洛克先生一样“可以参加公民集会，听取政府代表谈论对他们的家庭生活质量意义重大的事情”[④]。斯威特太太可以自主地参与社会生活，不仅体现了一个女性对亲情深深的眷恋，体现了她承担起作为母亲和妻子的家庭身份对家庭的责任心，而且体现了她在家庭生活中拥有支配时间和表达意志的权利。在

---

① Jamaica Kincaid, *See Now Then*, New York: Farrar, Straus and Giroux, 2013, p. 136.

② Jamaica Kincaid, *See Now Then*, New York: Farrar, Straus and Giroux, 2013, p. 94.

③ Jamaica Kincaid, *See Now Then*, New York: Farrar, Straus and Giroux, 2013, p. 11.

④ Jamaica Kincaid, *See Now Then*, New York: Farrar, Straus and Giroux, 2013, p. 3.

小说的后半部分,我们可以发现,金凯德留给我们两条线索,一条是斯威特太太进行文学创作,另一条则是她给儿子读的睡前故事中有一章叫作《望昔今》(*See Then Now*)。笔者认为,两者都可以看成作家进行的文字游戏,因此斯威特太太既是小说的主要叙述者,也是小说的创作者。

杰克逊的短篇小说《彩票》(*The Lottery*)与《望今昔》一样的是背景为平静的新英格兰小镇,不同的是杰克逊塑造了一个恐怖的铁石心肠的女性,还用激烈的言辞抨击丈夫的薄情寡义。小说一经发表就遭到了许多人批评,为此杰克逊在专栏公开表示她希望"用戏剧化生活中毫无意义的暴力和非人道方式去回击那些生活中的施暴者"。金凯德不过是效仿了这位女性哥特小说家再度挑战美国社会的伦理价值而已。斯威特太太看似婚姻的受害者,实际上她才是整个家庭权力关系中最强大的人物。斯威特太太掌管着整个家庭的后花园,这个地方"斯威特先生、美丽的普西芬尼,还有小赫拉克勒斯都非常讨厌"①。斯威特先生还列举出了妻子种植的郁金香的名字——夜的女王、荷兰女王,还有斯威特太太最喜欢的约翰·T. 舍普斯夫人,这都是帝国主义、殖民主义统治者和征服者的名字。当我们从叙述者那里获知斯威特太太出生在加勒比的殖民时期时,我们能明白她该多么熟悉这种治理的方式,而她在承受痛苦的同时也习得了这项技能,从殖民地历史中继承了他们的文化遗产——对种植园、花园的偏好。拥有整个花园象征着在斯威特一家中斯威特太太拥有决策者的地位,也一定程度上暗示着另一种霸权。

弥漫在其他家庭成员中的抵触情绪暗示了他们的情感焦虑:斯威特太太可能在园艺上投入过多而忽视了对家人的照顾和关爱。虽然斯威特太太经常给儿子讲睡前故事,但是赫拉克勒斯抱怨自己的母亲声音像BBC 广播一样"官方"②,让他觉得很难堪。笔者认为,这一点不足以让我

---

① Jamaica Kincaid, *See Now Then*, New York: Farrar, Straus and Giroux, 2013, p. 5.

② Jamaica Kincaid, *See Now Then*, New York: Farrar, Straus and Giroux, 2013, p. 157.

们认定斯威特太太和殖民主义者一样掌握了话语权威，因为我们知道她生长在前殖民地时期的安提瓜岛，接受的教育、文化都来自英国，这只能说明殖民主义话语对斯威特太太影响深远，而她无意识的表达恰恰揭露了这一点。小说的叙述者也有很强的审视意识，时而跳出来对人物的心理活动进行评价，并认为赫拉克勒斯对母亲的鄙视是对的，因为斯威特太太自己说过“弱者永远不应该向强者表示畏惧”①。金凯德用一种看似朴素的语言批判性地审视了安提瓜的殖民主义遗产和美国的种族主义现状，用第三人称叙述视角将人物、事件与读者的距离拉开，使得小说叙述得更真实可靠。金凯德运用循环式的语言和叙事结构将父权制社会下女性的压抑和牺牲进行了强化，并且讽刺了这种模式在以家庭为基本单位的共同体的伦理和道德判断下运作。在这个私密的屋子里斯威特太太用笔切换着家人看问题的视角，她想象着她的两个孩子放学时看不到她抱怨的情景：

> 她就坐在那个房间里写她的坏妈妈，就好像谁的妈妈在他们出生之前不想了解他们的生命一样。还有那个愚蠢的爸爸——名叫波特先生的文盲，还有那个破烂至极的小岛。她出生的地方，全是些蠢人，他们的历史不记得也罢，她偏偏要不断地提醒每个人了解那个地方和那些人，根本没人在乎，她就受不了。②

这种诅咒似的抱怨当然不会出自孩子们，却是许多非裔作家经常使用的修辞手法。斯威特太太从书本中自学料理日常家务，而“生存的本能是天

① Jamaica Kincaid, *See Now Then*, New York: Farrar, Straus and Giroux, 2013, p. 43.

② Jamaica Kincaid, *See Now Then*, New York: Farrar, Straus and Giroux, 2013, p. 129.

性所致而非书本所授”①。那我们不禁要问，她的天性如何？这就要回到斯威特太太从哪里来的问题。她来自加勒比的海岛，继承了安提瓜母系社会的口述传统，也具备一颗坚强的内心从而应对外界的冷漠，当然，在殖民主义话语中长大的她早已经受过强权压迫的磨难，来到美国后还面对过白人对黑人的种族和阶级双重歧视，因此面对家庭生活中的这些困难，她不在话下。金凯德曾在谈到这个人物时表示：“那些把自己说成受害者的人，你得有所提防。他们有时候很危险。因为受害者在你心里是没有权力的，但可真不一定，他们或许只是不知道怎么运用手中的权力。换句话说，斯威特太太并不是真的无知。她说自己无知的那些话，我一句都不会相信。”

有评论家认为《望今昔》的主人公读起来像夏洛蒂·勃朗特、斯坦因、伍尔芙、杰克逊合为一体的忧伤的家庭主妇，然而这部作品却没有任何仇恨或报复的情绪，斯威特太太只是想在令人崩溃的日常生活中找寻一条活出真我的出路。写作是她发泄对丈夫的怨恨情绪的渠道，因而再次回到现实的时候，她仍然可以充满爱和希望：“现在和过去，斯威特太太自言自语，她只在想象中说这些话，她站在窗边，她不在意现在和过去她深爱的丈夫在小小的躯体中酝酿的那些愤怒、怨恨和鄙视，望着它呈现出来的样子和一系列引人入胜的画面。”②斯威特太太与许多加勒比女性作家的小说中的女主人公不同，她既没有像简·里斯的《藻海无边》中伯莎·梅森那样试图自我了断，也没有像古希腊神话中美狄亚那样谋杀复仇。相反，她是一个充满爱和生命力量的人物，她选择理性地思索人生，她选择拥抱生活，选择文学创作的孤独带给她思想的自由。斯威特太太在家人都不支持她写作的情况下，依旧坚守着自己的精神空间，展现了一个前殖民地主体在经受过殖民主义话语霸权对当地文化传统的擦除后斩钉截铁

---

① Jamaica Kincaid, *See Now Then*, New York: Farrar, Straus and Giroux, 2013, p. 59.

② Jamaica Kincaid, *See Now Then*, New York: Farrar, Straus and Giroux, 2013, p. 18.

的决心。加勒比女性从前殖民地时期到后现代社会，经历过被奴役、被物化、被异化的多重精神劫难。作为一名流散在帝国中心的加勒比女性，如何在当下多元文化激荡的社会激流中追求精神的自由、人格的独立并活出真实的自己？“我写故我在”是金凯德针对摆脱身份困境给出的答案，也为那些还被束缚在性别、种族、阶级等意识形态思维定式中的人提供一个参考。所以，斯威特太太身上综合了母亲、作家、殖民者的特点，无论哪一种身份，都说明她是拥有自我决策权的人。

理解作家的语言特色有助于增强我们对文学作品内涵的解读。非裔美国作家的小说常常与《圣经》进行呼应，一些后现代小说也采用了《圣经》的语言风格，如托妮·莫里森的《所罗门之歌》、约翰·契弗的《游泳者》、约翰·斯坦贝克的《愤怒的葡萄》等。许多评论家认为《圣经》的语言风格主要体现在以下几个方面：1. 用词简洁、朴素，多为单音节常用单词，其描述的现象称为经典且不会过时；2. 句式以陈述句和祈使句为主，动词的运用不仅突出言说的权威性，而且体现了言说的责任性；3. 句型结构简单，多为用“and”连接的平行结构短句，少有带复杂修饰的复合句。（周影韶，1999；季红琴，2011；吴迪，2012；张静，2016）《圣经》的语言风格使它不仅成为一部宗教经典，而且成为影响诸多作家的文学巨著。金凯德在小说《望今昔》中成功地运用了圣经式的语言风格，在圣经式语言的情态功能作用下，其语言的强势和权威并不体现在对他者言行的控制上，相反，一方面是自我独立人格的宣告，另一方面是表达自己甘愿为家庭付出并且希望通过书写建立和谐的家庭秩序的责任心和决心。

“独立”——获得自我的所有权，是金凯德的作品中对个体身份塑造的核心观点，因此，她的每一部小说都从不同维度表达了自我独立的重要意义。除了本节主要分析的三部作品，在《我母亲的自传》中，叙述者雪拉也曾表达其可以自我独处的快乐：

> 可以让我单独占有一间。这件小事情即刻变成了我生活的中心：[……]它也有着比我曾想象的更为豪华的地方，它给了我甚至我不知道自己还需要的东西——独处。我这弱小生命的全

部,身体和精神,都可以在这里找到安宁;在这个属于我自己的小地方,我可以静坐冥想。[①]

20世纪初,女性终于发现她们应该独立于男性以实现自我的价值,从而进入自我发现和自我认同的阶段。到了后工业社会,一个具有自我意识和自我认同的女性形象被文学作品塑造出来,从而彻底消除了父权制社会下男性对“房间中的天使”的想象。[②] 弗吉尼亚·伍尔芙在《一个人的房间》(*A Room of One's Own*)中提出,独立女性应该有自己可以支配的时间和资本,更需要一个可以自由思考、写作,不受任何人干扰的房间。“厨房下小屋子里的作家”其实就是金凯德自我身份的认同,她曾在访谈中说:“我的作品书写的不是别的,正是我自己。”

金凯德之所以塑造了许多渴望成为作家的女主人公,是因为她自己格外欣赏夏洛蒂·勃朗特,并曾经想象自己就是勃朗特。读勃朗特的作品是金凯德自修的文学课和人生课。勃朗特三姐妹曾一同将她们各自的作品寄给出版社,结果《呼啸山庄》和《艾格妮丝·格雷》都得以出版,只有夏洛蒂的《教师》被退稿。夏洛蒂·勃朗特对写作事业的斗志因此被激发出来,并写下了《简·爱》。金凯德在夏洛蒂和她塑造的形象的影响下,也成了这样一个独立的知识分子。与其他加勒比女作家相比,金凯德不像简·里斯写殖民主义时期欧洲小说那样专注于演绎女性受到的伤害和她们的从属地位,她笔下的角色都被塑造成先人是被征服者的形象,因此金凯德认为所有权被以任何形式剥夺的人要做的“不是逃离,而是站起来”[③]。金凯德这三部小说分别通过塑造独立意识觉醒的安妮、开始独立生存的露西和在社会关系中保有独立人格的斯威特太太三位女性,描绘

① 牙买加·琴凯德:《我母亲的自传》,路文彬译,南海出版公司2006年版,第24页。

② 方红:《“天使”的颠覆与女性形象的重构——澳大利亚现当代女性主义小说评析》,载《苏州大学学报(哲学社会科学版)》2002年第3期。

③ Kerry Johnson, “Writing Culture, Writing Life: An Interview with Jamaica Kincaid”, *Iowa Journal of Cultural Studies*, Vol. 16, 1997, pp. 1–5.

她们在各自独立空间进行的不同形式的创作，呈现出女性自我身份认同道路上将要经历的三重考验。

第二节 “我的奴隶先人”：命名观观照下的社会身份认同

人类历史上新一波命名的浪潮开始于跨越大西洋的奴隶贸易，悲哀的是新大陆的南方种植园主掀开了第二波非洲贩运黑人奴隶的浪潮。奴隶主为明确所有权关系，为奴隶以自己的姓氏命名。黑人民权运动的领导人之一马尔科姆(Malcolm)提出黑人首先应当有为人的基本权利，他认为“如果你不知道自己的真实身份却任凭他们(奴隶主)按他们的喜好来称呼你的话，你就等于一无所有，因为你无法拥有自己的名字、自己的家庭和命运，而只有这些东西才能确定你的身份，让你成为你应该成为的个体”①。金凯德对身份的命名意识基于先天弱势的非裔集体身份，族群处在弱势社会地位让金凯德意识到一个集体如同个体，也需要拥有自我，并应该努力寻求不同集体之间的一种平衡。她说：“我总是对强者和弱者之间的关系很感兴趣。虽然是母亲和孩子的关系让我认识到这一点，但是我自己真正意识到，原来这是这么回事儿。”②

“我的奴隶先人”是金凯德在小说《安妮·约翰》之中首次使用并且在文本中反复使用的一个文化符号，象征非洲黑人奴隶后代的集体身份。在金凯德的作品中，这一符号转化成不同的形式贯穿于加勒比社群和非裔美国社群的社会关系之中，并以家庭这一社会基本单元为背景呈现该符号的现实意义。当人们谈到“家”这个概念的时候，我们往往倾向于指涉一个精神家园，“一个智慧的空间，一个可以自由表达观点的地方”；反

① 甘振翎：《非洲裔美国黑人文学的命名现象》，载《福州大学学报(哲学社会科学版)》2003年第2期，第84页。

② Moira Ferguson, *Jamaica Kincaid: Where the Land Meets the Body*, Charlottesville: University of Virginia Press, 1994, p. 171.

过来,如果一个家庭沉寂无声,家也会变成“监狱、坟墓和牢笼”[①]。无论是精神意义上的还是物理意义上的,米歇尔·福柯(Michel Foucault)认为,家都作为一个小的政治领域,承载着一定的权力关系。在这一点上,金凯德颇有共鸣,她认为家就是一个有政治意义的概念,充斥着各种所有权关系。作家通过建构小说人物之间的血亲关系、夫妻关系和主仆关系,呈现出个体身份之间所有权关系的三种类型:生产性关系、竞争性关系和对抗性关系。

根据米歇尔·福柯的定义,权力除了涉及人们通常认为的政治、经济等宏观领域,还涉及人际关系等微观领域,人际关系中权力的运用特别体现在“一个人企图控制他人的行为”[②]上。福柯认为人与人之间的各种以控制为目的的权力关系存在于“男人和女人之间、家庭成员之间、老师和学生之间、有知识和无知识的人之间”。福柯不仅看到了集体(如阶级、性别、种族)之间的支配与被支配的权力关系,而且向我们揭示了个体之间的控制与被控制关系,他的这一对权力话语的贡献有助于我们理解金凯德作品中的各种命名和人际关系问题。在金凯德看来,无论是个体身份还是集体身份,所有权都处于一种动态的交互过程中,只有个体塑造好自己的社会身份,才能在集体生活中创造和谐、平衡的人际关系和社会氛围。

一、血亲关系:所有权的生产

血亲关系是一种非常亲密、单纯的情感联系和互动,发乎于爱的各种行为是这种情感最具体的实践,其中以母亲与孩子的关系最为紧密。金凯德作品中由命名观观照的血亲关系的生产性主要表现为两种:一种是

---

① Antonia MacDonald-Smythe, *Making Homes in the West/Indies: Constructions of Subjectivity in the Writings of Michelle Cliff and Jamaica Kincaid*, New York and London: Routledge, 2001.

② Michel Foucault, *Foucault Live: Collected Interviews, 1961 – 1984*, New York: Semiotext(e), 1996.

通过姓名的传递展现血缘和文化的传递；另一种是通过姓名的共享展现爱与恨之间的转化。

金凯德在《我母亲的自传》中探讨了个体在血亲关系的授权下获得合法身份的问题。小说的背景是殖民地时期的加勒比海岛国多米尼克，在这一社会环境中，一个人的名字代表了继承宗族文化血脉的合法性。在殖民主义话语和父权制的双重控制之下，无论是在殖民者还是被殖民者的家庭中，重男轻女的思想都极度盛行。叙述者雪拉的父亲和他的贸易伙伴拉巴特先生都属于典型的认同统治阶级思想和文化的买办阶级，他们通过血亲关系构建家族财富和人身所有权传递的网络。在拉巴特先生看来，女性是男性的附属品，因此男性可以随意支配和利用女性以获得精神和身体上的满足，而男性不仅拥有自我和价值，还可以获得身份和财富的合法继承权。小说的叙述者告诉我们，拉巴特先生不需要妻子、女儿，因为只有儿子才具有继承自己一切所有权的合法性，“假如是男孩，这些孩子便取上他的全名”①。

雪拉的父亲以与拉巴特先生相似的方式处理家庭的血亲关系。他在雪拉母亲去世后非但没有给予女儿应有的父爱，而且视女儿如自己拥有的一样可以随心所欲处置的物品。金凯德在小说开篇就借叙述者之口说明雪拉连同一些自己不愿意清洗的脏衣服被父亲送到了一个女人家。②但是对于自己的儿子，雪拉的父亲却给予不同的关怀和希望：

> 他的名字叫阿尔弗雷德，这个名字来源于他父亲的名字。他的父亲，即我父亲的名字来源于大阿尔弗雷德这个名字，他本是我父亲应该蔑视的英国国王，一个显赫人物，因为我父亲不是通过诗人的语言，一种富有悲悯之心的语言，而是通过征服者的

---

① 牙买加·琴凯德：《我母亲的自传》，路文彬译，南海出版公司 2006 年版，第 52 页。

② 牙买加·琴凯德：《我母亲的自传》，路文彬译，南海出版公司 2006 年版，第 2 页。

语言开始认识这个阿尔弗雷德的。我父亲无需对他自己的名字负责,但他应对自己儿子的名字负责。他儿子的名字叫阿尔弗雷德。我的父亲可能想象出了一个王朝。只有对于像我这样的被拒绝进入这个王朝的女性,它才是可笑的;其他任何人都会完全理解它。①

金凯德将阿尔弗雷德大帝(Alfred the Great)的名字用于雪拉的父亲和雪拉同父异母的弟弟着实增添了讽刺的意味,这位历史上抵抗维京海盗侵略、维护英格兰民族统一和领土完整的君主,在英国殖民时期成了被殖民者生存的理想,可见雪拉父亲这一类人依靠顺从殖民者谋求更好的前途。一方面,雪拉天生被剥夺了姓名继承权和财产继承权;另一方面,雪拉对于以性别作为所有权合法性依据的"王朝"(家族)继承制度表示不齿。

在叙述者雪拉看来,虽然她同父异母的弟弟继承了父亲的名字,甚至可以说继承了英国殖民者、伟大君主的名字,但是她不认为个体因此就可以获得该名字所代表的全部内涵。换句话说,阿尔弗雷德大帝的名字意味着能力、权力和荣耀是因为他本人做出的努力,这些并不是通过血亲关系继承来的。再者,阿尔弗雷德大帝是在集体达成共识的情况下被他人授予名字的,雪拉认为阿尔弗雷德自我身份和社会身份的合法性是通过集体授权获得的,并非自己授予的,这在她看来与家族和社会通过男性血亲关系继承所有权有巨大的区别。因此,雪拉在小说中另有一段独白:

而你的名字,[……]终究不是通向你真正自我的入口,你始终不能对你自己说:"我叫雪拉·克劳黛特·得斯瓦瑞奥克斯。"这是我母亲的名字,但我不能说这是她真正的名字。在她的一生里,同我的一生里一样,真正的名字是什么?我自己的名字就是她的名字,雪拉·克劳黛特,代替"得斯瓦瑞奥克斯"的是"理

① 牙买加·琴凯德:《我母亲的自传》,路文彬译,南海出版公司2006年版,第88—89页。

> 查森"，这是我父亲的名字。然而，叫克劳黛特、得斯瓦瑞奥克斯、理查森的这些人是谁呢？审视一下这些名字，看一下这些名字，只能让你充满绝望；屈辱只能让你陶醉于自我憎恨。因为任何一个人的名字，同时也是她被扼要说明和简写的历史，报出名字的时候，那个人就拥有了她自己地位的高低，而听到名字的人，也就此认定了她地位的高低。①

从前文我们得知，雪拉和她母亲的姓都来自她们的征服者——英法殖民者，名字是殖民主义历史在加勒比族群中留下的文化符号，它通过血亲关系代代相传。被征服者的后代看到这个符号时，记忆中悲伤、绝望、羞耻的部分就被唤醒，他们仍处在殖民主义的阴影之中，无法摆脱后殖民时期当地的政治、经济、文化和社会状态，历史让他们陷入了无法摆脱的文化身份和社会地位。从来没有人向雪拉解释她的姓氏从何而来、这些人究竟是谁，于是理清"我是谁"和"他们是谁"成了叙述者生命中的一个重要任务。雪拉的母亲被她的祖母抛弃在修道院门口，裹在干净的旧布里，布上写着"雪拉"这个名字。修女按照自己的名字给雪拉的母亲取名，她按照称呼自己的方式称呼雪拉的母亲，雪拉认为这一命名实际上是"对一个濒于灭绝的族裔中的残存者实施更大的破坏"②。

事实上，在金凯德的这部小说之中，通过血亲关系进行所有权传递的不只有父子关系，还有母女关系。伯纳德·路易斯(Bernard Lewis)主张从政治层面进行解读，想要深入剖析金凯德的作品，就必须读懂"母女关系的动态变化"所影射的权力的动态变化。现有涉及政治层面的批评主要基于莫伊拉·弗格森(Moira Ferguson)和戴安·西蒙斯(Diane Simmons)

---

① 牙买加·琴凯德：《我母亲的自传》，路文彬译，南海出版公司2006年版，第65页。

② 牙买加·琴凯德：《我母亲的自传》，路文彬译，南海出版公司2006年版，第65页。

两位国外学者的论著[①],从女性自我认同与殖民历史的关系角度考察了金凯德作品中的母女关系与权力生产。这些研究虽然在不同程度上论及殖民主义历史对加勒比地区的消极影响,却大多囿于欧洲中心主义的评价体系。在为数不多的中国学者中,谷红丽(2012)认为金凯德的这部小说有明显的逆写父权制主导下的殖民主义话语意图,西方学者强调殖民主义话语相对于被殖民者具有进步性,其实是忽视了话语之间的权力生产关系。与男性从父辈继承所有权的现实价值观不同,雪拉希望通过自己的努力获得合法的生命所有权,她并未企图控制他人,而是选择以加勒比母系血亲关系为纽带,用口述的方式保有自我:

> 这里对于我的生活的叙述,已经成为对于我母亲的生活的叙述,而这也就等于对于我的生活的叙述。即使这样,它又是对于我没有生下来的孩子的生活的叙述,这也是他们对于我的叙述。在我身上,有我从未听过的声音,有我从未见过的脸,也就是那个让我来到这个世上的人。在我身上,有本该发自于我的声音,有我从未允许它们形成的脸,有我从未允许它们看见的我的眼睛。这里的叙述是对于一个从未允许存在的人物的叙述,以及对于一个我不允许自己成为的人物的叙述。[②]

金凯德将现实生活中的罪恶与残酷浓缩在雪拉的个人命运中,将雪拉与上下三代的生活融入一部自传,赋予了雪拉这个形象象征意义。金凯德将民族、性别问题融入家庭事务,以加勒比女性为叙述者,以女性血亲关系为线索书写族群历史,这一点明显区别于加勒比男性作家以男性主人公和男性血亲关系为主线书写他们在社会生活中的境遇。在金凯德

---

① Moira Ferguson, *Jamaica Kincaid: Where the Land Meets the Body*, Charlottesville: University of Virginia Press, 1994.

② 牙买加·琴凯德:《我母亲的自传》,路文彬译,南海出版公司 2006 年版,第 187 页。

的历史观中，家庭事务值得关注，她总是把历史缩小到家庭行为，认为历史就是人们做了什么，就是由谁说了什么和谁做了什么这些内容构成的。[①] 明白了这一点，我们便清楚金凯德为什么对家庭成员的行为事无巨细地书写，为什么对家庭成员之间言语的遣词造句格外用心。思考怎样保有自我、怎样为人妻为人母之后，金凯德继续思考怎样延续母系文化历史。

二、夫妻关系：所有权的竞争

金凯德的小说中的母女关系长期以来一直是评论界关注的焦点，事实上她塑造的家庭关系多种多样。夫妻关系就是其中重要的一种，比如《安妮·约翰》中安妮的父母、《露西》中的玛丽亚和路易斯、《我母亲的自传》中雪拉的父亲和继母尤妮丝等。婚姻会改变一个人的社会地位，比如在《我母亲的自传》中，雪拉通过嫁给生活在多米尼克的白人菲利普使同父异母的妹妹另眼相看，主人公雪拉自己说明了原因："我的婚姻使我跻身优越的地位，菲利普属于征服者阶层。"[②]然而，婚姻赋予夫妻二人的社会身份是相对平等的，两人彼此之间的身份为丈夫和妻子，两人对于孩子而言是父亲和母亲。相应的身份称谓反映出夫妻关系理应平等，但是在已有的社会制度下，妻子往往在夫妻关系中处于从属于丈夫的位置，从结婚后需要改成丈夫的姓氏就可以看出。批评家往往只看到了家庭关系中男性对女性的所有关系——权力的压抑性，却很少站在女性的社会立场上呈现她们为自我所有权做出的努力。这一文学批评趋势反映出父权话语将女性看作"第二性"的话语权力机制。在这种机制下，作为社会关系之一的夫妻关系就失去了平衡与和谐。

---

① Veronica Marie Gregg, "How Jamaica Kincaid Writes the Autobiography of Her Mother", *Callaloo*, Vol. 25, No. 3, 2002, pp. 920 – 937.

② Jamaica Kincaid, *The Autobiography of My Mother*, New York: Farrar, Straus and Giroux, 2013, pp. 172 – 173.

金凯德在《望今昔》中虚构了一段斯威特夫妇(Mr. and Mrs. Sweet)濒临崩溃的婚姻。夫妻关系跟血亲关系相比是个体之间次亲近的社会关系。夫妻之间相互命名是一种表达亲密和爱意的实践,也是表示与其他人际关系不同的途径。斯威特夫妇的名字本来是和谐夫妻间常用的昵称——"亲爱的""宝贝儿""甜心",如此一来字面意思与现实情况形成了巨大的反差,预示其夫妻关系处在动态变化过程中。斯威特夫妇在智力、体力和能力等多个方面形成了竞争的局面,正因如此,他们相互拥有、对子女所有,以及各自社会关系的所有权始终都在发生微妙的变化。

斯威特夫妇之间的所有权竞争首先表现为家庭空间上的竞争。当然,斯威特夫妇二人的竞争反映出他们分别拥有的美国社会保守主义当道的家庭观念和妇女能顶半边天的女权思想。福柯认为,住所的小策略与地缘政治的大战略虽然范围不同,但是在性质上是相似的。[①] 斯威特夫妇二人分别在家中规划出属于自己的领域,各有一间属于自己的房间,其中,车库上方的房间是斯威特先生的音乐工作室,而厨房下方的房间是斯威特太太的书房,夫妻二人不允许任何人涉足他们的房间。金凯德用斯威特夫妇两个人守护房间象征着二人对自我精神所有权的一种守护。福柯在知识与权力的关系问题上批判人文主义者的权力观,他否定"一旦有了权力,就不再有知识:权力使人疯狂,统治者都是瞎子。而只有那些与权力保持距离、与专制暴政毫无瓜葛、把自己关在房间里沉浸于冥想的人才能发现真理"[②]。福柯指出的这一问题正是金凯德在作品中探讨的美国当代中产阶级知识分子夫妻的困境。

在加勒比传统的家庭关系中,家族谱系是由母系传承的,于是形成了对抗菲勒斯中心主义的重要话语场。男性与女性在家庭中所对应的身份种类虽然相同,但是在日常家务、子女教育、夫妻关系维护等许多方面女性承担的相对多于男性。最为关键的是,原本谋求事业成功和社会地位

① 包亚明:《权力的眼睛——福柯访谈录》,严锋译,上海人民出版社 1997 年版,第 152 页。

② 杜小真:《福柯集》,上海远东出版社 1998 年版,第 280 页。

的男性越来越感受到同样有事业心的妻子的压力，于是现代的夫妻之间常常处于一种竞争性的所有权关系。斯威特太太是传统意义上相夫教子的温顺妻子，不求回报地满足一家人生活方面的种种需求。然而，在长久的夫妻关系中，斯威特太太感受到了丈夫对她知识水平不高、容颜逐渐衰老的嫌弃之情。除此之外，还有来自家庭之外的社会因素——斯威特先生学校里的年轻女孩在冲击他们的夫妻关系。斯威特太太来自加勒比海岛，未跟她的丈夫一样接受过高等教育。妻子在知识水平与丈夫有较大差距的现实情况下，试图通过其他方式达到在家庭关系中与丈夫平起平坐的位置，所有权的竞争因此发生。

20 世纪 60 年代美国妇女运动兴起以来，女性不仅希望自己在家庭中拥有相应的社会身份，而且希望自己在更广阔的社会关系中发挥自己的特长和能力。斯威特太太就是这样的生活在新英格兰村庄的家庭妇女。她有着清醒的政治头脑，希望自己和男性邻居一样可以去参政议政，为自己的家庭争取应有的权利。除此之外，斯威特一家的生活开支几乎都由斯威特太太负责，她用心打理家中的田地，用作物换钱以付清各种支票账单。和其他小说中与丈夫处于竞争关系的女性不同，斯威特太太不仅能赚钱养家，而且在知识方面对自己也有要求。她将写作发展成自己的兴趣，展现出在智力发展方面追求与丈夫平等的愿望。在人际交往方面，斯威特太太比丈夫更胜一筹。虽然每一次要公开演出的时候斯威特先生都诚惶诚恐，但是他提出要举办一场需要百位琴师与他同台的音乐会。作为他的妻子，斯威特太太是充满爱的一个角色，面对丈夫过分的要求，她仍旧到村庄请来百位琴师配合丈夫表演。这一基于爱的行动反而刺激了斯威特先生，使他觉得自己在与妻子各方面的竞争中失去了一个男人应该有的强势和尊严。

斯威特夫妇在知识空间上的所有权竞争揭示了他们都患有相似的“自闭症”，斯威特先生是最典型的代表。斯威特先生害怕在众人面前展现自己的音乐才华，更担心他人嘲笑他在组织和协调方面的能力不如自己的妻子。面对这种社会身份的焦虑，斯威特先生只能借助他的音乐知识通过为作品命名的方式反抗斯威特太太给他带来的压抑以宣泄消极的情绪。他用作品的名字打造了自己精神的枷锁,试图切断与斯威特太太的夫妻关系。事实上,这是他社交能力缺陷的一种表现,一旦需要运用权力,他往往束手无策。在小说中,他没有主动地为夫妻情感缓和做任何事情,而是选择了逃到自己的音乐工作室内,逃离由妻子掌管的婚姻的"牢"。他原本希望把妻子从一个"没有教养的第三世界"妇女熏陶成一个和自己一样有修养、有情趣的人,结果在日常琐事的消磨之下,他失去了动力。他越发觉得妻子口中的卡利普索民歌十分刺耳,并在心中不断咒骂自己的妻子是一个可怕、愚昧、恶心人的婊子。他把自己锁在车库上方的工作室里,一心一意地写着名叫《这段婚姻早就完了》(*The Marriage Has Been Dead for a Long Time*)的夜曲。当然,还有来自外界的干扰因素——斯威特先生开始渴望一个身材苗条、有教养、懂得人情世故、安静的淑女,最好会弹勃拉姆斯曲——那些音乐学院的女学生们。斯威特先生告诉儿子赫拉克勒斯他要为了一个有不同文化背景的年轻女孩离开斯威特太太,为了这样的爱情理想放弃原本的婚姻。这是斯威特先生希望拥有的真实自我和理想人生,然而,他自我逃避的方式并没有让他牢牢把握已经拥有的,反而让他失去了为人父、为人夫应该有的一切。他的工作室被金凯德描绘成了一个和"坟墓""殡仪馆"一样阴暗的世界,在这里,他和他的孤独、伤痛一同被埋葬在他创作的赋格曲《失败的婚姻》(*The Marriage Is Dead*)和流行民谣《丈夫离开了她》(*Her Husband Left Her*)之中。[①] 丈夫同妻子在所有权关系上的竞争始发于他的男性、上流社会的优势身份被婚姻削弱。斯威特先生试图通过已有的知识获得更大的权力以巩固原有的强势地位。作曲是他唯一可以按照个人意愿进行社交的方式。他把一切都变成音乐文字,把自己和周围的一切都困在语言的牢笼里,把自己与想交往的人进一步隔离、疏远。

在小说《安妮·约翰》中,主人公安妮的父母的感情十分和睦,家中常有欢声笑语,这段美满的婚姻中没有出现婚外情,这在金凯德的小说中并

---

① Jamaica Kincaid, *See Now Then*, New York: Farrar, Straus and Giroux, 2013, p. 28.

不多见。熟悉这部作品的读者很清楚，小说中虽然呈现了丈夫对妻子和孩子的关爱和真情，但是作家主要揭示了和睦的夫妻关系建立在妻子对丈夫顺从的基础之上。当妻子与丈夫的所有权关系出现竞争时，金凯德小说中的婚姻就成了两个人爱情中了无生趣的囚牢。金凯德在小说《望今昔》中呈现的斯威特夫妇间竞争性的夫妻关系表征了当下以知识－权力为结构的话语机制对家庭内部关系甚至个体精神世界的冲击和影响。正如金凯德所言："失败者和胜利者如今都安居于日常生活的疮疤之中。"[①]自古以来，有多少丈夫抛家弃子，他们难道是胜利者？在金凯德小说的家庭空间里，夫妻用知识和能力进行权力博弈，这之中穿插着双方平等的对话，父权或母权都无法牢固不破，男人和女人也都有属于各自的精神领地，他们爱得很矛盾。但金凯德认为：既然夫妻二人同名，那么爱与恨也可以相互命名。笔者希望通过分析金凯德的小说《望今昔》中斯威特夫妇之间所有权关系的竞争，揭示作家在平等的夫妻社会身份建构方面做出的贡献。

三、主仆关系：所有权的对抗

主仆关系涵盖了金凯德小说中的多种所有权关系：殖民者与被殖民者、征服者与被征服者、压迫者与被压迫者。对于权力关系的强与弱，金凯德在《我母亲的自传》中做了一番阐释："在捕获者与被捕获者、主人与奴隶身上，都散发着一种浓烈的惩罚的味道，揭示着庞大与渺小、有力与无力、强大与脆弱的主题。"[②]金凯德向来崇尚个体要通过自我的努力来实现理想的观点，她的文学创作着力于对抗个体通过与生俱来的自然属性（如种族、性别）和社会属性（如家世）获得优越感的现实。因此，金凯德在

① Jamaica Kincaid, *See Now Then*, New York: Farrar, Straus and Giroux, 2013, p. 128.

② Jamaica Kincaid, *The Autobiography of My Mother*, New York: Farrar, Straus and Giroux, 2013, p. 10.

许多作品中塑造了白人男性奴隶主和黑人女性奴隶后裔的形象,这两种社会身份出现在金凯德小说中的不同社会关系之中,作家着力描写被征服者、被压迫者通过言说、改写、书写等方式进行对身份所有权的争夺。

奴隶叙述是非裔美国文学史上的一种重要的文学形式,是非裔美国人在新世界身心遭到奴役和寻求身份的代名词。[①] 金凯德在1990年发表的小说《露西》就是以第一人称叙述视角由主人公露西叙述自己在美国做家庭女佣时的经历和回忆的作品。金凯德在为小说命名时沿袭了奴隶叙述文学以叙述者为名的传统,更继承了奴隶叙述以"情感语言"为基石的叙述方式[②],体现了用写作彰显自我的黑人美学特质。作家利用自己对语言的熟悉和敏感全方位挖掘了语言的功能,通过揭示命名与权力的关系展现了其对社会身份问题的深入探讨。金凯德将主人公露西塑造成一个不断重塑自我的女性,通过改名来维护自己的身份,从别人定义的过去走向自己掌握命运的未来。作为一名来自加勒比地区的非裔美国作家,金凯德和许多从边缘走到中心的作家一样,在她看来:殖民主义造成的家园的丧失、人际关系的破裂、民族文化的清洗,都无法与"失语"的杀伤力相比,因为失去语言就失去了定义自我和世界的能力。[③]

在小说《露西》中,十六岁的少女露西来到了一个未被命名的美国大都市,她从大街上匆忙的脚步中最先领教的就是比寒冬还要冷漠的人际关系。在路易斯和玛丽亚家做家佣数日之后,露西被这对美国中产阶级家庭白人夫妇取了绰号,名曰"过客"(Visitor),这是一个毫不掺杂个人情感的笼统的摹状词。叙述者告诉读者,露西吃饭时盯着他们的样子让路易斯想到了这个名字,还强调了谈笑间路易斯用同情的语气给绰号增添

---

① 曾艳钰:《论美国黑人美学思想的发展》,载《当代外国文学》2004年第2期,第68页。

② Reginald Martin, *Ishmael Reed and the New Black Aesthetic Critics*, London: Macmillan Press, 1988, p. 5.

③ Kristen Mahlis, "Gender and Exile: Jamaica Kincaid's *Lucy*", *Modern Fiction Studies*, Vol. 44, No. 1, 1998, pp. 164 – 183.

了修饰语，变成了“可怜的过客”（Poor Visitor）。① 接着通过一个寓言影射了路易斯眼中的露西：他的叔叔在加拿大养了一只猴子，这畜生围着他团团转的感觉比跟人相处更让他受用。路易斯对面的这张脸，不仅挂着一个观光客欣赏异国风情的表情，还挂着一张不同于他们肤色的异乡人的脸，棕色的皮肤让他想到了猴子，露西被他在头脑中进行了非人化的处理。无论路易斯有无意识以此来暗示自己与露西的主仆关系，露西的潜意识都会被唤醒，祖先被奴役的历史是她不会消除的记忆。② “猴子”在非裔美国文学中是一个非常重要的文化符号，非裔美国文学中“意指的猴子反讽性地倒转了把黑人描述成猿猴的广为人知的种族主义观点”③。露西接连做了三个梦，在梦中自己变成了那只“猴子”，并且将梦境原原本本地讲给了玛丽亚听，仿佛有意试探这个白人女性的反应：

梦境一：全身赤裸的露西在庭院中被路易斯追赶，玛丽亚站在屋内边看边敦促丈夫抓住露西，最后，露西掉进一个黑洞，洞底布满了毒蛇；④

梦境二：露西被许多水仙花追逐，终因精疲力竭被它们压倒在地；⑤

梦境三：露西被一群骑在马背上的人追逐，这些人手持短弯刀，意图将她碎尸万段。⑥

英国殖民阴影和安提瓜黑人的奴隶史体现在露西对自己的思维和心理活动的描述上，读者无法判断露西这三个梦境是否可靠，但可以通过露

① Jamaica Kincaid, *Lucy*, London: Picador, 1994, pp. 13 – 14.

② Jamaica Kincaid, *Lucy*, London: Picador, 1994, p. 114.

③ 小亨利·路易斯·盖茨：《意指的猴子：一个非裔美国文学批评理论》，王元陆译，北京大学出版社 2011 年版，第 63 页。

④ Jamaica Kincaid, *Lucy*, London: Picador, 1994, p. 14.

⑤ Jamaica Kincaid, *Lucy*, London: Picador, 1994, p. 18.

⑥ Jamaica Kincaid, *Lucy*, London: Picador, 1994, p. 32.

西用强烈的情感语言讲述梦境时情绪从迷茫、愤怒到尖刻进行判断，三个故事皆为“意指的猴子”对黑人奴隶被奴隶主鞭笞折磨的残酷情景的转喻。除了第一个梦境之外，露西的另外两个梦境也是被现实生活中的所见所闻唤醒的潜意识。玛丽亚赞美春日田野里绽放的水仙花，这让露西想起十岁时她在女子学校当众朗诵的一首古诗，一首她恨不得在记忆中将一行行文字全都抹掉的诗歌。[①] 叙述者虽然没有提及诗歌的名字，但联系玛丽亚的赞美，我们不难猜测露西背诵的诗歌是华兹华斯的《咏水仙》，也才有了露西的第二个梦境。露西的情感丰富，也擅长揣测他人的心意，将玛丽亚对她“经历”（history）丰富的感叹理解为一种羡慕，因而回了一句“如果你喜欢，我再讲给你听”[②]。从字面上来看，主仆二人关系融洽，露西言行体现其修养，然而如果结合前后文，可以发现露西袒露自己不仅是个两面派，而且常常话中有话。[③] 这么一来，原文中“history”一词便从个人的“经历”变成了族群的“历史”，露西的回应便多了一层带有讽刺意味的潜台词：既然玛丽亚的“羡慕”只是出于向往殖民地教育的陌生感带来的刺激，而非相似经历的共情，不如让她也来尝尝被殖民的滋味。

露西发现现实中美国人的行为方式与记忆中家乡人的行为方式千差万别，当玛丽亚告诉露西自己有印第安血统时，露西将自己的心理活动毫不掩饰地告知读者：“她说这话仿佛在宣称自己拥有战利品。分明自己是胜利者，还声称是被侵略的，人怎么能这样。”[④]虽然露西祖母有一半印第安血统，但露西记忆中深深的创伤和强烈的民族情感仿佛一条警戒线，无时无刻不在提醒她玛丽亚白人的外表意味着她是殖民者、侵略者、胜利者的后代，即使玛丽亚的祖先跟露西的祖先一样经历过英国的殖民，毕竟露西在玛丽亚无忧的生活中仍是个处于弱势地位的用人，露西希望摆脱这种从属的身份。在她向玛丽亚讲述了第三个梦境之后，玛丽亚赞叹铁路

① Jamaica Kincaid, *Lucy*, London: Picador, 1994, pp. 17 – 18.

② Jamaica Kincaid, *Lucy*, London: Picador, 1994, p. 19.

③ Jamaica Kincaid, *Lucy*, London: Picador, 1994, pp. 17, 33.

④ Jamaica Kincaid, *Lucy*, London: Picador, 1994, p. 41.

两旁被犁好的良田。眼前的风景再次勾起了露西记忆中“我的奴隶先人”，因而尖刻地评论一句：“谢天谢地，我不用干这营生。”[①]社会生活中，似乎露西已经能跟玛丽亚一家人享有同样的待遇。虽然他们平时平起平坐、一同用餐，但是当来到饭店看到被黑人“服务员”服务的白人“用餐者”[②]，露西再次清晰地意识到人与人之间的社会身份的差别。露西对非裔集体身份的形象表示认同，但她拒绝了非裔集体身份长久以来的顺从、弱势的社会地位。因此露西表示，当她“再仔细点观察，他们一点也不像我的亲人，或者说只是看起来像，我的亲人至少会回应（backchat）”[③]。眼前的生活和她的绰号无时无刻不在提醒着露西：历史上的殖民者正是祖先生活中的不速之客，绰号的语义从“访客”转向“侵略者”。

露西以为背井离乡迈出了逃离殖民地的现实生活和追寻自我的第一步，初到美国便宣称：“我开启了人生的新阶段。”[④]然而她发现路易斯夫妇与自己的关系是“前殖民者与前被殖民者权力关系在改头换面后表现出来的新形式”[⑤]。以玛丽亚和路易斯为代表的美国中产阶级白人不断向露西揭示他们在历史、文化、社会地位上的差异，长此以往，露西开始为自己谋划重塑人生的新策略：“如果我再也不用住在路易斯夫妇的公寓里，不用照顾他们的孩子；如果我能有自己的生活，自己可以来去自如、随心所欲，这不是很好吗。”[⑥]这个美国家庭不过是中转驿站，露西“仿佛只是路过”[⑦]，由此作家暗示读者她将前往人生的下一站。

金凯德在小说《露西》中塑造了一个不甘于接受雇主玛丽亚等中产阶级白人价值观诱导的加勒比非裔仆人露西。玛丽亚到五大湖区垂钓回来

---

① Jamaica Kincaid, *Lucy*, London: Picador, 1994, p. 33.

② Jamaica Kincaid, *Lucy*, London: Picador, 1994, p. 32.

③ Jamaica Kincaid, *Lucy*, London: Picador, 1994, p. 32.

④ Jamaica Kincaid, *Lucy*, London: Picador, 1994, p. 161.

⑤ Moira Ferguson, *Jamaica Kincaid: Where the Land Meets the Body*, Charlottesville: University of Virginia Press, 1994, p. 109.

⑥ Jamaica Kincaid, *Lucy*, London: Picador, 1994, p. 110.

⑦ Jamaica Kincaid, *Lucy*, London: Picador, 1994, p. 13.

后无意间的一句话再次勾起了露西对“我的奴隶先人”的记忆。玛丽亚一边手舞足蹈,一边唱着“我要让你成为渔民”,激动之余错把要拿钓上来的鱼去喂“数以百万的人”(millions)说成了“奴才”(minions)。露西敏感的神经再次绷紧,她不仅联想到了家乡的许多同胞以捕鱼为生,而且意识到自己的家乡受他人支配(dominion)①,是英国的领地。小说中露西经常受到中产阶级白人女性对自己的歧视,这让“我的奴隶先人”这一集体身份符号成为露西个体身份认同的一部分。玛丽亚的同性好友迪娜初次见到露西时说:“那么你是从那些个小岛来的了?”迪娜带有嘲讽的开场白代表了白人对加勒比人是荒岛野蛮人的成见,而露西在社会意识形态的浸染中片刻认同了这一集体身份,觉得自己一无是处。但这并没有从根本上影响到露西对自我、集体身份认同的判断,因为迪娜的话即刻激起了露西的愤怒。露西以家族文化传统中受到压抑时“回嘴”的方式立即说道:“你具体指的是哪个岛?夏威夷群岛吗?构成印度尼西亚的海岛吗?还是哪个?”面对迪娜对加勒比族群集体身份的不尊重,露西毫不客气地进行了言语上的回击。② 当然,作家更希望的是迪娜这一类人能从露西的言语中感受到心灵上的愧疚,毕竟如金凯德所言:“天生的肤色又不是你努力得来的,根本没什么值得骄傲的。”

类似的主仆关系还出现在金凯德的另一部小说《我母亲的自传》中,与露西相似的是主人公雪拉意识到了其所有权被剥夺,并顽强抵抗试图夺回自我身份的所有权。殖民主义历史给非裔族群心灵上留下了深深的创伤,以至于白人的肤色成为一种令非裔族群恐惧的符号。甚至当这一符号存留在自己的族群之中,比如加勒比地区欧洲人和非洲人混血的后裔身上时,都会让他们产生一种压抑和害怕的心理。在《我母亲的自传》中,雪拉的一句内心独白呈现出了肤色象征的权力给她带来的恐惧:“父亲继承了他自己的父亲那可怕的苍白肤色,那种皮肤好像在等待着另一

① Jamaica Kincaid, *Lucy*, London: Picador, 1994, pp. 37 – 38.

② Jamaica Kincaid, *Lucy*, London: Picador, 1994, p. 56.

种皮肤，一种真正的皮肤，来将它遮住。”[①]面对殖民主义历史的创伤，雪拉表明了自己的生存立场：“我要么是完全死掉，要么是完全活着，而绝不会是一个半死不活的人。”[②]

雪拉的记忆里深深地印刻着“我的奴隶先人”，他们在奴隶主的折磨下成了半死不活的人。“当时的太阳直照头顶，这不是一件好事情。[……]只能意味着你所有的秘密、所有的决策能力都将被剥夺。没有空间能被弄暗以确保你免遭野蛮暴行格外赤裸、格外放纵的伤害：这种暴行即是生活本身。”[③]这样的场景对在田间地头劳作的人再熟悉不过了，当然雪拉对同父异母的妹妹降生环境的描述影射的是曾经被主人肆意折磨的黑奴的悲惨生活。雪拉追加了一句评价：“一个儿子出生在任何一个时辰都是合适的。”[④]可悲的是，在这种本身就有主仆强弱的社会关系中，还存在着另一层男女强弱的社会关系，因而女性在社会关系中承受着双重压力。生活在多米尼克的叙述者雪拉明确地感受到了主仆社会关系中存在的强与弱的权力关系。雪拉通过对比祖父、祖母所代表的不同“身份”，揭示了人类族群之间存在的强弱关系和雪拉对集体身份的认同方式：

> 他的父亲是一个苏格兰人，他的母亲属于非洲裔，这种“人”与“裔”之间的不同，是一个重要的差异。因为，他们之中的一个独立于一帮乌合之众的一部分，已经被魔鬼附了身，除了人的苦难，对一切都无动于衷，每张脸都同它旁边的脸一模一样；另一个则独立于自己的意志，设法实现着他的命运，实现他理想中的

① 牙买加·琴凯德：《我母亲的自传》，路文彬译，南海出版公司 2006 年版，第 39 页。

② 牙买加·琴凯德：《我母亲的自传》，路文彬译，南海出版公司 2006 年版，第 85 页。

③ 牙买加·琴凯德：《我母亲的自传》，路文彬译，南海出版公司 2006 年版，第 86 页。

④ 牙买加·琴凯德：《我母亲的自传》，路文彬译，南海出版公司 2006 年版，第 86—87 页。

自己。[1]

在殖民地时期的多米尼克社会价值中，人们不仅认为婚姻以外出生的孩子不具备生存合法性，而且认为“人”与“裔”诞下的生命也不具备合法性身份。叙述者列举了在这种殖民主义种族歧视的生命所有权观念下在多米尼克发生的兄弟残杀的人间悲剧：“印第安·瓦纳，这个加勒比女人和欧洲男人生下的非法儿子，被他同父异母的兄弟，一个名叫菲利普·瓦纳的英国人杀害了，因为菲利普·瓦纳不喜欢自己有这样一个母亲是加勒比女人的近亲。”[2]在殖民主义话语的控制之下，加勒比族群特别是女性不具备合法身份，这在雪拉看来是不可思议的。雪拉不仅看到了非裔族群在殖民主义话语压抑下的非人化身份，而且试图通过自己的努力改变非裔族群低人一等的社会地位。她首先想要夺回的是加勒比族群语言的合法性。在殖民主义话语霸权之下，英语是官方、正统的语言，男性的言说也是官方授权的合法言说，是官方的代言。在多米尼克，说方言是一种自我轻视，当雪拉跟拉巴特夫人独处时，她们用法语方言交流，用“被俘虏者的语言、非法的语言讲话”[3]。就在这种情况下，叙述者雪拉以其人之道还治其人之身，拿起殖民者文化渗透的矛展开文字攻击：

> 我是用英语，而不是用法语方言或英语方言说的这句话，是地地道道的英语，这本应该是个奇迹：不是我说了话，而是我说了英语，一种我从没听别人说过的语言。尤妮丝妈妈和她的孩子们都说多米尼克语。它属于法语方言，我的父亲和我说话时也用这种语言，倒不是因为他轻视我，而是因为他认为我不懂别

---

① 牙买加·琴凯德：《我母亲的自传》，路文彬译，南海出版公司2006年版，第147页。

② 牙买加·琴凯德：《我母亲的自传》，路文彬译，南海出版公司2006年版，第69—70页。

③ 牙买加·琴凯德：《我母亲的自传》，路文彬译，南海出版公司2006年版，第60页。

的语言。[……]我竟用我将永远不会喜欢不会热爱的一个民族的语言说了这第一句话[……]①

雪拉的言说其实是殖民者和被殖民者文化杂交的结果，她的体内流淌着苏格兰人、非洲人、加勒比土著居民混合的血。雪拉通过父亲坚持使用官方的语言推测，她的祖父的父母极有可能是奴隶主，而她的外祖母的父母极有可能是奴隶，她的生命从“我的奴隶先人”被奴隶主占有开始。

“海洋”——“由人和族组成的历史就封锁在里面”——成了非裔奴隶后代的一个象征生命契约的符号，于是加勒比的那一片海象征着征服者的财产，也象征着被征服者生命的墓地，海洋成了非裔奴隶后代的视觉创伤，他们每看到一次海洋仿佛心头的伤疤就被撕开一次。在《我母亲的自传》中，大部分叙述都是由雪拉以第一人称自述的形式展开的，而在第四章金凯德将小说的叙述转交给了全知全能的叙述者。叙述视角的转变使得小说从烦琐的个人生活中跳脱出来，增添了文字的厚重感：“在蓝色的大海和灰色的大洋之上，漂满了船只，船只上塞满了人，塞满了人的船只一次又一次地沉进蓝色的大海和灰色的大洋。”②作家将叙述者与读者的距离拉开，不仅呈现出了更广阔的视野，而且使得叙述更加真实可靠。海上新航路的历史对征服者和被征服者的意义显然不同，帝国资本积累的历史在加勒比族群的记忆中“不是一个充满着庆祝、乐队、欢呼、丝带、奖章，以及觥筹交错的舞台”③，历史对于他们而言是汗水、泪水、血水和寂静无声的承受。在加勒比族群这段伤痛的记忆中，贩运奴隶的海军指挥官都是人性泯灭的罪犯，而运送奴隶的船只都以他们的名字命名，这意味着他们将自己的财富、地位和荣耀建立在无数非裔奴隶丧失生命权和人权

① 牙买加·琴凯德：《我母亲的自传》，路文彬译，南海出版公司 2006 年版，第 4—5 页。

② 牙买加·琴凯德：《我母亲的自传》，路文彬译，南海出版公司 2006 年版，第 112 页。

③ 牙买加·琴凯德：《我母亲的自传》，路文彬译，南海出版公司 2006 年版，第 114 页。

的基础上。因此,金凯德在《我母亲的自传》中设计了一个场景,雪拉的爷爷返回苏格兰进行贸易时乘坐的名为“约翰·霍金斯”[①]的船淹没在了黑暗的海水之中。雪拉爷爷的财富、生命和这位16世纪英国海军指挥官的荣耀一起石沉大海,这象征着雪拉对这位拥有征服者身份的男性的所有权进行合法去除,也意味着“我的奴隶先人”受剥削、压迫的历史将要在以雪拉为代表的非裔后代的权力对抗下逝去。

金凯德在作品中塑造了多位不甘于永远被征服、永远被压迫的女性,她们勇敢地与殖民主义话语对抗,抵制来自白人的种族压迫、来自父权的性别压迫,为夺取自我的所有权不停地抗争着。正如《我母亲的自传》中雪拉所言:“我不介意我的失败,我只介意它竟然持续了这么久。我看不到未来,[……]未来使我不幸明白了我没有直视自己的前方,我总是回头张望[……]”[②]由此可见,金凯德本人在面对族群创伤、解决历史遗留问题时能够深沉而理性地思考,她发现了非裔族群在追求自我身份和集体身份所有权的道路上曾经对悲痛的过往耿耿于怀,她认识到冲动的抵抗行为和情感宣泄不能改变族群的社会身份,她也意识到一味地沉溺于悲惨的“我的奴隶先人”的经历并不能重建族群的信心。因此,金凯德通过再现主仆关系中关于所有权的多种对抗形式提醒读者,特别是非裔同胞:我们必须要铭记“历史”,那是因为我们要更好地面对未来,虽然过去的已经无法改变,但是我们可以选择将来成为什么样的自我、拥抱什么样的人。

① 牙买加·琴凯德:《我母亲的自传》,路文彬译,南海出版公司2006年版,第160页。

② 牙买加·琴凯德:《我母亲的自传》,路文彬译,南海出版公司2006年版,第114页。

小　　结

金凯德的终极理想是通过写作实现加勒比族群的身份建构。她在丰富而复杂的文学传统中寻找建构身份的元素，而命名就是她借助经典文学作品、吸取传统文化原型的营养、寻求传统哲学思想支持的金钥匙。相似地，人们总是在在现实生活中遇到危机和困惑时向文学寻求精神慰藉，希望从共享的文化中获得解决问题的方案。正因为认识到这一点，金凯德才通过命名诸多有特色的身份和社会关系，用文学作品促进人们对族群记忆的修复。总而言之，金凯德和她作品中的人物通过命名拥有身份和人格，有着强烈的主体身份意识和集体身份意识，在非洲、欧洲、北美洲三个文化场的共同作用下建构了复杂的文化身份。她的文字记录了加勒比族群文化基因的组成，自觉地维护了族群文化身份的基因链，当代人可以通过阅读她的作品建立与先人的情感联系。从这一方面来看，如同《我母亲的自传》中三代人共用“雪拉”，金凯德文字中的过去不再恍惚，凝聚成当下观念清晰的个体身份和集体身份，无比坚定地走向未来。

第四章　金凯德作品中命名观观照下的身份重建

纵观金凯德四十余年的创作生涯,笔者认为金凯德一直非常看重文学对人类精神塑造的作用,因此她将自己对真、善、美的理解融入她的文学作品。她的小说弘扬爱的教育力量,小说中的人物总是在爱的记忆中实现自我认同和集体身份认同。

本尼迪克特·安德森在《想象的共同体——民族主义的起源与散布》中强调了文化根源对共同体建构的重要性,它的三个组成部分——宗教正典语言、王朝的层级制度和时间的概念赋予了族群确定的共同想象。这种共同想象的确定性正在经济和科技发展的冲击之下逐渐衰退,人们千方百计地寻找能将博爱、权力与时间有意义地联结起来的办法。文化研究奠基人雷蒙·威廉斯(Raymond Henry Williams)认为,社会的自我实现依靠的是"适当地参与到改造和发展的过程中"。也就是说,人们需要相互承认参与社会共同体建构的权利,并在实践中积极参与到社会建设中去。威廉斯还提出了更进一步的设想,他认为"一个民族的文化只能由全体成员在日常生活中参与创造出来"。威廉斯所指的"文化"是人们在社会实践中逐渐达成的文化共识(a culture in common),而不是一种共同文化(common culture)。这就要求每个人都能在共同体文化建设中积极发挥主观能动性。

金凯德的文学创作就是她在发现当下社会症结之后做出的一种有意义的实践,目的就是参与共同体意识的重塑,并为人们在日常生活中自我解困提供一个方案。金凯德在作品中给爱重新下了定义,她认为爱是行动,它是个有力量的词,爱有诸多层次,其中一层是恨(hatred)。在与笔者的交谈中，金凯德表示爱情故事总把恨摆在爱的对立面，并试图把恨圈禁起来。金凯德提醒人们正视人际交往中情感的复杂性，更提醒人们面对情感挫折时不要一味地在心中盘旋，而应该用行动去验证自己的感受，用不计回报的付出拥抱生活。笔者认为，金凯德的作品主要反映了作家的两点信念，即相信爱的教育意义和文学的普世价值。

第一节 “爱是一种行动”：爱的教育重塑个体身份

感性的爱本就很难用理性的言语去描述，以至于在《我母亲的自传》中雪拉直言不讳地表达了她对“爱”感到迷茫：

> 爱与恨。[……]经常戴着同一张面具。[……]她所说的那些一向似乎是一系列严厉打击的话，是不是真的是一种爱的表示。在我看来，她那时的脸并没有表现出爱意，但也许我错了——也许我太小了，还无力判断；也许我太小了，还体会不到。[1]

爱存在于社会关系之中，是个体间相互吸引的本能，也是社会关系的黏合剂。金凯德认为理性世界需要以爱为基础的感性连接，她提倡“爱是一种行动”。在她看来，爱不能止步于对亲密关系的想象，不能止步于对爱人的甜言蜜语，应该发挥爱的教育功能，采取表达爱意的实际行动。通过学会自爱、感受母爱和创造友爱，个体可以收获健康的社会关系和确认自我身份，进而解决集体身份塑造过程中价值观混乱、人际疏离的问题。形成健康的核心价值观，才能最终建构族群的精神脊梁。

① 牙买加·琴凯德：《我母亲的自传》，路文彬译，南海出版公司2006年版，第17页。

一、自爱:个体身份的基石

社会学领域有一种新兴的命名观,有学者认为名字和身体有着相似的重大意义。身体是一个人真实的存在,名字使得人被识别和区分。不仅是人,人的名字也需要一个"身体"作为承载意义的媒介。这么看来,名字本就扎根于身体,无名的身体和没有身体的名字相互强化它们的象征意义。金凯德作品中的主人公就从拥有自己的身体开始确认自己的身份。在《我母亲的自传》中,雪拉的"自爱"就从认识自己的身体开始:"我似乎对自己的整个身体和别人的身体毫无兴趣。[……]但我很清楚我自己到底是谁。[……]我的手上上下下爱抚遍我的全身,一阵快乐且不被人听到的喘息冲出我的双唇之后,我的聆听才算结束。"①金凯德通过雪拉在初级阶段的自我认识揭示了个体在具有私密性的身体探索和体验中寻求一种感性的自我身份认同。

基于这种以物质为基础的"自爱"方式,金凯德在作品中将"自爱"上升到对理性的思考和认识。小说的主人公也从对自我身体的关注转移到了对社会中他人的关注,从而进一步提出"自爱"的核心和基础是"自尊"。比如,《我母亲的自传》中雪拉对她同父异母的妹妹是这样评价的:

> 她父亲的财富在她看来,没有什么不平常的地方。他应该富有,她应该是他的女儿。她买了一把梳子[……]那把梳子加热后,可以将她那鬈曲得很厉害的头发拉直,平贴在她的头上。阳光下,那把梳子闪闪发光,一圈又一圈的光环,犹如某种财富。[……]她也爱她自己,但她的爱不属于自尊的爱。②

---

① 牙买加·琴凯德:《我母亲的自传》,路文彬译,南海出版公司2006年版,第35—36页。

② 牙买加·琴凯德:《我母亲的自传》,路文彬译,南海出版公司2006年版,第96—97页。

雪拉的妹妹对外表的重视引起了雪拉的反感，她使用那把金光闪闪的梳子装扮自我，不仅巩固了她身上所集合的“白富美”——白人、富人、美人——身份特征，而且象征了雪拉的妹妹在姐妹关系中处于绝对强势的地位。然而，在雪拉的价值判断中，个体对外表的爱惜与对内心的爱惜是两回事，自我尊重不是通过家庭的财富积累和个体的美丽就可以获得的，更不是“认为他的德行比其他人的德行优越”①就可以获得的。恰恰像雪拉的父亲和她的妹妹这样的人认识不到这一点。艾瑞克·弗洛姆(Erich Fromm)在《爱的艺术》(*The Art of Loving*)中提出“我”是我，首先是一个独立的人，对人尊重是起码的美德，既然我们对他人友善，那么也应该热爱自己。他用《圣经》中“爱他人如同爱自己”来阐释“自爱”能够体现自我“完整性”和“独特性”，“自爱”还能够让个体在认同自我的同时发现与他人平等、联系紧密的社会关系。② 从弗洛姆的论述中可以看出，“自爱”是人的天性，也是人表达对他人情感的首选方式。他虽然进一步提出爱对于社会关系有连接的功能，但是首先强调了“自爱”对于自我完整性和个体社会化的重要意义。金凯德在命名观观照下对“自爱”的理解与弗洛姆达成了共识。她的小说主人公以“自爱”化解了身份缺失带来的迷茫和焦虑。

笔者在本书第三章就讨论过，在《我母亲的自传》中主人公雪拉是一个身份缺失的人物，她的生命是以终结了母亲的生命为代价的，致使她无法确认自己的身份。然而，雪拉并没有陷入彻底的身份虚无，而是很快就表露出一种孤芳自赏的自我怜爱：“我的外貌和身上的气味为我招来了蔑视。[……]我身上一切引起别人反感的东西，都是我天生的东西，是我无论如何不能避免的，而且这也并不属于道德上的缺陷——我怀着全身心

---

① 牙买加·琴凯德：《我母亲的自传》，路文彬译，南海出版公司 2006 年版，第 99 页。

② 艾·弗洛姆：《爱的艺术》，李健鸣译，上海译文出版社 2008 年版，第 53—54 页。

的热情,爱着我身上的这些东西。”[①]雪拉不仅在潜意识里认识到自爱的重要性,还将自己的味道同她的父亲身上散发出的一种“似乎富有秩序和理性”的气息进行对比,讽刺苏格兰和非洲混血的父亲对自我的爱不够坚定,在生活和职业上受到了不良社会风气的感染。雪拉试图用她的感性与理性抗衡,揭示自爱的力量到底有多强大。

在殖民者的历史中,殖民地人民甘愿被征服,在顺从中苟且偷生,因而抛弃了自我。雪拉最大的悲哀不在于得不到爱,而是先天不具备爱的能力,她在自我成长和对身份的探索中学会了自恋、自爱,但这种有缺陷的爱扭曲了她与人沟通交流的方式,使她形成了忧郁、冷漠、孤僻的性格。但悲惨的生活并没有让雪拉成为一个悲情人物,她有缺陷的性格中却有着难能可贵的坚韧、担当和勇敢。然而,追寻这一目标的道路十分艰辛,雪拉需要克服内心屈辱的感觉,她发现:

> 罗马人、高卢人、撒克逊人、不列颠人(英国人)[……]的历史背后才潜藏着一种恶意:让我感觉到屈辱、卑贱和渺小。一旦我看出并接受了这种直接冲我而来的恶意,我便会热衷于表现出自负:你的名字和行为散发出来的味道是令人陶醉的,它从不会让你感到厌倦和无力;它本身就是灵感,它本身就是创新。[②]

小说中的雪拉是一个主体意识强烈的女性,她宣告自己的身份和地位,在生存的环境中“像我这样一个仅仅有望处在那样一种位置上的人——一个女人,而且是一个贫穷的女人——是绝对没有必要写信的”[③]。笔者认为,金凯德借雪拉之口影射的是女性被排除在外的殖民主义历史书写。

---

① 牙买加·琴凯德:《我母亲的自传》,路文彬译,南海出版公司 2006 年版,第 26 页。

② 牙买加·琴凯德:《我母亲的自传》,路文彬译,南海出版公司 2006 年版,第 48 页。

③ 牙买加·琴凯德:《我母亲的自传》,路文彬译,南海出版公司 2006 年版,第 14—15 页。

有学者认为女性被放逐于公共领域即民族建构的概念和民族话语的表达之外，女性作家的作品常常围绕个人生活和家庭事务展开。很明显的是这位女性叙述者不甘于屈从和渺小："体面尊贵，墨守成规——这不会成为我自己的命运。"①她发现了殖民主义历史隐藏的秘密——对以她为代表的某个群体的恶意，并试图用与文字相关的实践进行反抗。

金凯德将"自爱"用"自传"的形式书写来源于她在现实中感受到的性别歧视。她认为作家无不基于自身的经历进行创作，然而后殖民批评只强调女性作家的自传性，没有人强调男性作家的自传性。这一点倒是指出了后殖民批评存在的弱点，即没有完全脱离以欧美为代表的强势话语和以男性为主导的评价体系。因此，金凯德公开表示："身为作家，我必须要写自传。[……]写作于我而言是一种自我拯救，因此必须是自传性的。我是一个必须从过去中才能找到自我的人。"②伊丽莎白·威尔逊认为：如果存在一种典型的女权主义文学形式，就是一种零碎的、私人的形式：忏悔录、个人陈述、自传或日记。③ 在这一点上不同流派的女性主义者达成共识，她们普遍认为自传清晰地呈现了女性对自己过去的解读，女性自我书写的目的是改变男性对历史的特权解读，甚至是男性对女性历史的特权解读。

在《安妮·约翰》中，金凯德塑造了一个自我意识强烈的青春期少女安妮，她初入学校时被同学们冷落，表现出极度的自我否定和焦虑情绪。安妮渴望和别人一样坐到教室前排被老师关注，渴望被同学簇拥着有说有笑，她依赖于他人对自己的表扬和肯定，于是读者首先看到的安妮是一个充满嫉妒心、表现欲、占有欲和控制欲的女孩。安妮对身份格外敏感，首先体现在她对名字的爱惜。她认为一个人认识自我首先要会写自己的

---

① 牙买加·琴凯德：《我母亲的自传》，路文彬译，南海出版公司 2006 年版，第 59 页。

② Moira Ferguson and Jamaica Kincaid, "A Lot of Memory: An Interview with Jamaica Kincaid", *The Kenyon Review*, Vol. 16, No. 1, 1994, pp. 163 – 188.

③ 伊丽莎白·威尔逊：《倒写：自传》，见玛丽·伊格尔顿：《女权主义文学理论》，胡敏、陈彩霞、林树明译，湖南文艺出版社 1989 年版，第 320 页。

名字,而认识他人也表现为知晓和记得这个人的名字。上学第一天,在安妮正因没有人关注而沮丧、渴望表现自己的时候,一个女同学推搡着对她说:“你就是安妮·约翰?我们可都听说你特别聪明。”[1]安妮的名字在小说中第一次出现,她的名字与她的自信心开始建立紧密的联系。老师尼尔森小姐“低头点过所有人的名字”,唯独在点到安妮之后抬起头来对她说:“欢迎你,安妮。”[2]再次让安妮体验到了被呼唤、被需要的感觉,更让她感受到了来自老师与别人不一样的爱。英国作家阿兰·德波顿(Alain de Botton)认为“人类对自身价值的判断有一种与生俱来的不确定性”[3],个体对自我的认知依赖于周围人的观点和评价,因此社会关系中他人对“我”的关注对个体身份认同有重要意义。“自爱”并不能使少女安妮找到迷失的自我,在“自爱”无法满足自我认同的时候,以母爱为代表的社会关系的介入对个体身份的建构起到了非常重要的作用。

二、母爱:身份认同的纽带

哈罗德·布鲁姆(Harold Bloom)在其主编的论文集导言中说:迄今为止,她(金凯德)最好的作品都是重拾童年的片段和再现复杂的母女关系的。金凯德的五部小说中有四部涉及母女(母子)关系,其中三部小说中母女关系是核心和主线,可见作家对“母爱”这一主题的钟情。需要指出的是,金凯德作品中的母爱可以大致划分为两种模式:一种是母亲通过教导和呵护帮助孩子度过迷茫的青春期从而长大成人;另一种是母亲通过照顾孩子发现自我迷失并开始寻找完整的自我。显然,金凯德对“母爱”刻画方式的转变受到了某种文化和某种社会思潮的影响。

人们似乎达成了一种共识,即母亲是孩子的第一位老师。一个女孩

① Jamaica Kincaid, *Lucy*, London: Picador, 1994, p. 37.

② Jamaica Kincaid, *Lucy*, London: Picador, 1994, p. 38.

③ 阿兰·德波顿:《身份的焦虑》,陈广兴、南治国译,上海译文出版社2007年版,第7页。

在成长过程中关于自己应该成为一个什么样的女人，女人又该扮演什么样的家庭、社会角色的信息几乎都是从母亲那里获得的。金凯德早在处女作《女孩》中就开始讨论“母爱”的教育意义和普世价值。每个人读到这部作品时都仿佛看到了自己跟母亲的关系，主要原因在于这篇短文中女孩和母亲都是无名氏，给读者留下了充分的想象空间。只不过这部作品中的母亲十分严苛，几乎通篇都是母亲对女儿的训话。母亲一句接一句地向女儿灌输“应该做”和“不要做”的事情。未被作家命名的女孩仿佛正在接受训练，训练如何成为一个女人，一个贤良淑德、大方得体并且会做各种家务的女人。整个过程中女孩根本没有说话的机会，或者说没有权利说话。行文中，作家只用斜体插入了两句女孩试图反驳母亲与现实不符的评价和设想的话，偏偏就这两句话还有一句被母亲直接忽视，另一句也只得到母亲一句严厉的反问作为斥责。金凯德的这篇短文反映了加勒比社群生活中女性在父权之下顺从的地位：母亲教导女孩的都是以料理家务为核心的内容，与女性职业发展等相关的内容毫无涉及。但是我们也应看到，母亲在一个女孩成长的路上发挥的言传身教的重要作用，正如在此之后金凯德在小说《安妮·约翰》中对严厉的“母爱”的一番赞美：“每一次做家务都是为将来我成为自己房子的女主人做的一次演练。”[①]

非常有趣的是“安妮”是金凯德母亲的名字，也是金凯德小女儿的名字。“安妮”这个名字在金凯德看来象征着“母爱”。她在《安妮·约翰》中以此名命名了主人公的母系三代，这之中蕴含了加勒比土著文化中传承的意义，寄予了母亲对孩子的美好祝愿。安妮对自我的认知来源于“母爱”，她从母亲那里继承了一个木箱，里面全是母亲人生中各个阶段的物品。安妮认为无关紧要的小事，在母亲看来都是值得纪念的。这让安妮有一种生活在天堂的喜悦感：“不管哪种故事，我都知道她会说些什么，因为我听过无数遍了，却怎么都听不腻。”[②]这不仅体现了母亲对孩子无微不

① Jamaica Kincaid, *Annie John*, London: Vintage, 1997, p. 61.

② 牙买加·金凯德：《安妮·强的烈焰青春》，何颖怡译，女书文化事业有限公司 2001 年版，第 36 页。

至的爱,也说明了口述故事是母系记忆传承的重要媒介,必须一再重复才能加深记忆。在这部小说的结尾,安妮远赴重洋开启在异国他乡的求学生活,送别之际安妮的母亲对她说:“不管你做了什么或者去了哪里,我永远是你的母亲,这里永远是你的家。”①“母爱”给予她的是生活的技能,更是孤独时温暖人心的力量。

金凯德的小说《露西》不仅在发表时间上承接了《安妮·约翰》,而且在情节上似乎也有一定的关联,小说以十六岁的女主人公露西只身一人离开加勒比小岛到美国闯荡开篇。在美国生活的露西受到了雇主玛丽亚的照顾,她有时甚至觉得玛丽亚好过自己的亲生母亲。露西对“母爱”的期望是有普遍意义的,母亲给孩子的是有温度的关爱、呵护,是孩子的避风港。在这部作品的最后,露西惊讶于玛丽亚用西蒙娜·德·波伏娃(Simone de Beauvoir)的《第二性》(*The Second Sex*)教育她该做一个什么样的女人,因而与“新母亲”玛丽亚的感情发生了变化。这一细节展现了金凯德在该成为一个什么样的女人这一问题上与女权主义者截然不同的态度。

但是,20 世纪 60 年代来到美国后,金凯德受到女性主义思潮影响,在女性生育的问题上,又扑向了女权主义的怀抱。金凯德曾经表示,人爱得越深,越有可能为爱迷失自我。她认为一个新生命的产生是对另一个生命的剥夺。金凯德作品中母亲与孩子的关系,不论是母女还是母子,几乎都可以这样描述。母亲身份是与自我擦除和死亡相关联的,此外,孩子生命的开始成了母亲生命的终结。在《我母亲的自传》中,叙述者雪拉就不断地提醒自己,她的母亲因为给予她生命而去世,这个观念像咒语一样让雪拉相信生育下一代是一种自我毁灭。叙述者向我们揭示了自我与他者之间的一种强弱平衡的权力关系,对他者的妥协就意味着自我牺牲。

然而这一点并没有让作家失去成为一个母亲的信心,金凯德既看到了孩子给母亲在自我认同方面带来的困扰,又看到了女性需要“母爱”来

① 牙买加·金凯德:《安妮·强的烈焰青春》,何颖怡译,女书文化事业有限公司 2001 年版,第 188 页。

确认身份的完整性。金凯德认为"母爱"是最温柔、最无私的。斯威特太太在《望今昔》中创作她自己的作品，并且写她的这一信念是从她的母亲那里获得的："向前冲，往前再迈一步，挺直腰杆，肩膀和其他部位下垂，向后蓄力，然后向前，就这样，无论是现实还是想象的阻碍都会彻底被打倒，向前冲，总会战胜逆境。"[①]在她看来，"她对家人的爱是氧气，没有了她的爱，他们会窒息而死"[②]。斯威特太太认同自己作为妻子和母亲的社会身份，因而在生活中尽量满足社会对妻子和母亲这两种角色在道德上的共同价值要求，她把这个母亲传给她的座右铭又通过读书的方式传递给自己的儿子。作家通过这一行为展示了强大的加勒比母系口述传统，并揭示了母亲是孩子成长道路上的第一位老师。"母爱"有着重要的教育功能，对于族群的延续有着重要的伦理价值。

三、友情：社会身份的标尺

在金凯德的小说中，"友情"是自我认同的参照系，是帮助个体确认自我和塑造自我的感性基础。正如亚里士多德在《尼各马可伦理学》中所言："爱似乎是一种感情，友爱则似乎是一种品质。"[③]金凯德也将友谊看作一种可贵的财富，雪拉对父辈个体间友谊的评价反证了这一点："他和我的父亲是通过共同筹备资金彼此认识的。他们称彼此是朋友，但这种友谊建立的基础是脆弱的，这种脆弱在一个不爱这个世界以及不爱这个世界上所有物质的人那里，唤起的只能是悲哀。"[④]雪拉意识到建立在利益

---

① Jamaica Kincaid, *See Now Then*, New York: Farrar, Straus and Giroux, 2013, p. 91.

② Jamaica Kincaid, *See Now Then*, New York: Farrar, Straus and Giroux, 2013, p. 84.

③ 亚里士多德：《尼各马可伦理学》，廖申白译，商务印书馆 2003 年版，第 238 页。

④ 牙买加·琴凯德：《我母亲的自传》，路文彬译，南海出版公司 2006 年版，第 48—49 页。

关系基础上的友谊只可能让社会关系呈现出“天下熙熙皆为利来，天下攘攘皆为利往”的虚假繁荣。换句话说，只有在个体之间思想和情感交流基础上形成的友谊才牢固深厚。“友情”为个体提供了家庭关系以外最亲密的社会关系，还为个体价值判断和伦理选择提供了重要参考，几乎是每一位女性主人公认识社会的第一种情感联系。

在金凯德诸多作品的主人公中，总有一个困惑的青春期少女。《在河底》中的无名叙述者就是金凯德笔下这样一个女性角色：“现在我是一个女孩，但将来总有一天我要娶一个女人——一个红皮肤、黑莓丛一般头发、棕色眼睛的女人，她穿着宽大的裙子，我可以把头轻易地埋在其中。我想娶一个这样的女人，然后跟她住在海边的土屋里。”[①]这一情节让很多读者甚至评论家都无从下笔，不知道金凯德写的到底是爱情还是友情。

《安妮·约翰》中的主人公安妮的几位女性朋友似乎给《在河底》这个模糊的意识和碎片化的感情提供一个具体的解释方案。《在河底》中的短文“在那一夜”之中叙述者想要娶的这个红皮肤女人在金凯德的《安妮·约翰》的其中一个章节中是“红女孩”。这个“红女孩”是安妮在学校形影不离的“女朋友”，有着一张又大又圆又红的脸，像一个月亮——一个红月亮，而且她的头发还像“野生黑树莓丛”。[②] 两部作品在这个情节的设计上仿佛是姊妹篇，只不过因为自我身份的清晰度不同，金凯德分别给出了不同的结局。《在河底》的最后，无名的叙述者成为那个她想要娶的人，女孩说：“我看到了我的皮肤，它是红色的。”[③]金凯德在作品最后对之前想象的回应似乎揭示了女孩达到了某种自我接受和自我认同。有了这样一个母本，我们就可以更好地理解《安妮·约翰》中的女孩安妮。

安妮对“友情”的体验让她收获了塑造身份的三个要素：找到与自己相似的个体、找到理想的自己、在相似的个体组成的集体中展示独特的自

① Jamaica Kincaid, *At the Bottom of the River*, New York: Farrar, Straus and Giroux, 1983, p. 11.

② Jamaica Kincaid, *Annie John*, London: Vintage, 1997, p. 57.

③ Jamaica Kincaid, *At the Bottom of the River*, New York: Farrar, Straus and Giroux, 1983, p. 78.

己。当安妮感受到了母亲与自己的强弱关系之后，她开始在朋辈之间寻求得以自处的平等——“友情”。一次课堂布置的“自传式散文”作业让安妮获得了老师的关注，也让她在同学当中成为被追捧的对象，并且得到了同学格温（Gwen）的关注。从那以后，两人成了形影不离的好友，“交换彼此的喜好、厌恶，[……]发现彼此多么相像”[①]。“友情”让安妮与社会关系中与其相似的人找到相似的身份认同，并在个体之间建立起独立且相互信任的平等关系。

但是，当处于叛逆期的安妮发现格温是一个母亲价值观里的好女孩时，她选择了挑战母亲的价值观，这直接影响了她与格温无话不谈的关系。安妮再也无法像以前那样抱怨，“我从未和格温提到我对我妈的感情变了”[②]。“友情”无法继续发挥对安妮的焦虑进行疏导的功能，因而安妮毅然决然地做出选择。后来，安妮在“红女孩”身上看到了自己想要成为的样子，可以和男孩子一样爬树，可以玩弹珠，可以自由自在地不做母亲要求的窈窕淑女。最关键的是在小说中这些女孩子的母亲不准她们去灯塔玩耍，而灯塔恰恰是安妮和“红女孩”放学后偷偷约会玩耍的地方，因为在那里能看到广阔的大海和外面的世界，安妮的第二段“友情”打开了她的视野，她看到自己的未来原来有多种可能。[③] 安妮走向独立的这个场景亦是作家金凯德向伍尔芙《到灯塔去》（*To the Lighthouse*）女性形象塑造的一番致敬。

安妮的第三段“友情”是与多位成绩优异的女孩结下的。她们常常在课间休息和放学后聚集在墓园的大树下分享她们的见闻，并且不厌其烦地“一再重复细节”。她们听说男生的揉搓可以帮助乳房发育，但是女校之中并没有男孩，于是女孩们互相帮助。社会教育制度虽然使女孩安妮

① 牙买加·金凯德：《安妮·强的烈焰青春》，何颖怡译，女书文化事业有限公司2001年版，第66—67页。

② 牙买加·金凯德：《安妮·强的烈焰青春》，何颖怡译，女书文化事业有限公司2001年版，第82页。

③ 牙买加·金凯德：《安妮·强的烈焰青春》，何颖怡译，女书文化事业有限公司2001年版，第66—67页。

的成长中缺少了男性的参与，但是她从“友情”中收获了成长为社会人的基本要素。

金凯德把爱命名为一种行动，爱使人在珍视中获得自我身份，又使人在依恋中建立社会关系。母亲爱的教育是自我人格发展的最重要的营养，朋友爱的鼓励是自我身份确认过程中重要的因素，它们巩固了每个现代人的精神“家园”。金凯德提醒后现代社会里的人们不要为家庭的争吵感到焦虑，正是因为心中有爱才会呈现出那么多矛盾的情感。爱是金凯德生存的信仰，是她文学创作的灵魂所在。

第二节 “我写故我在”：文字重塑集体身份

无论是为了后现代社会中人们普遍存在的身份焦虑寻找解决方案，还是为了曾经受到压抑的加勒比族群寻找身份认同，金凯德都用命名编制了独特的语言符号对记忆进行书写，以坚定的姿态面对身份问题，参与身份的重构。人类文明的发展建立在对自然的开发利用，伴随着对自然的破坏，还有对其他生命体的征服和控制。想要让人类发展的进程与其他生命体达成一种和谐，就需要一种新的文化语言进行自我阐释。早在20世纪20年代，社会建构论的早期形态知识社会学代表人物就指出：人的认知不是固有的，而是在人际交往和群体互动中建构起来的，文化在建构的过程中起到了举足轻重的作用。威廉斯将自然置于文化之中，并指出文化的建构受到自然的制约，它们相互包含又相对独立。这一辩证的观点体现在他用“培植”（cultivation）和“管理”等解释“文化”这一词。这样看来，人类的园艺实践既是自然的一部分，也是文化的一部分，自然和文化在这个时空恰到好处地融合。威廉斯把园艺实践看作重修人类文明的后花园，在花园播下植物的种子与创作诗歌同样是在自然中培育文化的实践，两种行为都涉及物质和符号的关系。他理想中的后花园是共享文化（a culture in common），就好比自然这个最大的花园，既然自然花园不以生物的同质为基础而以包容的姿态承载生物的复杂性和多样性，那么人类精神的后花园也应当以同样的文化为基础。

一、用个体记忆承载族群历史

金凯德曾经强调自己和同时期支持民族独立的加勒比作家不同："我永远不会成为美国公民，我不认为我是离散作家。"此种矛盾的心态在金凯德成为一名独立作家时转化为一种中立的立场，她"脚踩两个世界"，栖息在文化断裂的夹缝之中，以书写的方式寻找自我。金凯德在《我的花园（录）：》中就曾表明她强烈的书写历史的愿望："阅读着过去五百年间发生的每一件事的记述，我总想着在文本中插入星号，并在官方的故事结尾用我自己的版本加以注释。"①

金凯德对当代加勒比族群身份的建构深深扎根于加勒比人的共同记忆之中。在对文化记忆的研究中，记忆被看成个体与历史、文化紧密相连的因子。社会心理学家莫里斯·哈布瓦赫（Maurice Halbwachs）在著作《记忆的社会框架》中强调了社会因素对人的记忆的制约，他将"集体记忆"的概念引入心理学研究领域，并强调这一概念的真实性而非隐喻性。他认为，一个集体决定它的成员的记忆，并以此保有集体记忆，个体只有在所属的集体里与其他成员进行交往才可能建立属于自己的记忆，并产生回忆的行为。德国的埃及学家扬·阿斯曼（Jan Assmann）在著作《文化记忆》中提出"文化记忆"的概念，认为其内容与集体起源的神话和距离现实有绝对距离的历史相关，其传承需要依赖共同的文化符号系统。这些文化研究成果与文学批评的原型批评不谋而合，研究者们其实揭示了同一个问题，每个个体都在集体的历史文化中生存，并带有集体的文化特征。

"加勒比"在许多土生土长的加勒比作家心中就是这样一个后花园。谈到"加勒比"，他们首先想到的是加勒比的自然环境：被海水环绕的小岛

① Jamaica Kincaid, *My Garden (Book)*:, New York: Farrar, Straus and Giroux, 2001, p. 164.

和他们世代居住的土地。巴巴多斯作家乔治·兰明在这一认识的基础上认为:“加勒比”这一概念不可或缺的是人们在这方土地上共有的被奴役的生活经验。[①] 先人在甘蔗田中辛勤劳动的经验是加勒比作家文学创作共同的素材,这些对先人的想象和记忆使如今生活在帝国中心的加勒比作家仍旧意识到他们是一个想象的共同体。从古希腊文明中我们得知:文化的基本内涵就是一种“培育”,而“培育”的本质就是通过劳动使耕作对象生长。金凯德喜欢园艺,并把园艺和写作等同看待,其思想就源于加勒比族群的这一文化认同:

> 我的想象从未离开过加勒比的土地,从这个角度来看,我从未离开过加勒比。虽然在物理空间上我离开了,期间我又回去,然后再离开,但是在我心中,加勒比是我不曾离开的地方。我书写加勒比并不因为我想要回去,因为我写作从不出于一种有意识的需要,写作是我的一部分。当我一个人的时候,我就会回想加勒比的那些地方、那些每天发生的事,有时甚至具体到某时某刻。因为这就是我所思的,也是我所写的。[②]

金凯德的作品中小说和非虚构作品的界限并不是特别清晰,她甚至说自己可以模糊虚构与真实的界限,其中一个原因是,虚构作品能让人产生一种逃离现实世界的感觉。她曾写过一篇评述家乡大选的时政文章,文章先是被《纽约客》拒稿,后发表在安提瓜当地杂志上。金凯德表示虽然她不为谁而创作,但是这样的文章对于家乡的人民来说还是有意义的。她不在乎评论界批评其政治倾向过强或言辞过于激烈。在金凯德看来,这些作品出于她对这个世界的沉思,她说:“我从他们中来,因此我思考发

① Frank Birbalsingh, *Frontiers of Caribbean Literature in English*, New York: St. Martin's Press, 1996, p. 4.

② Kerry Johnson, "Writing Culture, Writing Life: An Interview with Jamaica Kincaid", *Iowa Journal of Cultural Studies*, Vol. 16, 1997, pp. 1 – 5.

生在他们身上的事。我不认为这文章是政治性的，它书写的是生活。无论是这篇评论还是《弹丸之地》，对我来说，它们就是生活。”[①]正如《我母亲的自传》里主人公雪拉写的：“我不是一个民族，我不是一个国家，我只是常常希望，我自己的行动能够成为一个民族的行动，成为一个国家的行动。”[②]她在日常阅读时就会选择历史、政治、地理等非虚构作品阅读，世界历史能够启发她思考族群历史。既然克里斯托弗·哥伦布的航海梦想能够影响千千万万的人追随他的脚步，那么金凯德愿意相信一个人的记忆和想象可以改变世界，可以影响族群。这就是金凯德直面国家和族群现实并通过书写积极参与集体身份建构的宣言。

金凯德试图通过《我母亲的自传》为加勒比族群中女性记录的历史的真实性正名，因此委托叙述者雪拉宣称：“我的记忆——我存储信息、恢复琐碎细节、回忆何人何时说了什么的能力，被认为是非凡的[……]”[③]金凯德一再强调创作小说为了求真，第一步便是带着批评的眼光审视官方话语——历史。她基于记忆中发生的事情进行创作，认为自传性越强越真实。实际上她有着宏伟的理想：将自己的作品视为加勒比族群和非裔美国人历史的一部分。

女性是金凯德无法改变的性别属性，她书写《我母亲的自传》的愿景则更加宏大，她希望通过个体的记忆，重写一段族群遭受殖民主义话语压迫的历史。《我母亲的自传》的微妙之处首先就在于小说的题目是“我母亲的自传”，自传的历史性和小说的虚构性在该文本中融为一体。女性不在加勒比官方历史的叙述范畴，因此，金凯德虚构这样一部加勒比女性的自传使历史上许多静默的人获得了话语权和合法性。根据福柯的“权力/知识”理论，话语不仅是传统意义上的言说，而且充当了权力和知识的媒

---

① Kerry Johnson, “Writing Culture, Writing Life: An Interview with Jamaica Kincaid”, *Iowa Journal of Cultural Studies*, Vol. 16, 1997, pp. 1 – 5.

② Jamaica Kincaid, *The Autobiography of My Mother*, New York: Farrar, Straus and Giroux, 2013, p. 216.

③ 牙买加·琴凯德：《我母亲的自传》，路文彬译，南海出版公司 2006 年版，第 13 页。

介,小说中的人物是否拥有话语权对应着该角色是被剥夺权力的他者还是有主体意识的自我。

《我母亲的自传》的叙述者雪拉曾在文中以各种方式宣告自己掌握知识和话语权:1. 小说全文皆为独白,几乎没有人物对话;2. 叙述者天生会官方语言,并以官方语言对抗权威;3. 叙述者深谙官方命名的规则,并试图破译符号背后的文化和政治意义。为塑造这样一个能力超群的叙述者,金凯德授权给雪拉毋庸置疑的话语权威。雪拉拒绝成为被征服者,而她带有无限循环特征的叙述表明她陷入历史书写虚无的加勒比母系传统。金凯德与兰明等作家希望通过书写个人记忆,复原族群被擦除的历史。作家将叙述者塑造成了一个毋庸置疑的权威,她的话语也具有了先天合法性。

二、用写作重建人类精神花园

花园是金凯德"命名即拥有"的命名观形成的地方,在她看来,这里可以实现自我精神的自治,从而为集体精神的共治提供可能。花园对于殖民主义者、征服者而言是拥有土地、作物、劳动者和财富;对于金凯德而言意味着拥有个人记忆、集体历史、向上的生命和自由的思想。金凯德的作品话题如花园一样复杂多样,她书写家庭、政治、园艺,把这些都看作她自我身份认同的一部分。哈罗德·布鲁姆曾这样评价金凯德的作品:"如今对园艺的沉思是她作品的新进展,她的崇拜者们,不论是普通读者还是批评家,可能都将会十分期待。"金凯德的创作体现园艺家的深挖精神,她将这种精神转换成文字对记忆进行镌刻。

金凯德记忆中的花园的原型是伊甸园(Garden of Eden),她认为伊甸园是上帝创造的最后一件作品是因为它象征着人类对审美价值和现实意义有所期待。伊甸园中的知识之树和生命之树分别为人类提供精神和物质食粮。但是反过来它需要人的培育和呵护,更需要设计和规划,否则就会变成杂草丛生的原始森林,回到最初的混乱无序:"看过去的现在,看现在的过去,但凡能看到的,尤其是当下,人总是在灾难、浩劫、喜悦和幸福的世界中，但是历史中并没有后两样东西，无论是过去还是现在，它们都只属于个人的记忆。”[①]思考园艺以后，金凯德感受到了主体的重要性，她将管理花园同写作做了一番对比，认为管理花园中的植物就像组织作品中的文字，这之中体现一种话语秩序。

在金凯德看来，花园是一个美与丑共生的权力场，这也是她在哈佛大学开了一门名为“花园的悖论：天堂里的善与恶”的课程的原因。金凯德非常感谢《纽约客》主编威廉·肖恩认可并支持她出版第一本书——《在河底》。这本书的出版让她意识到人的精神世界的重要性，她的思想经过编辑成了文学作品，而文学作品又能使她与其他人进行交流。文学可以连接精神世界，金凯德说：“不只是我的，还是许许多多人的。”

童年的记忆对金凯德影响深远，她承认自己在刚刚开始园艺实践时全凭儿时地理课上的知识对花园进行创造。金凯德对加勒比的眷恋无意识地体现在她的园艺实践中。在一次采访中，她介绍了自己在美国佛蒙特州的家的花园：“我在花园里做出了一幅地图，有地峡，有半岛，有小岛，有大陆。[……]这是海地，那是古巴，这么做非常有趣。”[②]金凯德解释说，她打造这个花的王国是为了更好地思考那段与“帝国”有关的历史，反思人类对自然进行改造的历史，感受创作的力量。“当我意识到自己打造的花园与加勒比海和岛屿的地图一样时，我并没有解释给那些好奇的园丁们听，没有告诉他们我为什么这么做，还有我到底在弄什么，我只是惊讶于花园对我来说就像是一场关于记忆的训练、一种回忆我的过去的方式、一种直抵我的过去（加勒比海）和与我相关的那些过去（比如墨西哥和周边被征服的历史）的方式。”[③]金凯德的园艺散文集《我的花园（录）：》书名的内涵非常丰富，笔者认为书名可以看作她对自我身份建构和加勒比

① Jamaica Kincaid, *See Now Then*, New York: Farrar, Straus and Giroux, 2013, p. 65.

② Kathleen M. Balutansky, “On Gardening: An Interview with Jamaica Kincaid”, *Callaloo*, Vol. 25, No. 3, 2002, pp. 790 – 800.

③ Jamaica Kincaid, *My Garden (Book)*:, New York: Farrar, Straus and Giroux, 2001, pp. 7 – 8.

身份认同的沉思录。“花园”在此被赋予物质和精神双重载体的内涵。金凯德更是巧妙地将冒号(colon)与“殖民地”(colony)相联系,表明她不只关心自己的园艺生活或某个抽象的花园概念,她更关心如何在写作中书写加勒比族群经受殖民主义侵略的历史,冒号则预示着在冒号之后作家可能的言说方式,特别是与历史对话的态度。当然,这之中还凝结着金凯德对自己与生活在地球上的其他生命体关系的一种思考,蕴含着她的生态观。笔者认为:结合金凯德其他作品所展现出来的对自然环境、世界经济环境、加勒比人民生存环境的诸多思考,冒号还象征未来的无限可能性和作家打算将写作进行到底的态度。

在小说《望今昔》中,斯威特太太的女儿普西芬尼是金凯德以古希腊神话中同名女神为原型塑造的一个形象。普西芬尼曾被冥王绑架,每年有四个月被囚禁在阴间。但是她能利用自己的情绪改变自然,让世界充满生机。这一点被作家在小说中进行了类似的设计,普西芬尼在话语权上受到了父亲的管制,但是她一旦行动就会带来积极效果,这对金凯德通过书写实现族裔身份建构的理想有着重要的象征意义。普西芬尼曾在一次晚饭时在自己的沙拉盘中塑造了一个小岛,“坍塌的舒芙蕾既像是伊丽莎白时代残暴的海盗控制下的海滩,又像是荷兰哈勒姆人为了躲避冬天的寒冷晒太阳的地方”①。金凯德从不放弃每一个可以呼唤历史的细节,这里的“哈勒姆”正是对新黑人运动——哈勒姆文艺复兴的影射,从而呼唤加勒比社群和非裔社群在音乐、体育、文学的创造中将他们的情感联系向前推进。

金凯德一直在思考个体的快乐和集体的幸福如何统一的问题。她在花园中似乎找到了答案:“我怎么就越界了呢?谁为此付出代价呢?我不能想下去,因为万一我认识那个人怎么办?我已经加入了征服者的行列,还有谁能负担得起这个花园——花园里我种的那些东西从商店里直接买

---

① Jamaica Kincaid, *See Now Then*, New York: Farrar, Straus and Giroux, 2013, p. 142.

更便宜些。”[①]她表达得很清楚，园艺和世界贸易的关系告诉我们人是要为快乐付出代价的。资产阶级用花园满足他们对美和享受的需要，同时建立更大的权力关系网络。这种权威体现在权力的拥有者把自己的快感建立在被权力统治之人的痛苦之上。金凯德已经亲身经历过，并且在历史书籍中感受过权威的力量，因此她不希望自己的文字从属于某一个话语权威体系，而希望自己的“命名”具有合法性，以保有完整的姿态去书写集体的历史。金凯德认为花园的可贵之处在于，你播下种子，它在你的培育之下发芽、成形、开花、结果，在这个过程中一个人可以体验到时间的推移和生命的轮转。正如《我母亲的自传》中叙述者雪拉所说：“过去是一个定点，未来是开放式的结局。对我来说未来必然能够将光投射到过去，那么属于我伟大胜利的种子就可以播种在我的失败之中，好让我的失败孕育出伟大的复仇。”[②]这是金凯德希望创造的物理空间，也是她努力创造的文字空间。在她的作品中，那些来自加勒比的普通人依靠文字的养分生长在读者心中，就犹如植物在花园的沃土中寂静无声地成长和绽放。

① Jamaica Kincaid, *My Garden* (*Book*):, New York: Farrar, Straus and Giroux, 2001, p. 123.

② Jamaica Kincaid, *The Autobiography of My Mother*, New York: Farrar, Straus and Giroux, 2013, p. 215.

小　　结

金凯德的文学理想体现在她关注社会现状，并且乐于用写作的方式为之改变而努力。她不仅用文字揭露后现代社会的弊病，而且毅然决然地肩负起寻求真、善、美的道德责任。她呼吁每个人、每个家庭、每个族群，甚至是人类把爱付诸行动，希望自我认同和与他人和谐相处共同发展，这本就是人类命运共同体的根本宗旨。她希望后现代社会的人们放下虚伪和虚荣，勇敢面对因爱生恨的情感并采取合理的措施，克服恐惧、放弃焦虑、拉近距离，在广博的爱之中拥抱生命。金凯德深刻地认识到族群是由许许多多共享记忆中的“自我”构成的，于是选择了用书写的方式保存这些记忆和想象，用爱在文字的“花园”中耕耘，呵护加勒比族群的文化身份，从而使一代代后来人能够在她的作品中看到民族历史的潮起潮落，并树立文化自信心。

结　论

金凯德写作生涯中逐渐成形的"命名即拥有"的创作思想有着深厚的文化渊源、丰富的哲学思想和复杂的文化构成。理解金凯德的命名观是深入挖掘其作品富有人性关怀的创作主旨、情感语言的美学技艺和多元文化价值的关键。笔者通过前几章的论述发现,在这一创作思想的观照下,金凯德在作品中流露出强烈的自我意识和权力意识,同时将身份认同置于动态的社会关系中,在两者的张力和合力中不断进行探索和建构。

畅游过西方哲学传统的历史长河,命名和身份建构的关系我们已经比较清楚:语言(word)将名字(name)和事物(thing)联系在一起,而语言的力量来自于社会关系。命名既表现身份意识又充当身份建构的策略。身份的自然属性在首次命名时得以被表现,身份的流动性和复杂性更是通过不断的命名实践得以表现。在后现代语境下,身份的社会属性和社会因素在身份认同中赋予了命名至关重要的意义。命名既作为权力的话语赋予身份所有权合法性,又作为语言的策略赋予身份文化意义。两者相互依存,又相互影响。

金凯德以傲人的语言天资和深厚的哲学功力吸收了古希腊文明,特别是希伯来文明中语言观和话语权的力量,将用生命书写的创作形式融入自己的写作中,也将言说的方式与加勒比母系的口述传统融合在小说的叙事中。与此同时,"两希"文明给她提供了诸多富有力量的人物原型,中和了金凯德作品中激烈的情感语言带来的愤怒感,将她的创作理想引领到了为人类命运而创作这个更广阔博爱的天地。在这样朴素的情感基础之上,金凯德广泛吸收并融会贯通了西方哲学体系中关于命名和身份认同的思想,既继承了从古希腊先贤到启蒙时期哲学家的理性思想和审视自我的个人身份认同方式，又吸收了通过他者和社会关系确认自我的身份认同方式。而不论是哪一种身份认同方式，显而易见，记忆和想象在其中发挥了重要的作用，它和现实中的社会关系、历史上的因果联系一同作用于人的命名行为。

金凯德作品的命名与西方哲学传统及当代语境中人们进行的命名行为一样，以建构现实的秩序为目的。她的创作生涯开始于美国各种权力运动相继而起的文化碰撞激荡期，那时也是她从青春懵懂走向拥有健全人格的关键时期。作为异乡人的她通过自我命名开启新身份，黑色的皮肤和穷困的生活让她曾经觉得等不到"幸福来敲门"的那一刻。金凯德躺在昏暗的小屋地板上沉思自己的世界观、人生观、价值观该何去何从。此时她身边的美国人却向往她的家乡安提瓜，当她回去看到家乡一副虚假繁荣的景象时不禁要问：独立后的民族信心该如何重建？独立后的个体自由要如何实现？自我的价值除了财富和地位，还能通过何种方式呈现？

历史和现实带给她的双重冲击激发了她的写作斗志。自我的无根之感、人际关系疏远、社会道德崩塌、娱乐至上等现实问题被金凯德用一个个摹状的名字讽刺和叩问。她用"一个人两只脚各踩一方土地"的生存现状描述精辟地总结了她的作品所观照的自我认同和集体认同的场域。"在河底"模糊、流动的自我如何才算完整？"弹丸之地"的人们如何才能学会相爱而不是相互憎恨？"新英格兰村庄"的家庭怎么样才能摆脱外界的诱惑回归本真的美好？金凯德在三个地方进行了写作的实验，为这些后现代社会个体和集体身份症候对症下药。她对自我的认同建立在西方以自我生命为主体的认识之上：人首先要建立自我身份的秩序，能够回答我是谁，我从哪里来，我要如何存在，然后在认识自我身份的基础之上，与相关的社会关系进行积极的认同建构。在多部作品中，金凯德都塑造了一个理想的"厨房下小屋子里的作家"形象，这是她与许多曾经遭受情感绑架和性别压抑的女性知识分子的共同目标。金凯德对女性身份认同的态度不只停留在对父权制的抵抗和颠覆上，她的愿望是拥有男女平等的社会身份，因为权力的天平倒向任何一方，社会关系都无法达到和谐。她将解决权力关系矛盾的空间书写在家中，她作品中的命名行为呈现了现实中的血亲之间的传承、夫妻之间的竞争和阶级之间的斗争等交织的社会关系网络。由此她将解决现实身份认同问题的范围从个体上升到集体的层次。

命名体现了无数的个体历史中公共的、大写的历史的在场，是加勒比文学和非裔美国文学的一个重要主题。命名的实践，首先是一种自我的宣告，这其中有对历史的挖掘、对记忆的擦除、对创伤的铲除、对殖民主义遗留下来的名字的利用，还有通过重命名宣告的重新征服和占领。金凯德的命名问题发端于她的个人命运，给自己改名为“杰梅卡·金凯德”一方面是为了将在加勒比的成长铭刻在自己的身份中，另一方面是为了创造一个新的身份——作家的身份。她以同样的方式在作品中对殖民主义话语遗留下来的名字进行再创造，从而重塑加勒比精神世界。《我母亲的自传》中，雪拉承载着跟生下她就死去的母亲相同的名字，面对殖民主义话语压抑下加勒比族群话语的无声，“雪拉”这个名字的不断重复象征着在灭绝中求得生存的方式。金凯德的命名观更具后现代语境的命名特征，她将加勒比地区的黑魔法——欧比亚（Obeah）巫术融入其中，使名字成为巫术咒语的一部分。

金凯德命名观发展的第一阶段关注加勒比族群的生存状态问题。她的第一部短篇文集《在河底》中，一个无名的女性叙述者的叙述贯穿始终，直到文集的最后她的名字读者也不得而知。金凯德通过拼贴的手法使女孩的记忆书写形成透过万花筒看叙述者的记忆的效果，以表达女孩自我探索中的困惑和身份的流动性。而后金凯德通过无名指涉一类人，如《弹丸之地》之中的“观光客”指涉到安提瓜旅游的人特别是欧美白人，而无名的叙述者则指涉以作家本人为代表的出生于殖民时期的安提瓜的知识分子。

金凯德命名观发展的第二阶段聚焦于个体成长问题和身份认同问题，表现为其创作于二十世纪八、九十年代的与主人公同名的小说。她第一部严格意义上的小说《安妮·约翰》出版后便引起美国评论界的广泛关注，小说主人公安妮被母亲以自己的名字命名，她的成长沿袭了母系家族的加勒比民俗，而且是在母亲的严格训练和英式传统教育下度过了青春期。与《安妮·约翰》相同的是,在《露西》这部小说中,女主人公也是由母亲命名,也是在小说将近结尾处才宣告自己的名字。不同的是露西不仅叙述了与母亲情感上的决裂,更通过改写自己的名字来对抗他人的控制以宣告人格的独立。金凯德表示,名字对于她的小说人物而言至关重要,她不仅讲究姓与名的搭配,而且注重通过姓名表达一种所有权关系,通过命名探讨母女权力关系对抗在小说《我母亲的自传》中做到了极致。

金凯德命名观发展的第三阶段融入了对社会问题和历史问题更深刻的审视和思考。《望今昔》之中,主人公小儿子赫拉克勒斯的名字填满了过去的时间和当下的空间,斯威特太太在头脑中不断呼唤,时空的裂缝成了婴儿眉宇间的皮肤肌理。金凯德作品朴素的语言和诗意的节奏让人沉迷,其时而爆发的愤怒又让人振奋。最重要的是,她的文字给人一种无处可逃的羞耻感,还有随之而来的坦然。因为她写作的根本目标就是求真:那些历史上被遮掩、被擦除的,她希望通过自己的文字复原;那些人们在现实中难以启齿的软弱和焦虑,她希望在作品中呈现。当然最为可贵的是,金凯德认识到人心理的伤痛和病症终需要爱来拯救。她号召人们放下虚伪,接受爱恨交织的社会关系,并且提倡人们为爱采取行动。金凯德的作品总能让人联想和审视现实中的自己,发现自己的变化,体会到母亲如雪拉、斯威特太太、玛丽亚等人的美德,珍视如格温、红发女孩一样伴随自己成长的同龄人。读者和作者的无意识在金凯德的文字中相互回响,这是她文学创作的艺术成就。

金凯德曾说,每个人都有属于自己的伊甸园。她指的是每个人都拥有独立的、静谧的精神世界。走过创作生涯的四十个年头,她最大的艺术特色是将园艺的实践和记忆的书写合二为一。她采集花种的脚步踏遍各种"花园",包括英格兰乡村、雅鲁藏布江山谷、加利福尼亚的沙漠还有加勒比海岛。每当回到佛蒙特的家,花园便成了金凯德在脑海中书写的地方。离开了集体,在那里她重新认识自己,并继续书写她的生命。她的作品就像是一个花园,族群的历史伴随着四季轮转一次又一次焕发新生,而阅读她的作品就像是走进她的花园,一代代新人可以感受到族群文化在时间的酝酿后的香醇,他们知道我是谁、我从哪里来,更会从金凯德的文字中找到开放、包容的姿态，去面对世界，拥抱自己的人生。

加勒比海岛汹涌的波涛让金凯德成为一个不安于平静的作家。她用自己的创作为舟，在多元文化激荡的世界中乘风破浪。她曾经是一个来自安提瓜普通家庭的被迫离乡的十七岁少女，经过一番奋斗成为美国社会的中产阶级知识分子。对金凯德的命名观和与之相关联的一系列问题进行探讨之后可知，虽然金凯德曾经不承认加勒比文学有传统之说，但是正如她所言，记忆是她的写作素材，而先辈被殖民的历史是她永远忘不掉的记忆。她的作品名就预示了其创作将采用自传性和回忆录式的叙述方法。为了摆脱帝国的话语霸权，她采取逆写的叙述策略，文本中几乎不见对话，全是独白。这种强烈的自我表达和自我保有的欲望在作家的创作中形成了命名和所有权的关系。她用帝国的语言和上帝的姿态编排语言的游戏，从英语文学和多元文化中汲取营养，熔铸了一个全新的文化身份。

综上所述，我们可以将金凯德作品中命名观观照下的身份意识概述为以下几个层次：其一，从自我身份认同出发，强调“我”作为主体的完整性和独立性，并认为完整的自我需要由某种社会关系予以确认；其二，强调自我的能动性，突出主体在社会关系的搭建中平等、和谐的发展；其三，承认个体身份和集体身份的流动性和复杂性，重视以开放、包容的博爱精神对两者进行建构；其四，强调族群的身份建构是一个持续想象和书写的过程，个体记忆在族群身份认同中意义重大。

当然，金凯德作品的丰富文化内涵和价值不是一本专著可以完整呈现的，笔者对金凯德作品研究有以下几个方面的展望：一是本书选择的研究文本虽然覆盖了金凯德的创作生涯，但仍有一些短篇作品未能纳入进来；二是笔者的论证和分析过程受到作家创作偏好的一定影响，作品中男性人物的价值有待进一步考察；三是在论述过程中与国外学者研究成果对话的深入程度有待提高；四是金凯德作品还呈现出强烈的生态意识、伦理意识、性别意识，未来笔者希望能够借助人文地理学、人类学、民俗学等跨学科的方法进行深入挖掘和探讨。

金凯德以其独特的世界观、人生观、价值观进行文学创作，其作品参与构建了当代加勒比族群共同的文化记忆,更修复了他们对历史的想象图景。她的作品讲述了一代代加勒比人沿着先辈的脚步追寻自我的故事,书写了一代代移民自我创造的奇迹。曾经加勒比族群的历史犹如茫茫海面的小岛,时有时无、支离破碎,如今在金凯德笔下,它成了一幅幅清晰明朗的图景被编入书册。或许不只是海岛上的居民,那些在后现代社会中寻找自我和归属的人们,也许都能在这些有名或无名的人物身上,看到自己的影子,想到自己的家乡。

附　　录

附录一　写作，生命未完成的交响——非裔美国女作家杰梅卡·金凯德访谈录

内容提要：杰梅卡·金凯德是当代美国重要的非裔作家之一。围绕金凯德不同时期的作品，笔者在访谈中就创作主题、写作素材、叙述方式等议题与作家展开了对话。访谈录回顾了金凯德从1983年发表首部短篇小说集《在河底》到2013年出版最新小说《望今昔》期间创作的多部作品，相信对国内学者深入分析金凯德的文学创作特点，更加关注加勒比文学以及拓展非裔美国文学研究有一定的参考价值。

访谈者按语：杰梅卡·金凯德，原名爱莲·波特·理查森(Elaine Potter Richardson)，出生于殖民地时期的安提瓜，十七岁被母亲送到美国做互裨，在《纽约客》撰稿20年，现为哈佛大学英文系、非洲及非裔美国人研究所常驻教授，是当代美国重要的作家之一。著有五部长篇小说《安妮·约翰》(*Annie John*, 1985)、《露西》(*Lucy*, 1990)、《我母亲的自传》(*The Autobiography of My Mother*, 1996)、《波特先生》(*Mr. Potter*, 2003)、《望今昔》(*See Now Then*, 2013)，一部短篇小说集《在河底》(*At the Bottom of the River*, 1983)，两部回忆录《弹丸之地》(*A Small Place*, 1988)、《我的弟弟》

(*My Brother*, 1997),以及若干短篇小说和散文,曾当选美国文学艺术学院成员,获丹·大卫文学奖、古根海姆奖、费米娜外国小说奖等。笔者在哈佛大学访学期间应邀参与她的课程“花园的悖论:天堂中的善与恶”并对她进行了访谈。本文涉及金凯德作品的内容均为笔者所译。

薛倩(以下简称“薛”):20多年前就有学者将《我母亲的自传》介绍给中国读者,迄今为止这是最受关注、研究者探讨最深入的一部作品。在美国,您的短篇小说《女孩》(“Girl”, 1978)和长篇小说《安妮·约翰》成为高中和大学阶段学生的必读文本;在中国,《弹丸之地》《露西》《我的弟弟》也成为外国文学专业课研讨的对象。我因读书与您相识,亦想从读书与您谈起。您在过往的访谈中多次提到中学时代诵读弥尔顿、华兹华斯、莎士比亚的作品,移民美国以后您又读了哪些书?

杰梅卡·金凯德(以下简称“金凯德”):与在安提瓜时读的书不同,那时候我的想法比较激进,小说读得不多,倒是对法国大革命、政治史、政治哲学、历史书特别感兴趣,读了弗朗茨·法侬(Frantz Fanon)、胡志明(Ho Chi Minh)的传记等等。那本绿色封皮的《政治理论史》(*A History of Political Theory*, 1937)如今还在我的书架上。看到我在上面的题名了吗?落款时间是1968年,那时我还没改名,我的写作生涯还没开始。

薛:您曾说一个人对事物的认识从命名开始。改名换姓是否意味着您对自己有了新的认识?

金凯德:我只是按照老一套的做法给自己起了个笔名。改名是为了不让父母知道我在写作,从而开始我的写作生涯。当时我的脑子里还没有成形的命名和所有权关系的理论。只觉得爱莲·波特·理查森不该是一个作家或教授的名字。虽然我凭直觉给自己改了名,但这也无形之中印证了我后来的理论。

薛:您给小说人物取的名字都充满隐喻,而且总在小说接近尾声时才告诉读者主人公是谁,比如《安妮·约翰》《露西》,甚至像《在河底》的女性叙述者,她们姓甚名谁我们根本不得而知,她只是说“那时我宣称这些东西都是——我的——现在我觉得自己渐渐变得全面而完整,我的口中填满我的名字”。我很好奇您在写作时是先有人物形象还是名字?

金凯德:人物的名字对小说来讲尤为重要。“露西”这个名字不仅与撒旦有关联,还跟夏洛特·勃朗特(Charlotte Brontë)的小说《维莱特》(*Villette*, 1853)有关;雪拉(Xuela)来自加勒比印第安语,涉及些历史的原因;斯威特夫妇的命名主要是为了突出讽刺的效果。在他们的名字敲定之前,我几乎无法下笔。写《安妮·约翰》的时候,虽然这个名字一直没有落到纸面上,但是它自始至终装在我脑子里。直到小说最后,我没法想象除了叫她安妮还能叫什么。她是我生活中的安妮,我的母亲和女儿都叫这个名字。姓名的选词搭配讲究一个平衡,安妮·杰克逊听起来就不对。

薛:改名虽然让您与过去拉开了距离,却不能完全切断联系。“Jamaica”这个名字让我首先想到牙买加,可以把它看作是您与加勒比海之间紧密联系的纽带吗?

金凯德:“Jamaica”是对加勒比地区印第安语“Xaymaica”的音译写法,那里只有两个地方保留了原本的名字,一个是牙买加,另一个是古巴。其他的地名都来自西班牙语,比如特立尼达和多巴哥,再比如安提瓜。那些东西一旦拥有就绝不会失去,我也不愿意将它们抛之脑后。身在美国,去安提瓜是回家。身在安提瓜,回家是去佛蒙特。我的脚踏在两个世界里,大多数移民的人可能都有这种感觉。我对美国公民身份的认同是基于非裔这个身份和相关经历的。我竭尽所能了解这个群体的一切,并且与这个群体建立联系,在课程中讨论托马斯·杰斐逊(Thomas Jefferson),从非裔的视角以我的经历进行解读,探讨与自由有关以及相对的观点。我们没有那种叙述,西印度群岛没有那种叙述自由的语言,只有身在美国的非裔才能探讨自由。美国人执迷自由的概念,这种执迷来源于奴隶历史,我在西印度群岛的那段经历是这段历史的一部分。说到西印度群岛,我首先想到的是那儿的风景,四下里都是水。水即混沌,有时候我觉得很可怕。虽然现在我住在内陆,在佛蒙特看不到海,但是加勒比海在我的脑海中挥之不去。

薛:您的文化背景真是复杂,恐怕不止脚踏两个世界。

金凯德:还有非洲、欧洲,我还信奉犹太教。可以用国际身份来形容。

薛:您愿意谈谈跟非洲的渊源吗?

金凯德:我体内虽有非洲血统,但那与回家无关。小时候我以为世上只有黑人,当我发现事实并非如此的时候,问题也出现了。刚到纽约,我不明白为什么自己找工作屡试屡败,直到后来有人告诉我因为我是黑人。我在一个黑人社会长大,所以对很多发生的事情习以为常。我是当时加盟《纽约客》的唯一黑人作家,有些人对此很懊恼,特别是有些白人女性。她们大都家世显赫,受教于拉德克利夫学院(Radcliffe College)和瓦萨学院(Vassar College)——叫她们怎么面对一个没有大学文凭的人是签约作家,而她们是秘书这个现实?这些人迎合传统,只做对的事;我却相反,写的东西颇具实验性。我为自己而写,所以我不期待有人看我的东西,当然有的话我也很高兴。

薛:我在阅读您作品的过程中发现,您十分专注自我,坚信写作是追求真理的一种方式。

金凯德:是的,我创作的时候从不去想会有读者,更不用说去取悦读者。如果说我为谁写过东西,那个人就是《纽约客》的主编威廉·肖恩(William Shawn),他是我唯一思念的人。我希望他通过《弹丸之地》认识我,一个来自安提瓜的年轻女孩。书中的内容都是一封封给肖恩先生的信,我想告诉他的自然不是有些人评论的愤怒。《我的弟弟》写于他去世之后,那时我才意识到他是这样重要的一位读者。这部作品提到了我十四岁那年,母亲一把火烧掉了我所有的书,只因为她觉得读书妨碍我长成一个女孩子应有的样子。读者不在了,书没有了,我总把这两件事联想到一起,进而萌生了一个想法:我该成为一个作家,把被烧毁的书自己写出来。带着一种叛逆的精神,我写下了《女孩》,尽管我的叙述方式读者可能接受不了,但这种精神还在延续着。

薛:您对文字和标点符号的重复和循环编排使《女孩》字里行间流露出副歌般的节奏感,文本中的单词、逗号、分号、句号好比乐谱中的音符、小节、段落和终止符,这种音乐性也让我在阅读过程中感到非常愉悦。《女孩》是一位母亲对女儿的教导,通篇充斥着反问和命令式的话语,而这些话语全部都是用分号间隔开的。这让我不禁想起了爱德华·布莱什维特(Edward Brathwaite)那首批判殖民主义以英语为手段实施统治的诗歌《为王》(*Negus*, 1969),他将分号(semicolon)和半殖民地(semi-colony)联系在一起,诗句中带有很强的政治意味。我在《女孩》中也感受到了这样一种强烈的诉说和对抗的欲望,一个女性的声音支配着文字的走向,行文间很少出现对话。这个孤独的声音是为了表现权威吗?

金凯德:标点符号是我感官表达的一部分,它们具有文字无法表达的特性,分号、句号都寓意深刻。《女孩》代表了我创作初期的一种状态,那时候我十分着迷于书写母亲,然后在母亲的话语中无意识地融入了加勒比海地区的一种黑魔法——它质疑你,警告你:不要这样做,不要那样做,要知道这样,要知道那样。尽管我喜欢读奥斯汀和勃朗特作品里人物的对话,但类似的对话出现在我的小说里就显得很愚蠢。写作课上我从不反对学生在创作中使用对话,只是对话于我而言无疑是在浪费时间,而且会给隐藏真相提供机会。你虽然会在对话中得到消遣,但是也会在消遣中忽略真相,这是我在写作中所极力反对的。谈到那个专横的声音,不得不提钦定版《圣经》(*King James Version of the Bible*, 1611)——上帝只有一个声音。我是在基督教的环境下长大的,《圣经》是我童年唯一的读物。我不仅喜欢而且吸收了这种专制的叙述方式,我的写作也深受它的影响,在无意识中形成了类似的叙述。我试图在《女孩》中写出一种支配感,用"专制"来形容这种母女关系更贴切。有人认为我受到格特鲁德·斯泰因(Gertrude Stein)的影响。她的作品很棒,不过我的作品并非斯泰因式的,而是《圣经》式的。

我的作品还带有神话的特征,总有一个神话般存在的叙述者,一个独裁者。希腊神话、《圣经》神话都与世界的塑造有关,它们都是关于过去的故事。我们尚未清楚是什么在塑造世界,因而很难说清楚神话到底是什么。但我确定的是,我的作品受到了神话的影响。《在河底》里的那些短篇就有神话的色彩,比如这个片段:

> 我盼着母亲死掉,看着她痛苦,突然我懊悔不已,号啕大哭,泪水浸透了我脚踩的土地。站在我母亲面前,我祈求她的

原谅,我由衷的祈求博得了她的怜悯,她吻了我的脸,将我的头依靠在她的胸前。她搂着我,越来越用力将我的头靠近她的胸口,直至令我窒息。我就这么埋在她怀里,喘不上气来,不知道过了多久,直到有一天,天知道她为什么这么做,她把我抖了出来,让我站在一棵树下,使我恢复了呼吸。我瞄了她一眼,然后对自己说,"就这样"。这时候我长出了自己的乳房,一开始小小的,中间留下了一块柔软的小空间,必要的时候那里可以安放我自己的脑袋。现在我母亲和我之间净是我的泪,于是我捡来一些石头,堆砌成一个小池塘。池塘里的水又稠又黑还有毒,只有叫不出名的无脊椎动物能在里面存活。我的母亲和我现在目不转睛地盯着对方,时刻确保能用言行表达对彼此的爱和喜欢。

这里对《圣经》和神话多有涉及,读完这个短篇小说集你会发现,它是一个由文字构成的循环——聚合,分散,又重聚。这也赋予了母亲一种政治意味,文中的母亲实际隐喻殖民地宗主国,是具象化的殖民统治者形象,是大不列颠。

薛:这些短篇犹如散落在河水中的马赛克,图案在流动性和碎片化的阻碍下变得模糊不清,却也在流动和变换中拼贴成形。我仿佛看到了一个女孩寻找自我的过程:在《女孩》、《夜间》("In The Night")、《最后》("At Last")、《无翼》("Wingless")拼贴成的上游,与失落感极力抗争,在梦中回溯一去不复返的时光,试图回到母亲腹中;在《假期》("Holidays")、《家书》("The Letter from Home")、《近况》("What I Have Been Doing Lately")构成的中游陷入漩涡的无限循环,越是抗拒越回不到过去;当她接受了自己的过去,平静下来,才在《黑色》("Blackness")、《我的母亲》("My Mother")、《在河底》构成的下游看清自己。这些最初连载在《纽约客》的故事在收录进《在河底》时,顺序是否被重新编排过?

金凯德:顺序是相同的,我很高兴你可以看到那个"我"处于自我发展的过程中。《在河底》是一个关于"我"的故事,"我的母亲"和"我"其实是一个声音。真正的自由即有能力实现找寻自我的渴望，于我则是能回答“我是谁”，这是一个奴隶不能思考的问题。当作家沉迷于个体而非群体，在文学中这是个大事儿。如果说我有某种写作风格的话，那么这种风格源于《在河底》这些故事，它们就好比给油画着色前的素描，《女孩》是第一幅草稿。有一年圣诞节，《纽约客》的另一个签约作家送了我一本伊丽莎白·毕肖普（Elizabeth Bishop）的《地理3》（*Geography III*, 1977）。某个星期天下午，我翻开了那本书。读完第一首诗《在会客室》（“In the Waiting Room”），我便把书合上，然后写下了《女孩》。那时就好像有人为你打开了一扇门，然后说“进来！”

薛：母亲是您创作的缪斯，跟记忆和时间一同成为您试图通过作品探讨的话题。在书写这些宏大的话题时，您的语言不仅铿锵有力，而且充满诗意，一如《在河底》中的短句，再如《望今昔》里“and”连接的长句：

> 哦，妈妈，哦，妈妈，你在哪儿？幼小的赫拉克勒斯和漂亮的普西芬尼此起彼伏地叫喊着，因为他们总在不同的时间找不到妈妈，幼小的赫拉克勒斯特别想念她，尤其当他还只是个需要哺乳的婴儿，她竟然都不在他身边。他会仰望她的面庞，然后对视她的双眸，她低头看着他，趴在母亲怀里吃奶的他看上去却像是一张照片，他用乳牙咬住她的乳房，乳汁太少，只能吃到肉。这正合她心意，她的乳房就像是一个轮胎，但他不知道轮胎是什么，当他咬住她的时候，她对他的存在愈发恼火，他怎么就出现在她的生命里，她甚至忘记了这是她心爱的独子，那时她只当他是一只咬着她乳房的小动物，象征人类退化的一条蛇又或是其他某种无脊椎动物，他是多么希望母亲一边喂奶一边看着他。哦，妈妈，哦，妈妈，你在哪里？

刚接触您作品的时候，大量连词的运用着实让我感到困惑，但阅读之中我又感受到一种韵律的美带来的乐趣。您能具体谈谈这种写作风格是如何形成的吗？

金凯德:我觉得这么写很美,亦是一种享受。我创作的时候,仿佛能听到有人在我脑海中将它们朗读出来,或许《望今昔》给读者带来的最大的欣慰就是字词之声富于美。但听你谈到这么用词会让你感到困惑的时候,或许我该反思一下。说出来你可能不信,十九岁之前我没有读过二十世纪的文学作品。在安提瓜那样的教育环境下长大,我以为约瑟夫·吉卜林(Joseph Kipling)以后就没有文学家了。但当我发现人们依旧在进行文学创作,我就爱上了它。一些美国作家写的东西总有开头、中间、结尾这样看得出的情节,狄更斯就不会这么写。我们总是对故事有一种渴望,或许你觉得《圣经》里都是故事,但在我看来那些都是陈述。书写情节我不在行,情节是什么,是预设好的,而生命没有预设。

如果你去读哥伦布的航海日志就会发现,他漂泊在由内而外一片混沌的海上,在一个非凡的世界里开启了面对未知的旅程。他记录下了初见陆地的感受:我看到远处的光,与《圣经·创世记》里划分昼夜的光极为相似。他接着描述了遇见的人、看到的岛。面对眼前这些毫无概念的人和物,他的描述显然皆基于已知的经验。他的描述自然而然成了我们对新世界的全部认知,在他发现之前,那些东西什么样我们不得而知。但他的日志并非故事,它只是在那儿,读者让它成为故事。我觉得最耐人寻味的是,哥伦布笔下的那个"新世界"实则深受"旧世界"影响。一直以来摆在我们面前的就是混沌,人们收集素材,并试图理解、编排、表达。连词便是将混乱的事物相连,让它们成为一个整体的最为合适的工具。《圣经》中存在大量任意使用的连词,通过反复阅读,我对连词有了更深入的了解,它可以很好地展现时间的连续性。所以如果以后有人指责你的句子用连词开头,就让他去看钦定版《圣经》。

薛:听完您这番解读,我不禁联想到了《创世记》的开头,"and"出现在每一个需要喘息的地方。与之相似的是,您在作品中非常任意地使用"so"这个词,可以看得出您在遣词造句方面有很独到的方法。

金凯德:没错,要追究其原因,就不得不提到我七岁那年的故事。那年生日我母亲送了我一本《简明英语辞典》,现在看来它应该是缩略版的缩略版,很小的一本。除了《圣经》之外,我就跟着了魔似的,一字不落地读这本辞典。辞典让我发现了单词意义的丰富性，同一个词经过行文中的不同部署，它的不同意义便自行表达了出来。作家赋予文字生命和活力的过程非常有趣。

我信奉写作，虽然用打字机写作让我显得有些过时；我信奉文字，因为这似乎是我忠于真实的自己唯一的方式。文字像是我的一面镜子，它让我可以写，可以读，可以认识你。在小说《露西》的结尾，主人公边写边哭，她写下自己的名字，然后哭着把它擦掉，这足以表达我对文字的专注。写作是我与文字互动的方式，它不仅让我有了自我认识，而且让我区分爱与不爱。可以说文字和写作跟我最初的自我意识紧密相连。文字使事物开始变得完整，图像世界对我来说是没有意义的。

薛：如果图像世界，好比记忆，停留在个体的脑海里，那么它或许没有意义。但当您用文字将它描绘为《在河底》中的河流，《安妮·约翰》中的森林，《我母亲的自传》中的黑洞，《我的弟弟》中的烈火，《露西》中的水仙，《望今昔》中的时间，它便被共享给了读者，也就对人类共同的记忆有了意义。您说“记忆是园丁的调色板，它唤醒过去，塑造现在，决定未来”。您认为记忆与作家又是怎样的关系？

金凯德：写作和记忆密不可分，我所写的东西无不基于记忆。希腊神话中的记忆女神谟涅摩绪涅(Mnemosyne)不像波塞冬只司海洋，她跟很多事物都息息相关。她育有九个女儿，她们是文艺的缪斯，是文明的基础，这是很重要的一点，也是我对记忆这么感兴趣的原因。我的记忆力很好，写东西之前需要的东西我都会回忆起来，然后基于记忆创作。我会打这么一个比方：为一间漆黑的屋子打开一扇门，走进去，关上门，灯亮了，屋里一扇窗子都没有。记忆如一片迷雾，在写作的时候将你湮没，要在其中挑选、分类、编排自然不容易，不论你要塑造什么，都不得不对记忆做修剪。记忆不是一个完整有形的东西，它支离破碎、混沌无序。既然记忆是混沌的，那么在写作中重复就会自然而然地出现。记忆会自我呈现，不是说今天它是张桌子，明天它就成了别的，它还是它。我们想要消除事实，抹去真相的时候，就假装不依赖记忆，把一切都改编、简化。如果我失忆了，恐怕我的创作会就此停止，因为我对记忆太感兴趣了——有意识和无意识的。我觉得文学就是对无意识的一种表达。

你以为无意识永远不会显露出来,事实上每过一段时间它便像飞驰的列车在你的脑海中闪过。这种时刻让我兴奋,我会把闪现的内容写进来,我喜欢拿形式做实验。《望今昔》中,为什么斯威特夫人的儿子叫赫拉克勒斯(Heracles),而不叫赫丘利(Hercules)? 赫丘利是个卡通形象,这里我援引的是神话故事中赫拉克勒斯的历险经历,小说中这个角色一直在历险,这是可以引起共鸣的。他是个运动员一样的角色,写这部分的时候我想到的是棒球运动员肯·格瑞菲(Ken Griffey Jr.)。尽管小肯入选了棒球名人堂,但他光辉的职业生涯因为伤病不断而终究没能登峰造极。他的父亲老肯(Ken Griffey Sr.)是美国棒球历史上的传奇人物,小肯活在父亲的阴影之下,用这对父子的关系来隐喻赫拉克勒斯和斯威特先生就很贴切。如果我不说,或许没人能发现流浪者合唱团(OutKast)的歌词“我很抱歉,杰克逊女士,真的很抱歉,让你女儿哭泣绝非我本意”隐藏在《望今昔》中。写着写着,这句歌词就突然跳出来,我很享受写作中这样的时刻。再比如为什么斯威特一家住在雪莉·杰克逊(Shirley Jackson)的故居,而不是罗伯特·弗罗斯特(Robert Frost)的? 这两个房子虽然相距不远,但是弗罗斯特的儿子在这个房子里去世,斯威特一家并没有发生类似的悲剧。我会考虑很多诸如此类的细节,很有意思。

薛:《在河底》和《望今昔》都是极具实验性的作品,特别是后者中的人物集人性、神性、兽性于一身,以斯威特家两个孩子对大力神和冥界王后的戏仿为代表。孩子们谴责母亲总是“在那个屋子里,坐在唐纳德给她做的那张大书桌前,她正在思考下一句该如何结束……”这个家庭爱恨交织、生死相伴、关系矛盾,阴郁之中带有希望,恐怖之中带有荒诞和讽刺,可谓一部充满魔幻色彩的狂想曲。

金凯德:爱有诸多层次,其中一层是恨。人们试图在亲密关系中克制恨,但它最终却往往以各种死亡的形式呈现。我讨厌爱情故事把恨摆在爱的对立面,而且圈禁起来。爱是行动,它是个有力量的动词。爱得越深,越有可能为爱消除自我。记忆中新婚的我爱那个人那么深,以至于我可以把自己的心交给他;可现实中我如果掏出自己的心,生命不就结束了？所以生的希望、死的毁灭总是与爱紧密相连，难的是要跟死亡保持距离，而不是回避它，你无法否认它就在那儿。死的可能性与爱嵌套在一起，你爱一个人就会有想要杀了那个人的冲动。《望今昔》讲述的是一个有爱的家庭，一系列死亡的意象展现了其家庭关系濒临破裂。你所说的魔幻效果实际是隐喻造成的。《望今昔》中有很多片段影射了横在赫拉克勒斯和斯威特先生之间的恋母情结。斯威特夫人每每哀叹儿子的伤痛，像极了玛利亚和耶稣，这一点很多人看不到。普西芬尼在小说中什么也没做，除了无止境地歌唱父亲谱写的歌。这对父女是寄生关系，更是压迫关系。女儿活在父亲的夹克里，到春天才被释放出来，父亲压迫女儿的自然生长使之不能充分发育，这暗示着斯威特先生是个很暴虐的父亲。

薛：《望今昔》是一部充满哲思的小说，我花了相当长的时间体会书名，甚至去读《存在与时间》（*Sein und Zeit*，1927）。能否请您解读一下书名，并谈谈什么样的哲学思想影响着您的创作呢？

金凯德：《望今昔》比之前的作品更加老练，或者说更加复杂。从某种角度来看，它的调子有些黑暗，在黑暗中我试图理解不可知，就比如回答时间是什么这个问题。我们把时间挂在嘴边，昨天、今天、明天，过去、现在、未来。书名是我刻意设计的文字游戏。三个词看似简单，实则很有迷惑性。“See”既表示“看”，还有“领会”“理解”的意思。眼前的这些事物稍纵即逝，昨天我们还在课堂上，那一刻于我们俩在交谈的现在而言已经是过去，相似的是明天某时某刻也会因为我们身在其中成为某个现在。所以我想弄清楚时间是如何运作的，于我们又意味着什么。我喜欢思考一切对生存意味着什么，我喜欢思考存在的问题。海德格尔是探讨这个问题的大师。虽然我也读了黑格尔、维特根斯坦的许多作品，但是我不会说受到他们的影响；我爱读汉娜·阿伦特（Hannah Arendt），但我不是她那样的作家。

薛：您说自己为存在和时间所困，正因如此，时间成为您小说的主题，它还会继续成为您下一部作品的主题吗？

金凯德：极有可能。如果你对记忆有兴趣，那么你一定对时间感兴趣。海德格尔提出的问题我不认为他自己搞懂了,但思考这些问题对我来说是一种启发自我的方式。海德格尔将过去、现在和未来论述为一个整体,而这个整体就是时间性。这问题就像一个迷宫,每当你读到他的一个解决方案,就会发现一个新的问题。正因如此,我才爱读海德格尔,即使有的问题他解决不了,他却始终尝试解析这对存在而言意味着什么。思考存在,理解人之为人,是我们可以为彼此做的最值得尊敬的事。

因为对时间的发生和应用感兴趣,所以我开始接触地质学。地质学是考量时间的一种方式,它跟时间平行存在。时间一刻不停地向前,而地层形成的一刻,时间被凝固和记录。当我向一位科学家发问:“人们说地球经历了数亿年,意思是数亿个 365 天吗?”那人觉得我疯了。在腕表发明之前,人们靠教堂的钟声感知时间,这意味着时间不被个人所掌握。时间因为腕表而变得平等,人与人在时间上达成的共识跟教堂钟声再不相关。人类尝试与比自己更强的东西做对抗激发了我的兴趣。这是我在写《望今昔》时的一些想法。我想搞清楚我结婚的那刻,我的孩子出生的那刻,我出生的那刻,我母亲出生的那刻,1492 年……我面前的这块石头,我脚下的这片汪洋都是什么?它们听起来像哲学问题,也的确是哲学问题。我感兴趣的不是哲学家们怎么解释,尽管这些人的论述我都读了,我感兴趣的是自己怎么解释。解释生命,不仅是哲学家的义务,我们都该有这种能力。

薛:直到《望今昔》的结尾,斯威特夫人始终没有放弃对宇宙时间的思考,这让我想到伍尔夫的《海浪》(*The Waves*,1931)最后伯纳德的一长段沉思,两部作品在时间方面构思的相似之处便是有一种循环的螺旋式的攀升。主人公与其他人物之间几乎没有任何交流,而沉溺于思考和想象过去、现在的我是怎么样的。

金凯德:我的确一直在思考过去到现在的那个我。人生就像俄罗斯套娃,一个里面还装着另一个。那里面真的有那个小女孩吗?还记得我写的那篇《一条裙子的自传》(“The Autobiography of a Dress”,1992)吗?

薛:那里面有一张您两岁时拍的照片我印象深刻。

金凯德:除了那张照片,我没有其他办法说明她去哪儿了。如果没有照片，你可以说服我，我一直都是现在的这个我，但事实并非如此。还有另一张照片，是我七岁的时候拍的，用的是同一个布景，不同的是我已经长得够高，不用踩着桌子也能够到镜头了。她又是谁？两岁的我与七岁的我有什么关系？这是关于存在的命题。海德格尔的智慧就在于他讨论的是存在本身，而不是存在物。存在是某种本质，是矛盾，也是个了不起的概念。

薛：课堂上您说自己把写作中对存在的沉思也带到了园艺活动中，因而经常在花园里沉思生命之间的默契和规律。在《我最爱的植物》（*My Favorite Plants*，1999）一书的前言中，您谈到一点，"无论一个花园多么好，都无法令人心满意足。不要忘了，我们所熟知的世界就是从一个美丽的花园开始的，一个非常令人满意的花园——伊甸园，但没过多久，它的主人和占有者便希望得到更多"。您如何解读作家和园丁的这种贪婪？

金凯德：他们对未知的事物的好奇和渴望是相似的，写作和园艺这两种实践活动可以满足这种需求。你问我下一部要写什么，这我可说不清，因为我自己也不知道，如若全然明了，那我也没兴趣写下去了。但写作令我着迷，尤其是当它跟园艺出现了交点，这个交点就是时间。种花的时候，我们经常会谈论又到了什么样的时节。可对于一个生长在昼夜等分、四季相同的地方的人来说，时间是365天的昼夜等分，他很难想象时节会有不同。值得注意的是，黑格尔在《历史的地理学基础》（*Geographical Basis of History*，1980）中表达过这么一种观点：地域决定历史，在两极和热带这种极端天气猖狂的地域，人们是无法建立精神世界的……生长在一个什么都均等的地方着实有趣，但也正是这种既无法改变又挥之不去的均等将一种伤感强加于我。

薛：《望今昔》里的一段文字揭示了您对地理、地质的兴趣。斯威特夫人的葬身之地被设定在诸多地形地貌之中："她的头颅并没被搁在黄色的灶台上，而是跟被肢解的身体四散在时间中：她的躯干被埋在特拉华水峡（Delaware Water Gap）的淤泥里，她的双腿嵌在阿哈加尔（Ahaggar）山峦的花岗岩里，她的双手埋在帝国沙丘（Imperial Sand Dunes）的流沙中……”人体与大地竟然可以如此紧密地结合,我想知道您是如何构思的。

金凯德:我经常跟年轻作家提写作中的无意识,这是个很好的例子。你得无所不知,但又要一无所知,这之间有一种张力。我从《第六次大灭绝:一段不自然的历史》(*The Sixth Extinction*: *An Unnatural History*,2014)之中获得一条信息:人致使各物种走向灭亡,或许也包括我们自己。我同意这种观点,进而萌生一种想法,人类就像是一种自然力量,如火,如水,如风,随之而来的是无望。那时候我边写作边研究地质学,了解地球的不同历史时期和地质构造。我想象地球是如何走过了数亿年,我们是如何在时间中走过。我们是某种东西的一部分,但你没法确定那是什么。我一直在思考我们在哪儿,我们是谁。我曾经在德克萨斯州西部、墨西哥北部的奇瓦瓦沙漠(Chihuahuan Desert)见到一种叫作山岛的地貌,它们是山,却相互独立,看起来像沙漠中拔地而起的一座座小岛。

薛:德勒兹(Deleuze)就曾论述过山和岛的微妙关系,表面上看似汪洋相隔的小岛,实际可能是同出一脉的山峦,时间催生了这种关系的相互转换。从昔日哥伦布航海到当下全球化浪潮波涛汹涌,人类早已在探寻世界和自我的过程中成为命运相连的共同体。您将深沉的思考转化为细腻的笔触,书写着时间长河中流动变化的身份。您透过记忆的棱镜获取创作的灵感,用文字拼贴成一段段时而悠扬时而雄壮的乐章,使个体生命在时间和空间的变换中与人类共同命运相互激荡,形成一部未完待续的交响。带着“我是谁”这个问题重读您的作品,相信一定会有新的发现。衷心感谢您接受我的采访!

附录二　杰梅卡·金凯德生平大事记

1949

原名爱莲·波特·理查森，5 月 25 日出生于加勒比海安提瓜和巴布达首都圣约翰的霍尔伯顿医院。

母亲的家庭姓理查森，为多米尼克农民：

外祖母为加勒比印第安人，循道宗信徒；

外祖父从安提瓜移民到多米尼克，系苏格兰男人和非洲女人所生，是一名警察。

母亲安妮·理查森·德鲁出生在多米尼克，十六岁从家中独立移民到安提瓜，系家庭主妇、政治活动家；

父亲罗德里克·波特曾是出租车司机，安提瓜米尔礁俱乐部雇员；

继父大卫·德鲁，是一位木匠。

1952

开始跟从母亲识字、读书，并虚报两岁年龄开始在摩拉维亚兄弟会学校上学。

1958

大弟约瑟夫·德鲁出生。

1959

二弟达尔马·德鲁出生。

1961

三弟德文·德鲁出生。

1966—1972

十七岁生日后不久,只身离开安提瓜前往美国。

在纽约上东区做互裨,做过前台接待员,后在《艺术指导》杂志写作。

在白平原的威斯特彻斯特社区学院学习。

在大瓶摄影公司做文员秘书。

获得高中文凭。

在纽约社会研究学院学习摄影。

在新罕布什尔州的弗兰肯尼亚学院学习。

1973

成为自由作家,为《女士》《乡村之声》杂志写音乐评论,在《天真少女》杂志发表名为《当我十七岁》的一系列采访稿。

改名为杰梅卡・金凯德。

1974

结识了《纽约客》作家乔治・特罗、主编威廉・肖恩。

在《纽约客》“城市之声”栏目发表了一系列未署名文章。

1976

就职于《纽约客》。

1978

短篇小说《女孩》在《纽约客》上发表。

1979

嫁给威廉・肖恩的儿子——作曲家艾伦・肖恩。

1983

短篇小说集《在河底》出版发行。

1984

短篇小说集《在河底》获得“诺顿·达尔文·扎贝尔奖”,提名“笔会/福克纳文学奖”。

1985

搬至佛蒙特州。

小说《安妮·约翰》出版发行,并入围“巴黎丽兹海明威奖”。

女儿安妮出生。

获得“古根海姆小说奖”。

1988

散文《弹丸之地》出版发行(后改编为电影《债与命》)。

1989

儿子哈罗德出生。

《安妮、格温、莉莉、帕姆和涂丽普》(埃里克·菲施尔插图)出版发行。

1990

小说《露西》出版发行。

1991

获得威廉姆斯学院、长岛学院荣誉学位。

1992

在《纽约客》发表一系列关于园艺的文章。

开始在哈佛大学任教。

1994

获得“莱拉·华莱士读者文摘奖”。

1996

小说《我母亲的自传》出版发行,提名“笔会/福克纳文学奖”和“美国国家书评圈家”。

三弟德文·德鲁因为艾滋病去世。

1997

回忆录《我的弟弟》出版发行,并提名“美国国家图书奖”。

小说《我母亲的自传》获得“安尼斯菲尔德·沃尔夫图书奖”。

1998

主编《我最喜爱的植物》。

成为《建筑文摘》的园艺记者。

1999

散文集《我的花园(录):》出版。

图文集《地方的诗学》(林恩·葛萨曼摄影)出版。

获得“莱南文学小说奖”。

2000

回忆录《我的弟弟》获得法国“费米娜外国小说奖”。

2001

文集《讲故事》出版发行。

2002

与丈夫艾伦·肖恩离婚。

2003

小说《波特先生》出版发行。

2004

当选美国文学艺术学院成员。

2005

旅行纪实文学《花丛间:喜马拉雅一行》出版发行。

主编的《最佳美国旅行散文》出版发行。

2009

前往佛蒙特州,在克莱蒙特·麦肯纳学院教授创意写作和文学课程。

当选为美国艺术与科学院成员。

2010

小说《安妮·约翰》获得由美国唯一非盈利文学机构小说中心颁发的“克利夫顿·法迪曼奖章”。

2011

获得塔夫茨大学人文学荣誉博士学位。

2013

小说《望今昔》出版发行。

2014

小说《望今昔》获得由哥伦布前基金会颁发的“美国图书奖”。

2015

获得布兰代斯大学人文学荣誉博士学位。

2017

小说《望今昔》获得丹·大卫文学奖。

参考文献

[1] 阿诺德. 文化与无政府状态:政治与社会批评[M]. 韩敏中,译. 北京:生活·读书·新知三联书店,2002.

[2] 阿希克洛夫特,格里菲斯,蒂芬. 逆写帝国:后殖民文学的理论与实践[M]. 任一鸣,译. 北京:北京大学出版社,2014.

[3] 艾布拉姆斯,哈珀姆. 文学术语词典:中英对照[M]. 10 版. 吴松江,等,编译. 北京:北京大学出版社,2014.

[4] 安德森. 想象的共同体:民族主义的起源与散布[M]. 增订本. 吴叡人,译. 上海:上海人民出版社, 2016.

[5] 奥斯本. 时间的政治:现代性与先锋[M]. 王志宏,译. 北京:商务印书馆,2004.

[6] 巴雷特. 非理性的人:存在主义哲学研究[M]. 杨照明,艾平,译. 北京:商务印书馆,1995.

[7] 包亚明. 权力的眼睛:福柯访谈录[M]. 严锋,译. 上海:上海人民出版社,1997.

[8] 鲍曼. 共同体[M]. 欧阳景根,译. 南京:江苏人民出版社,2003.

[9] 鲍特文尼克,科甘,拉比诺维奇,等. 神话辞典[M]. 黄鸿森,温乃铮,译. 北京:商务印书馆,2015.

[10] 贝尔特. 时间、自我与社会存在[M]. 陈生梅,摆王萍,译. 北京:北京师范大学出版社,2009.

[11] 博克,等. 当代西方修辞学:演讲与话语批评[M]. 常昌富,顾宝桐,译. 北京:中国社会科学出版社,1998.

[12] 曹雷雨. 本雅明的寓言理论[J]. 外国文学,2004(1):45 -51.

[13] 曹祺婕. 雪拉身份认同的荆棘之路:拉康式心理分析解读《我的母亲自传》[D]. 呼和浩特:内蒙古大学,2014.

[14] 陈志杰. 美国黑人的取名与黑人文化身份[J]. 史学集刊,2008(4):71 –76.

[15] 程锡麟,王晓路. 当代美国小说理论[M]. 北京:外语教学与研究出版社,2001.

[16] 德波顿. 身份的焦虑[M]. 陈广兴,南治国,译. 上海:上海译文出版社,2007.

[17] 杜夫海纳. 审美经验现象学[M]. 韩树站,译. 北京:文化艺术出版,1996.

[18] 杜小真. 福柯集[M]. 上海:上海远东出版社,1998.

[19] 佴欣欣,张静.《一处小地方》中殖民话语书写的修辞幻象[J]. 柳州职业技术学院学报,2016,16(3):100 –105.

[20] 范跃芬. 寓言叙事及自我书写:解读牙买加 · 琴凯德《我母亲的自传》[J]. 兰州交通大学学报,2015(5):16 –20.

[21] 方红. “天使”的颠覆与女性形象的重构:澳大利亚现当代女性主义小说评析[J]. 苏州大学学报:哲学社会科学版,2002,23(3):83 –86.

[22] 冯亦代. 美国新女作家金凯德[J]. 读书,1996(7):148 –151.

[23] 法侬. 论民族文化[M]//罗钢,刘象愚. 后殖民主义文化理论. 陈永国,等,译. 北京:中国社会科学出版社,1999:277 –294.

[24] 弗雷格. 弗雷格哲学论著选辑[M]. 王路,译. 北京:商务印书馆,2006.

[25] 弗洛姆. 爱的艺术[M]. 李健鸣,译. 上海:上海译文出版社, 2008.

[26] 盖茨. 意指的猴子:一个非裔美国文学批评理论[M]. 王元陆,译. 北京:北京大学出版社,2011.

[27] 甘振翎. 非洲裔美国黑人文学的命名现象[J]. 福州大学学报:哲学社会科学版,2003,17(2):83 –87.

[28] 谷红丽. 一个逆写殖民主义话语的文本:牙买加 · 金凯德的小说《我

母亲的自传》解读[J]. 外国语言文学,2012,29(3):190－195.

[29] 顾明栋. 英美文学作品中人物的特殊命名[J]. 外国语(上海外国语学院学报),1985(4):48－51.

[30] 郭晓霞. 道德剧与英国中世纪后期的伦理寻求[J]. 解放军外国语学院学报,2017,40(4):139－146.

[31] 海德格尔. 诗·语言·思[M]. 彭富春,译. 戴晖,校. 北京:文化艺术出版社,1991.

[32] 海德格尔. 存在与时间[M]. 修订译本. 陈嘉映,王庆节,译. 北京:生活·读书·新知三联书店,2000.

[33] 韩渝. 创伤理论视角下的《我母亲的自传》解读[D]. 长春:吉林大学,2016.

[34] 何庆机. 自我的追寻:罗伯特·弗罗斯特叙事诗的命名模式与张力[J]. 外国文学研究,2009,31(4):28－36.

[35] 黑格尔. 精神现象学[M]. 贺麟,王玖兴,译. 北京:商务印书馆,1997.

[36] 霍尔,杜盖伊. 文化身份问题研究[M]. 庞璃,译. 开封:河南大学出版社,2010.

[37] 霍尔. 文化身份与族裔散居[M]//罗钢,刘象愚. 文化研究读本. 北京:中国社会科学出版社,2000:208－225.

[38] 吉尔伯特. 后殖民批评[M]. 杨乃乔,毛荣运,刘须明,译. 杨乃乔,校. 北京:北京大学出版社,2001.

[39] 季红琴.《圣经》语言情态的人际意义解读[J]. 外语教学与研究(外国语文双月刊),2011,43(2):230－238.

[40] 金凯德. 安妮·强的烈焰青春[M]. 何颖怡,译. 台北:女书文化事业有限公司,2001.

[41] 金莉. 20 世纪末期(1980—2000)的美国小说:回顾与展望[J]. 外国文学研究,2012(4):87－97.

[42] 金慎. 愤怒的"她"声:解读金凯德作品《弹丸之地》[J]. 苏州大学学报:哲学社会科学版,2004(4):75－78.

[43] 靳敏. 愤怒的他者:在后殖民女性视角下看《我母亲的自传》[D]. 呼和浩特:内蒙古大学,2013.

[44] 科尔沁呼.《忆往昔》(第一章节)翻译实践报告[D]. 呼和浩特:内蒙古大学,2015.

[45] 克里普克. 命名与必然性[M]. 梅文,译. 上海:上海译文出版社,2005.

[46] 李保杰. 当代美国拉美裔文学研究[M]. 济南:山东大学出版社,2014.

[47] 李炽昌,游斌. 生命言说与社群认同:希伯来圣经五小卷研究[M]. 北京:中国社会科学出版社,2003.

[48] 李恒. 从成长小说角度解析《我母亲的自传》[D]. 长春:吉林大学,2015.

[49] 李怡. 从《土生子》的命名符号看赖特对 WASP 文化的解构[J]. 外国文学研究,2007(2):88-95.

[50] 利奥塔. 后现代状况:关于知识的报告[M]. 岛子,译. 长沙:湖南美术出版社,1996.

[51] 里斯. 藻海无边[M]. 陈良廷,刘文澜,译. 上海:上海译文出版社,1996.

[52] 梁工. 圣经形式批评综论[J]. 世界宗教研究,2011(4):88-99.

[53] 刘辰诞,方杰,刘保安. 西方文学术语词典[M]. 开封:河南大学出版社,1996.

[54] 刘连祥.《圣经》伊甸园神话与母亲原型[J]. 外国文学评论,1990(1):35-37.

[55] 刘向东.《所罗门之歌》中的名称与主题[J]. 解放军外国语学院学报,2000,23(6):77-80.

[56] 刘意青.《圣经》的阐释与西方对待希伯来传统的态度[J]. 外国文学评论,2003(1):26-33.

[57] 刘意青.《圣经》的文学阐释:理论与实践[M]. 北京:北京大学出版社,2004.

[58] 楼光庆. 从姓名看社会和文化[J]. 外语教学与研究(外国语文双月刊),1985(3):14 - 19.

[59] 路文彬. 愤怒之外一无所有:美国作家金凯德及其新作《我母亲的自传》[J]. 外国文学动态,2004(3):21 - 24.

[60] 罗钢,刘象愚. 文化研究读本[M]. 北京:中国社会科学出版社,2000.

[61] 罗婷. 克里斯特瓦的诗学研究[M]. 北京:中国社会科学出版社,2004.

[62] 洛维特. 从黑格尔到尼采[M]. 李秋零,译. 北京:生活·读书·新知三联书店,2006.

[63] 麦金太尔,阿拉斯戴尔. 追寻美德:道德理论研究[M]. 宋继杰,译. 南京:译林出版社,2008.

[64] 梅德明,高文成. 命名理论的辩证观与实践观[J]. 外语学刊,2007(2):25 - 30.

[65] 梅晓云. 文化无根:以 V. S. 奈保尔为个案的移民文化研究[M]. 西安:陕西人民出版社,2003.

[66] 苗力田. 亚里士多德全集[M]. 北京:中国人民大学出版社,1990.

[67] 奈保尔. 没有名字的东西[J]. 周茹薪,译. 外国文学,2002(1):15 - 18.

[68] 内尔森. 命名和指称:语词与对象的关联[M]. 殷杰,尤洋,译. 上海:上海科技教育出版社,2007.

[69] 琴凯德. 我母亲的自传[M]. 廖月娟,译. 台北:大块文化出版股份有限公司,2001.

[70] 琴凯德. 我母亲的自传[M]. 路文彬,译. 海口:南海出版公司,2006.

[71] 卿帅. 从流散批评的视角分析牙买加·金凯德的《露西》[D]. 南宁:广西大学,2015.

[72] 芮小河. 加勒比民族寓言的性别寓意:评《安妮·约翰》及《我母亲的自传》[J]. 外语教学,2013(1):90 - 93,103.

[73] 芮小河.《我母亲的自传》中的创伤叙事[J]. 名作欣赏,2014(29):124-126.

[74] 萨日娜.记述一个女勇士的成长历程:女性主义分析《我母亲的自传》[D]. 呼和浩特:内蒙古大学,2011.

[75] 塞尔托.历史与心理分析:科学与虚构之间[M]. 邵炜,译.北京:中国人民大学出版社,2010.

[76] 萨义德. 东方学[M]. 王宇根,译.北京:生活·读书·新知三联书店,1999.

[77] 佘江涛,张瑞德,罗红.西方文学术语辞典[M]. 郑州:黄河文艺出版社,1989.

[78] 申丹,王丽亚.西方叙事学:经典与后经典[M]. 北京:北京大学出版社,2010.

[79] 盛宁. "后殖民"文化批评与第三世界的声音[J]. 美国研究,1998(3):50-70.

[80] 史蒂文森.文化公民身份:全球一体的问题[M]. 王晓燕,王丽娜,译.北京:北京大学出版社,2012.

[81] 舒奇志. 殖民地文化的成长之旅:牙买加·金凯德自传体小说《安妮·章》主题评析[J]. 四川外语学院学报,2005,21(4):59-63.

[82] 斯威夫特.格列佛游记[M]. 李渊,译.南昌:百花洲文艺出版社,2013.

[83] 宋国诚.后殖民文学:从边缘到中心[M]. 台北:擎松图书出版有限公司,2004.

[84] 宋占业.论文学理论中命名的意义和合法性[J]. 河南理工大学学报:社会科学版,2008(4):488-491.

[85] 汤普逊.过去的声音:口述史[M].覃方明,渠东,张旅平,译.沈阳:辽宁教育出版社,2000.

[86] 陶家俊.身份认同导论[J]. 外国文学,2004(2):37-45.

[87] 王歌雅.姓名权的价值内蕴与法律规制[J]. 法学杂志,2009(1):31-34.

[88] 王家湘. 20 世纪美国黑人小说史[M]. 南京:译林出版社,2006.
[89] 王利明. 人格权法新论[M]. 长春:吉林人民出版社,1994.
[90] 王路. 弗雷格思想研究[M]. 北京:商务印书馆,2008.
[91] 汪民安. 文化研究关键词[M]. 南京:江苏人民出版社,2007.
[92] 威尔逊. 倒写:自传[M]//伊格尔顿. 女权主义文学理论. 胡敏,陈彩霞,林树明,译. 长沙:湖南文艺出版社,1989:320-324.
[93] 韦勒克,沃伦. 文学理论[M]. 刘象愚,邢培明,陈圣生,等,译. 杭州:浙江人民出版社,2017.
[94] 翁德修,都岚岚. 论托妮·莫里森小说中人物的命名方式[J]. 辽宁师范大学学报:社会科学版,2000(5):79-81.
[95] 吴迪.《游泳者》的《圣经》语言风格[J]. 赤峰学院学报:汉文哲学社会科学版,2012(11):173-174.
[96] 吴晓东. 从卡夫卡到昆德拉:20 世纪的小说和小说家[M]. 北京:生活·读书·新知三联书店,2003.
[97] 席扬,翁强. 文学思维活动的修辞化探寻:"文学命名"初论[J]. 山西大学师范学院学报,2002,14(1):18-22.
[98] 肖玉英.《我母亲的自传》的语言风格[J]. 湖南科技学院学报,2011(5):65-67.
[99] 徐艳辉.《洛丽塔》中的命名游戏及其意义[J]. 解放军外国语学院学报,2004,27(6):83-87.
[100] 亚里士多德. 政治学[M]. 吴寿彭,译. 北京:商务印书馆,1965.
[101] 杨仁敬. 20 世纪美国文学史[M]. 青岛:青岛出版社,2011.
[102] 杨仁敬,刘文松,王烺烺,等. 新历史主义与美国少数族裔小说[M]. 上海:上海外语教育出版社,2013.
[103] 殷企平. 经典即"摆渡":当代西方诗歌的精神渊源[J]. 外国文学研究,2012(4):9-18.
[104] 虞建华. 美国文学大辞典[M]. 北京:商务印书馆,2015.
[105] 于威.《纽约客》75 年[J]. 书城,2000(9):40-41.
[106] 袁雪石. 姓名权本质变革论[J]. 法律科学(西北政法学院学报),

2005(2):44－51.

[107] 泽曼. 希腊罗马神话[M]. 周惠,译. 上海:上海人民出版社,2005.

[108] 曾军. 文化批评教程[M]. 上海:上海大学出版社,2008.

[109] 曾艳钰. 论美国黑人美学思想的发展[J]. 当代外国文学,2004(2):67－74.

[110] 詹明信. 晚期资本主义的文化逻辑:詹明信批评理论文选[M]. 张旭东,编. 陈清侨,等,译. 北京:生活·读书·新知三联书店,1997.

[111] 张德明. 加勒比英语文学与本土语言意识[J]. 浙江大学学报:人文社会科学版,2005,35(3):78－84.

[112] 张德明. 流散族群的身份建构:当代加勒比英语文学研究[M]. 杭州:浙江大学出版社,2007.

[113] 张静. 从语言风格角度分析《愤怒的葡萄》中圣经元素的运用[J]. 语文建设,2016(9):45－46.

[114] 赵光育. 神话·象征·预言:论约翰·契弗的长篇小说创作[J]. 外国文学评论,1990(3):82－86.

[115] 赵一凡. 西方文论讲稿:从胡塞尔到德里达[M]. 北京:生活·读书·新知三联书店,2007.

[116] 周卉梅. 从斯皮瓦克的后殖民主义解读《我母亲的自传》[J]. 盐城工学院学报:社会科学版,2013(2):73－76.

[117] 周影韶. 圣经语言[J]. 中山大学学报论丛,1999,19(6):186－188.

[118] 朱小粉. 从后殖民主义角度解读《我母亲的自传》[J]. 文学教育(上、下旬刊),2013(17):142－143.

[119] 朱小琳. 作为修辞的命名与托妮·莫里森小说的身份政治[J]. 国外文学,2008(4): 67－72.

[120] AHN H E. Jamaica Kincaid[J/OL]. The Harvard Crimson Interview, 2017[2017－09－14]. http://www.thecrimson.com/article/2017/9/14/fifteen－professors－2017－jamaica－kincaid.

[121] ALLEYNE L K. Jamaica Kincaid:Does Truth Have a Tone? [J/OL]. Guernica: A Magazine of Art & Politics, 2013[2017－09－19]. ht-

tp://www. guernicamag. com/does – truth – have – a – tone.

[122] ALONSO M A. All the Madwomen in the Attic: Alienation and Culture Shock in Jamaica Kincaid's *See Now Then* [J]. Estudios Humanísticos. Filología, 2018 (40): 277 – 290.

[123] ALVEREZ-ALTMAN G, BURELBACH F M. Names in Literature: Essays from Literary Onomastics Studies [M]. Lanham: University Press of America, 1987.

[124] ANDERSON B. Imagined Communities: Reflections on the Origin and Spread of Nationalism[M]. London: Verso, 1991.

[125] ASHCROFT B, GRIFFITHS G, TIFFIN H. Post-Colonial Studies: The Key Concepts[M]. 3rd ed. London: Routledge, 2000.

[126] BAILEY C. Performance and the Gendered Body in Jamaica Kincaid's "Girl" and Oonya Kempadoo's Buxton Spice[J]. Meridians: Feminism, Race, Transnationalism, 2010, 10(2): 106 – 123.

[127] BALUTANSKY K M. Naming Caribbean Women Writers[J]. Callaloo, 1990, 13(3): 539 – 550.

[128] BALUTANSKY K M, KINCAID J. On Gardening: An Interview with Jamaica Kincaid[J]. Callaloo, 2002, 25(3): 790 – 800.

[129] BARNWELL K. Motherlands and Other Lands: Home and Exile in Jamaica Kincaid's "Lucy" and Paule Marshall's "Praisesong for the Widow"[J]. Caribbean Studies, 1994, 27(3/4): 451 – 454.

[130] BBC World Service. Her Story: Jamaica Kincaid [J/OL]. 2001 [2017 – 09 – 09]. http://www. bbc. co. uk/worldservice/arts/features/womenwriters/kincaid_life. shtml.

[131] BEATY J, HUNTER J P. New Worlds of Literature[M]. New York: W. W. Norton and Company, 1989.

[132] BELL D. The Cultural Contradiction of Capitalism [M]. London: Heinemann, 1976.

[133] BELL R E. Women of Classical Mythology: A Biographical Dictionary

[M]. California: Oxford University Press, 1991.

[134] BENNETT A, ROYLE N. Introduction to Literature, Criticism and Theory[M]. Essex: Pearson Education Limited, 1999.

[135] BERGREN K. Localism Unrooted: Gardening in the Prose of Jamaica Kincaid and William Wordsworth [J]. Interdisciplinary Studies in Literature and Environment,2015, 22(2): 303 – 325.

[136] BERNARD L. Countermemory and Return: Reclamation of the (Post-modern) Self in Jamaica Kincaid's *The Autobiography of My Mother* and *My Brother* [J]. Modern Fiction Studies, 2002, 48 (1): 113 – 138.

[137] BIRBALSINGH F. Jamaica Kincaid: From Antigua to America[M]// BIRBAL SINGH F. Frontiers of Caribbean Literature in English. New York: St. Martin's Press, 1996: 138 – 151.

[138] BIRNBAUM R. Robert Birnbaum Talks with Jamaica Kincaid[M]// VIDA V. The Believer Book of Writers Talking to Writers. San Francisco: Believer, 2005: 159 – 174.

[139] BOSKIN J. Into Slavery: Racial Decisions in the Virginia Colony[M]. Philadelphia: J. B. Lippinott Company, 1976.

[140] BOURDIEU P. Language and Symbolic Power[M]. Boston: Harvard University Press, 1991.

[141] BOUSON J B. Jamaica Kincaid: Writing Memory, Writing Back to the Mother[M]. New York: State University of New York Press, 2006.

[142] BRANCATO S. Mother and Motherland in Jamaica Kincaid [D]. Frankfurt: Peter Lang, 2005.

[143] BROUGHTON S, ELLINGHAM M, MUDDYMAN D, TRILLO R. World Music: The Rough Guide [J]. Popular Music, 1996, 15 (2) 243 – 245.

[144] BUCKNER B. Singular Beast: A Conversation with Jamaica Kincaid [J]. Callaloo, 2008, 31(2): 461 – 469.

[145] BURNETT P. Derek Walcott: Politics and Poetics[M]. Gainesville: University Press of Florida, 2000.

[146] CHEN S L. Mothers and Daughters in Morrison, Tan, Marshall, and Kincaid[D]. Washington: University of Washington, 2000.

[147] CHICK N. The Broken Clock: Time, Identity, and Autobiography in Jamaica Kincaid's *Lucy*[J]. CLA Journal,1996, 60 (1): 91 - 103.

[148] CHRISTIAN B. Black Feminist Criticism[M]. New York: Pengamon Press,1985.

[149] CIABATTARI J. "See Now Then" by Jamaica Kincaid[J/OL]. Globe Correspondent, February 16, 2013 [2018 - 02 - 07]. http://www.bostonglobe. com/arts/books/2013/02/16/review-see-now-then-jamaica-kincaid/nWfUonCYXgZb9c4mD3gLEN/story. html.

[150] COVI G. Jamaica Kincaid's Prismatic Subjects: Making Sense of Being in the World[M]. London: Mango, 2003.

[151] CUDJOE S R. Jamaica Kincaid and the Modernist Project: An Interview[J]. Callaloo, 1989 (39): 396 - 411.

[152] CUDJOE S R. Caribbean Women Writers: Essays from the First International Conference[M]. Amherst: University of Massachusetts Press, 1990.

[153] DAMROSCH D, DETTMAR K J H, BASWELL C, et al. The Longman Anthology of British Literature[M]. London: Longman, 2006.

[154] DANCE D C. "I Married My Mother": Jamaica Kincaid's *See Now Then*[J]. Journal of West Indian Literature,2015, 23(1 - 2):8 - 19.

[155] DANCE D C. In Search of Annie Drew: Jamaica Kincaid's Mother and Muse[M]. Charlottesville: University of Virginia Press, 2016.

[156] DAVIES C B, FIDO E S. Introduction: Women and Literature in the Caribbean: An Overview[M]// DAVIS C B, FIDO E S. Out of the Kumbla: Caribbean Women and Literature. Trenton: Africa World Press,1990.

[157] DAVIES C B. Black Women, Writing and Identity: Migrations of the Subject[M]. London: Routledge, 1994.

[158] DELOMBARD J. My Brother's Keeper: An Interview with Jamaica Kincaid[J]. Lambda Book Report,1998, 6(10):14.

[159] DILGER G. "I Use a Cut and Slash Policy of Writing": Jamaica Kincaid Talks to Gerhard Dilger[J]. Wasafiri, 1992, 8(16):21-25.

[160] DONNELL A. When Daughters Defy: Jamaica Kincaid's Fiction[J]. Women: A Cultural Review,1993, 4(1): 18-26.

[161] DONNELL A, POLKEY P. Representing Lives: Women and Auto/Biography[M]. Basingstoke: Macmillan, 2000.

[162] DU BOIS W E B. The Souls of Black Folk[M]. New York: Bantam Books,1989.

[163] DUTTON W. Merge and Separate: Jamaica Kincaid's Fiction[J]. World Literature Today, 1989, 63(3): 406-410.

[164] EDWARDS J D. Understanding Jamaica Kincaid[M]. Columbia: University of South Carolina Press, 2007.

[165] FANON F. Black Skin, White Masks[M]. MARKMANN C L, Trans. New York: Grove Press, 1967.

[166] FANON F, SARTRE J P, FARRINGTON C. The Wretched of the Earth[M]. New York: Grove Press, 1991.

[167] FERGUSON M. Colonialism and Gender Relations from Mary Wollstonecraft to Jamaica Kincaid: East Caribbean Connections[M]. New York: Columbia University Press, 1993.

[168] FERGUSON M, KINCAID J. A Lot of Memory: An Interview with Jamaica Kincaid[J]. The Kenyon Review,1994, 16(1): 163-188.

[169] FERGUSON M. Jamaica Kincaid: Where the Land Meets the Body [M]. Charlottesville: University of Virginia Press, 1994.

[170] FORBES C. Fracturing Subjectivities: International Space and the Discourse of Individualism in Colin Channer's *Waiting in Vain* and

Jamaica Kincaid' s *Mr. Potter*[J]. Small Axe, 2008, 12 (1): 16 – 37.

[171] FOWLER A. Proper Name: Personal Names in Literature[J]. Essays in Criticism, 2008,58 (2): 97 – 119.

[172] FRANKLIN J H, MOSS A A Jr. From Slavery to Freedom: A History of Negro Americans[M]. 6th ed. New York: Alfred A. Knopf, 1988.

[173] FREEMAN R. One Book to Rule Them All: Jamaica Kincaid' s *See Now Then*[J/OL]. 2013 [2018 – 10 – 09]. https://www.awpwriter.org/magazine_media/writers_notebook_view/19/one_book_to_rule_them_all_jamaica_kincaids_see_now_then.

[174] GARIS L. Through West Indian Eyes[J]. New York Times Magazine, 1990(7): 42 – 44, 70, 78, 80, 91.

[175] GARNER D. Jamaica Kincaid: Dwight Garner Reviews Jamaica Kincaid' s Book *The Autobiography of My Mother*[J]. Salon, 1996.

[176] GARNER D. The Marriage Has Ended; Revenge Begins [J/OL]. 2013 – 02 – 13[2018 – 09 – 23]https://www.nytimes.com/2013/02/13/books/see – now – then – jamaica – kincaids – new – novel.html.

[177] GATES H L Jr. Black Literature and Literary Theory[M]. New York: Routledge, 1984.

[178] GATES H L. Bearing Witness: Selections from African-American Autobiography in the Twentieth Century[M]. New York: Pantheon, 1991.

[179] GATES H L, MCKAY N, KINCAID J. A Conversation with the General Editors of the Latest Edition of "The Norton Anthology: African American Literature" [EB/OL]. 1997 [2018 – 01 – 11]https://charlierose.com/videos/6627.

[180] GATES H L, MCKAY N Y. The Norton Anthology of African American Literature[M]. New York: W. W. Norton and Company, 1997.

[181] GATES H L. Thirteen Ways of Looking at a Black Man[M]. New

York: Random House,1997.

[182] GILBERT S M,GUBAR S. The Madwoman in the Attic:The Woman Writer and the Nineteenth-Century[M]. New Haven: Yale University Press,1979.

[183] GOLDFARB B. Writing = Life: Interview with Writer Jamaica Kincaid [J]. Interview,1997, 27(10): 94 -99.

[184] GREGG V M. How Jamaica Kincaid Writes the Autobiography of Her Mother[J]. Callaloo, 2002, 25(3): 920 -937.

[185] GUTTING G. Part I: Argument and intuition in Kripke's Naming and Necessity[M]// TALIAFERRO C. What Philosophers Know: Case Studies in Recent Analytic Philosophy. New York: Cambridge University Press, 2009.

[186] HALL S. Gramsci's Relevance for the Study of Race and Ethnicity [J]. Journal of Communication Inquiry,1986,10(2):5 -27.

[187] HALL S, GAY P U. Questions of Cultural Identity[M]. London: Sage Publications Ltd, 1996.

[188] HEADLEE C. Time Rules in Jamaica Kincaid's New Novel, *See Now Then* [EB/OL]. National Public Radio,2013 [2017 - 09 - 22]. http://www.npr.org/templates/transcript/transcript.php? storyId = 173086194.

[189] HEGEL G W F. The Philosophy of History[M]. SILBREE J, Trans. New York: Prometheus Books,1990.

[190] HELLER-ROAZEN D. No One's Ways: An Essay on Infinite Naming [M]. Boston: The MIT Press, 2017.

[191] HERRING J. The Power of Naming: Surnames, Children, and Spouses[M]// FREEMAN M, SMITH F. Law and Language. New York: Oxford University Press, 2013:310 -327.

[192] HOGAN P. Colonialism and Cultural Identity: Crises of Tradition in the Anglophone Literatures of India, Africa, and the Caribbean[M].

New York: State University of New York Press, 2002.

[193] HOLCOMB G E. Writing Travel in Anglophone Caribbean Literature: Claude McKay, Shiva Naipaul, and Jamaica Kincaid[D]. Washington: Washington State University, 1995.

[194] HOLCOMB G E. Travels of a Transnational Slut: Sexual Migration in Kincaid's *Lucy*[J]. Critique: Studies in Contemporary Fiction, 2003, 44(3): 295 - 312.

[195] HOLMSTROM D. Jamaica Kincaid: Writing for Solace, for Herself [N]. The Christian Science Monitor, 1996 - 02 - 19/25: 14.

[196] HOOKS B. Where We Stand: Class Matters[M]. New York: Routledge,2000.

[197] HUTNER G. American Literature, American Culture[M]. New York: Oxford University Press, 1999.

[198] ISSEN L M. Expressions of Socioeconomic and Cultural Complexities in Works by Derek Walcott, Jamaica Kincaid, and Michelle Cliff[D]. Austin: The University of Texas at Austin, 2000.

[199] JAMESON F. Third-World Literature in the Era of Multinational Capitalism[J], Social Text, 1986(15): 65 - 88.

[200] JOHNSON K. Writing Culture, Writing Life: An Interview with Jamaica Kincaid[J]. Iowa Journal of Cultural Studies, 1997(16): 1 - 5.

[201] JURNEY F R. The Island and the Creation of (Hi) Story in the Writings of Michelle Cliff and Jamaica Kincaid[J]. Anthurium: A Caribbean Studies Journal, 2006,4(1): 3.

[202] KANNER R. Feminist Naming in the Biographical Novel [M]// LACKEY M. Truthful Fictions: Conversations with American Biographical Novelists. New York: Bloomsbury Academic, 2014.

[203] KARAFILIS M. Crossing the Borders of Genre: Revisions of the "Bildungsroman" in Sandra Cisneros's "The House on Mango Street" and Jamaica Kincaid's "Annie John"[J]. The Journal of the Midwest

Modern Language Association, 1998, 31(2): 63 –78.

[204] KINCAID J. Antigua Crossing[J]. Rolling Stone, June 29, 1978: 48 –50.

[205] KINCAID J. At the Bottom of the River[M]. New York: Farrar, Straus and Giroux, 1983.

[206] KINCAID J. Ovando[J]. Conjunctions, 1989 (14): 75 –83.

[207] KINCAID J. Annie, Gwen, Lilly, Pam and Tulip[M]. New York: Farrar, Straus and Giroux,1989.

[208] KINCAID J. Biography of a Dress[J]. Grand Street, 1992(43): 93 –100.

[209] KINCAID J. Flowers of Evil: In the Garden[J]. The New Yorker, 1992(68): 154 - 159.

[210] KINCAID J. Just Reading: In the Garden[J]. The New Yorker, 1993 (69): 51 - 55.

[211] KINCAID J. A Fire by Ice[J]. The New Yorker, 1993(69): 64 - 67.

[212] KINCAID J. This Other Eden[J]. The New Yorker, 1993(69): 69 - 73.

[213] KINCAID J. Lucy[M]. London: Picador, 1994.

[214] KINCAID J. The Season Past: In the Garden[J]. The New Yorker, 1994(70): 57 - 61.

[215] KINCAID J. Putting Myself Together[J]. The New Yorker, 1995 (76): 93 –94, 98, 100 –101.

[216] KINCAID J. Annie John[M]. London: Vintage, 1997.

[217] KINCAID J. My Brother[M]. New York: Noonday Press, 1998.

[218] KINCAID J. My Favorite Plant[M]. New York: Farrar, Straus and Giroux, 1999.

[219] KINCAID J. A Small Place[M]. New York: Farrar, Straus and Giroux, 2000.

[220] KINCAID J. Islander Once, Now Voyager[J]. New York Times, September 22, 2000.

[221] KINCAID J. Days of Ice and Roses[J]. The New Yorker, 2001(77): 59-63.

[222] KINCAID J. My Garden (Book):[M]. New York: Farrar, Straus and Giroux, 2001.

[223] KINCAID J. Talk Stories[M]. London: Vintage, 2001.

[224] KINCAID J. Mr. Potter[M]. London: Vintage, 2003.

[225] KINCAID J. Among Flowers: A Walk in the Himalaya[M]. Washington D C: National Geographic, 2007.

[226] KINCAID J. See Now Then[M]. New York: Farrar, Straus and Giroux, 2013.

[227] KINCAID J. The Autobiography of My Mother[M]. New York: Farrar, Straus and Giroux, 2013.

[228] KINCAID J, BONETTI K. An Interview with Jamaica Kincaid[J]. The Missouri Review, 1992, 15 (2): 124-142.

[229] KINCAID J. GEESAMAN L. Poetics of Place[M]. New York: Umbrage Editions, 1999.

[230] KIRK G S. Myth, Its Meaning and Functions in Ancient and Other Cultures[M]. London: The Cambridge University Press, 1970.

[231] KRIPKE S A. Naming and Necessity[M]. Cambridge: Harvard University Press, 1980.

[232] LANG-PERALTA L. Jamaica Kincaid and Caribbean Double Crossings [M]. Newark: University of Delaware Press, 2006.

[233] LEITCH V B. American Literary Criticism: From the Thirties to the Eighties[M]. New York: Columbia University Press, 1988.

[234] LEVINTOVA H. Our Sassy Black Friend[J]. Foundation for National Progress, 2013(38): 60.

[235] LEWIS-BROWN A. Jamaica Kincaid on Writing[J]. Caribbean Wri-

ter,2015(29): 363 -366.

[236] LISTFIELD E. Straight from the Heart[J]. Harper's Bazaar, October 123, 1990:82.

[237] LOH A. A Conversation with Jamaica Kincaid[J/OL]. American Reader [2017-08-09]. http://www. theamericanreader. com/a-conversation-with-jamaica-kincaid.

[238] LOTRINGER S. Foucault Live: Collected Interviews, 1961 - 1984 [M]. New York: Semiotext(e), 1996.

[239] MACDONALD-SMYTHE A. Autobiography and the Reconstruction of Homeland: The Writings of Michelle Cliff and Jamaica Kincaid[J]. Caribbean Studies, 1994,27(3/4): 422 -426.

[240] MACDONALD-SMYTHE A. Authorizing the Slut in Jamaica Kincaid's *At the Bottom of the River*[M]//BLOOM H. Bloom's Modern Critical Views: Jamaica Kincaid, New York:Chelsea House, 1998: 31 -51.

[241] MACDONALD-SMYTHE A. Making Homes in the West/Indies: Constructions of Subjectivity in the Writings of Michelle Cliff and Jamaica Kincaid[M]. New York & London: Garland Publishing Inc, 2001.

[242] MACPHERSON H S. Transatlantic Women's Literature[M]. Edinburgh: Edinburgh University Press, 2008.

[243] MAHLIS K. Gender and Exile: Jamaica Kincaid's *Lucy*[J]. MFS Modern Fiction Studies, 1998, 44 (1): 164 -183.

[244] MARCH J. The Penguin Book of Classical Myths[M]. London: Penguin Books, 2008.

[245] MARQUIS C. "Making a Spectacle of Yourself": The Art of Anger in Jamaica Kincaid's *A Small Place*[J]. Journal of Postcolonial Writing, 2018, 54(2): 147 -160.

[246] MARTIN J. Jablesses, Sourcriants, Loups-garous: Obeah as an Alternative Epistemology in the Writing of Jean Rhys and Jamaica Kincaid [J]. Journal of Postcolonial Writing,1997, 36(1): 3 -29.

[247] MARTIN R. Ishmael Reed and the New Black Aesthetic Critics[M]. London: MacMillan Press, 1988.

[248] MCLARIN K. BIBR talks with Jamaica Kincaid[J]. Black Issues Book Review, 2002,4(4): 34.

[249] MCQUADE D, ATWAN R. Jamaica Kincaid: The Estrangment[M]// MCQVADE D, ATWAN R. The Writer's Presence: A Pool of Readings. Boston & New York: Bedfort/ St. Martin's Press, 2015: 169 – 171.

[250] MILTON E. Making a Virtue of Diversity[J]. The New York Times Book Review,1984: 15, 22.

[251] MISTRON D. Understanding Jamaica Kincaid's *Annie John*: A Student Casebook to Issues, Sources, and Historical Documents[M]. Westport, CT: Greenwood Press, 1999.

[252] MOORE S. A Journey of Self-Discovery[J]. The Washington Post, October 7, 1990: X7.

[253] MORRIS K E. Striking History: Decolonizing Strategies in Caribbean Women's Literature[D]. Miami: University of Miami, 2002.

[254] MORRISON T. Playing in the Dark: Whiteness and the Literary Imagination[M]. London: Vintage,1993.

[255] MTENJE A L. Patriarchy and Socialization in Chimamanda Ngozi Adichie's Purple Hibiscus and Jamaica Kincaid's *Lucy*[J]. Marang: Journal of Language and Literature, 2016, 27(1): 63 – 78.

[256] MUIRHEAD P. An Interview with Jamaica Kincaid[J]. Clockwatch Review, 1994(9): 39 – 48.

[257] MULLER G H,WIENER H S. The Short Prose Reader[M]. Boston: McGraw-Hill, 1989.

[258] MURDOCH H A. Severing the (M)Other Connection: The Representation of Cultural Identity in Jamaica Kincaid's *Annie John*[J]. Callaloo, 1990, 13(2): 325 – 340.

[259] MURPHY F A. God Is Not A Story: Realism Revisited[M]. New York: Oxford University Press, 2007.

[260] NILSEN A P. Changing Words in a Changing World[M]. Washington D. C.: U. S. Education Department, 1980.

[261] NATOV R. Mothers and Daughters: Jamaica Kincaid's Pre-Oedipal Narrative[J]. Children's Literature, 1990, 18(1):1-16.

[262] NASTA S. "Beyond the Frame": Writing a Life and Jamaica Kincaid's Family Album[J]. Contemporary Women's Writing, 2009, 3(1): 64-85.

[263] NAVASKY V. Naming Names[M]// AGNEW J, ROSENZWEIG R. A Companion to Post-1945 America. Malden: Blackwell publishing, 2002.

[264] O'CONNER P. Mother Wrote My Life[J]. New York Times Book Review, April 7, 1985: 6.

[265] OHITO E O. Refusing Curriculum as a Space of Death for Black Female Subjects: A Black Feminist Reparative Reading of Jamaica Kincaid's "Girl"[J]. Curriculum Inquiry, 2016, 46(5):436-454.

[266] PAQUET S P. Caribbean Autobiography: Cultural Identity and Self-Representation[M]. Madison: University of Wisconsin Press, 2002.

[267] PARAVISINI-GEBERT L. Jamaica Kincaid: A Critical Companion [M]. London: Greenwood Publishing Group, 1999.

[268] PEACH L. Toni Morrison[M]. New York: St. Martin's Press, 1998.

[269] PERRY D M. An Interview with Jamaica Kincaid[M]//GATES H L Jr. Reading Black, Reading Feminist: A Critical Anthology. New York: Meridian-Penguin,1990: 492-509.

[270] PERRY D. Backtalk: Women Writers Speak Out: Interviews by Donna Perry[M]. New Brunswick: Rutgers University Press, 1993.

[271] PETRIE K F. In Search of Shirley Jackson's House[J/OL]. September 28, 2016. [2019-01-03] https://lithub.com/in-search-of-

shirley-jacksons-house/.

[272] PITTMANN C S. A Refusal to Negotiate: Transgression and Transformation in Jamaica Kincaid's *Annie John*, *Lucy* and *The Autobiography of My Mother*[J]. Sargasso: A Journal of Caribbean Language, Literature, and Culture,2004(2): 71－79.

[273] PURK A. Multiplying Perspectives through Text and Time: Jamaica Kincaid's Writing of the Collective[J]. Current Objectives of Postgraduate American Studies, 2014, 15(1): 1－14.

[274] ROSZAK S M. Blurring Boundaries: Women's Work and Artistic Production in Jamaica Kincaid's *Lucy* and Cristina García's *Dreaming in Cuban*[J]. Lit: Literature Interpretation Theory, 2017, 28(4): 275－295.

[275] SAVORY E. Connections: Jean Rhys, Jamaica Kincaid and Robert Antoni[J]. Jean Rhys Review, 1999, 10(1－2): 27－39.

[276] SCARRY E. Naming Thy Name: Cross Talk in Shakespeare's Sonnets [M]. New York: Farrar, Straus and Giroux, 2016.

[277] SCHWABE L. The Age of a Mountain[J]. Publishers Weekly, 2012 (259): 27.

[278] SHEEHAN T W. Caribbean Impossibility: The Lack of Jamaica Kincaid [M]//LANG-PERALTA L. Jamaica Kincaid and Caribbean Double Crossings. Rutherford: Rosemont Publishing & Printing Corp, 2006: 79－95.

[279] SHERRATT-BADO D M. *See Now Then* by Jamaica Kincaid[J]. Callaloo, 2015, 38(5): 1198－1201.

[280] SIMMONS D. Jamaica Kincaid[M]. New York: Twayne Pub, 1994.

[281] SIMMONS D. Loving Too Much: Jamaica Kincaid and the Dilemma of Constructing a Postcolonial Identity[M]// HORNUNG A, RUHE E. Postcolonialism & Autobiography. Amsterdam: Rodopi, 1998: 233－245.

[282] SLEMON S. Post-Colonial Allegory and the Transformation of History [J]. Journal of Commonwealth Literature,1988, 23 (1): 157 -168.

[283] SMITH I. Misusing Canonical Intertexts: Jamaica Kincaid, Wordsworth and Colonialism's "Absent Things" [J]. Callaloo, 2002, 25 (3):801 -820.

[284] SNELL M. Jamaica Kincaid Hates Happy Endings [J]. Mother Jones, 1997, 22(5): 28 -31.

[285] SONTAG S. On Photography[M]. New York: Farrar, Straus and Giroux, 1977.

[286] SOSNOSKI K. Autobiography[M]//WALLACE E K. Encyclopedia of Feminist Literary Theory. New York: Garland Publishing Inc, 2009: 30 -31.

[287] STANTON K. Worldwise: Global Change and Ethical Demands in the Cosmopolitan Fictions of Kazuo Ishiguro, Jamaica Kincaid, J. M. Coetzee, and Michael Ondaatje [M]. Florence: Taylor & Francis Group, 2004.

[288] TAPPING C. Children and History in the Caribbean Novel: George Lamming's *In the Castle of My Skin* and Jamaica Kincaid's *Annie John* [J]. Kunapipi,1989, 11(2): 51 -59.

[289] TOBAR H. Jamaica Kincaid Scrolls through Time in *See Now Then* [J/OL]. 2013. [2019 -01 -01] http://articles. latimes. com/2013/feb/01/entertainment/la-ca-jc-jamaica-kincaid-20130203.

[290] TORRES-SAILLANT S. Caribbean Poetics: Toward an Aesthetic of West Indian Literature [M]. Cambridge: Cambridge University Press, 1997.

[291] VALENS K L. Desire between Women in Caribbean Literature[M]. New York: Palgrave Macmillan, 2013.

[292] VáSQUEZ S. In Her Own Image: Literary and Visual Representations of Girlhood in Toni Morrison's *The Bluest* Eye and Jamaica Kincaid's

Annie John[J]. Meridians: Feminism, Race, Transnationalism, 2014, 12(1): 58-87.

[293] VICTORIA B. Whiteness and Trauma: The Mother-Daughter Knot in the Fiction of Jean Rhys, Jamaica Kincaid and Toni Morrison[M]. New York: Palgrave Macmillan, 2004.

[294] VORDA A, KINCAID J. An Interview with Jamaica Kincaid[J]. Mississippi Review, 1991, 20(1/2): 7-26.

[295] WACHTEL E. Eleanor Wachtel with Jamaica Kincaid[J]. The Malahat Review, 1996(166): 55-71.

[296] WALKER A. In Search of Our Mothers' Gardens: Womanist Prose [M]. San Diego: Harvest Books, 1983.

[297] WARNER M. "Among Flowers" Jamaica Kincaid in Conversation[J]. European Journal of Cognitive Psychology, 2006, 21(2): 52-57.

[298] WASSERSTROM S M. After the Naming Explosion: Joachim Wach's Unfinished Project[M]// WEDEMEYER K, DONIGER W. Hermeneutics, Politics, and the History of Religions: The Contested Legacies of Joachim Wach and Mircea Eliade. New York: Oxford University Press, 2010.

[299] WILLIAMS E. From Columbus to Castro: The History of the Caribbean 1492-1969[M]. London: Vintage, 1970.

[300] WILLIAMS R. The Idea of a Common Culture[M]// WILLIAMS R. Resources of Hope: Culture, Democracy, Socialism. London: Verso, 1989.